El chico de al lado

Y0-BBY-818

Bestseller Internacional

Biografía

Meg Cabot nació en Bloomington, Indiana. Ha escrito
siete novelas de amor históricas bajo el seudónimo
de Patricia Cabot, así como las novelas *She Went All the
Way, Cuando tropecé contigo* (publicado en esta
colección), *Every Boy's Got One* y la exitosa serie
de ficción juvenil *El diario de la princesa*.
Vive en Nueva York con su marido.

Meg Cabot
El chico de al lado

Traducción de Mercè Diago y Abel Debritto

⊜ Planeta

Título original: *The boy next door*

© Meggin Cabot, 2002
Publicado de acuerdo con Avon, un sello de HarperCollins Publishers, Inc.
© de la traducción, Mercè Diago y Abel Debritto, 2005
© Editorial Planeta, S. A., 2005
Avinguda Diagonal, 662, 6.ª planta. 08034 Barcelona (España)

Diseño de la cubierta: Opalworks
Ilustración de la cubierta: Corbis/Cover y Opalworks

Primera edición en Colección Booket: abril de 2005
Depósito Legal: B. 8.598-2005
ISBN: 84-08-05828-2
Composición: Pacmer, S. A.
Impresión y encuadernación: Litografía Rosés, S. A.
Printed in Spain - Impreso en España

Para Benjamin

Deseo expresar mi agradecimiento a Beth Ader, Jennifer Brown, Laura Langlie y David Walton.

Para: Mel Fuller <melissa.fuller@thenyjournal.com>
De: Recursos Humanos
    <recursos.humanos@thenyjournal.com>
Asunto: Impuntualidad

Estimada **Melissa Fuller**:

Esto es un mensaje automatizado del Departamento de Recursos Humanos del *New York Journal*, el periódico gráfico más importante de Nueva York. Según su superior, el **jefe de redacción George Sanchez**, su jornada laboral en el *Journal* empieza a las **9.00 h**, lo cual supone que hoy ha llegado **68** minutos tarde. Se trata de la vez **37** que se retrasa más de veinte minutos en lo que va de año, **Melissa Fuller**.

En el Departamento de Recursos Humanos no nos dedicamos a «perseguir» a los empleados impuntuales, tal como se publicó injustamente en el boletín de trabajadores de la semana pasada. La impuntualidad es un asunto serio y caro al que se enfrentan los empresarios de toda la nación. Los trabajadores suelen infravalorar la impuntualidad, pero los retrasos constantes pueden ser síntoma de algo más grave, como por ejemplo:

- alcoholismo
- drogadicción
- ludopatía

11

- maltratos en la pareja
- trastornos del sueño
- depresión clínica

y varias afecciones más. Si padece alguna de las mencionadas, no dude en ponerse en contacto con su representante
de Recursos Humanos, **Amy Jenkins**. Su representante de
Recursos Humanos estará encantada de inscribirla en el
Programa de Ayuda al Personal del *New York Journal*, donde se le asignará un profesional de salud mental que la
ayudará a alcanzar todo su potencial.

    Melissa Fuller, en el *New York Journal* formamos un
equipo. Ganamos como equipo y también perdemos como
tal. **Melissa Fuller**, ¿no quiere pertenecer a un equipo ganador? ¡Por favor, esfuércese por llegar puntual al trabajo
a partir de ahora!

Atentamente:
Departamento de Recursos Humanos
New York Journal

**Por la presente le recordamos que futuros retrasos pue-
den conllevar la suspensión o el despido**.

Para: Mel Fuller <melissa.fuller@thenyjournal.com>
De: Nadine Wilcock
    <nadine.wilcock@thenyjournal.com>
Asunto: Estás metida en un lío

Mel, ¿dónde estás? He visto a Amy Jenkins de Recursos
Humanos merodeando por tu cubículo. Me parece que te

espera otro mensajito sobre la impuntualidad. ¿Cuántos llevas? ¿Cincuenta?

Esta vez más te vale tener una buena excusa porque George ha dicho hace un rato con respecto a las columnistas de sociedad que las hay a patadas y que podía hacer venir a Liz Smith en un santiamén para ocupar tu puesto si le daba la gana. Me parece que lo decía en broma. Es difícil de saber porque la máquina de refrescos está estropeada y todavía no se ha tomado su Mountain Dew.

Por cierto, ¿pasó algo anoche entre Aaron y tú? Ha vuelto a poner la música de Wagner en su cubículo. Ya sabes cuánto le fastidia a George. ¿Os volvisteis a pelear?

¿Almorzamos más tarde o qué?

Nad :-)

Para: Mel Fuller <melissa.fuller@thenyjournal.com>
De: Aaron Spender <aaron.spender@thenyjournal.com>
Asunto: Anoche

¿Dónde estás, Mel? ¿Te vas a comportar como una niña y no vas a aparecer en la oficina hasta que estés segura de que me he marchado? ¿Eso piensas hacer?

¿Podemos sentarnos y hablar como personas adultas?

Aaron Spender
Corresponsal senior
New York Journal

Melissa,

No me malinterpretes, querida, NO os estaba espiando pero habría que estar CIEGA para no darse cuenta de que anoche en el Pastis le rompiste la crisma a Aaron Spender con el bolso. Supongo que ni siquiera me viste; estaba en la barra y miré alrededor porque me pareció oír tu nombre, por cierto…, ¿no se supone que tenías que estar cubriendo el desfile de Prada? Y entonces, BUM, las pastillas de menta y los cosméticos de Maybelline salieron volando.

Querida, fue precioso.

La verdad es que tienes una puntería excelente. Pero dudo que Kate Spade diseñara ese bolsito tan divino para utilizarlo como proyectil. Seguro que habría diseñado el cierre más resistente si hubiera sabido que las mujeres iban a soltar mandobles con él como si fuera una raqueta de tenis.

En serio, querida, tengo que saberlo: ¿Aaron y tú habéis terminado? Es que nunca me pareció que estuvierais hechos el uno para el otro. Me refiero a que, joder, el hombre estaba nominado para los Pulitzer. Aunque, si quieres que te sea sincera, cualquiera podía haber escrito ese artículo sobre el niño etíope. Me pareció muy sensiblero. La parte en la que la hermana vende su cuerpo para que tenga arroz… Por favor, parecía Dickens.

O sea que esto no te va a importar, ¿verdad? Porque estoy invitada a la casa que Stephen tiene en los Hamptons y estaba pensando en invitar a Aaron para que me prepare un Cosmos. Pero me reprimiré si te vas a poner en plan Joan Collins conmigo.

P. D.: Tenías que haber llamado si hoy no pensabas venir, querida. Me parece que te has metido en un lío. He visto a esa especie de gnomo (Amy no sé qué) de Recursos Humanos merodeando por tu mesa hace un rato.

XXXOOO

Dolly

Para: Mel Fuller <melissa.fuller@thenyjournal.com>
De: George Sanchez
    <george.sanchez@thenyjournal.com>
Asunto: ¿Dónde demonios estás?

¿Dónde demonios estás? Pareces tener la impresión equivocada de que los días libres no se acuerdan de antemano con el jefe.

Esto me hace albergar ciertas dudas de que seas una buena columnista. Te veo más bien de documentalista, Fuller.

George

Para: Mel Fuller <melissa.fuller@thenyjournal.com>
De: Aaron Spender <aaron.spender@thenyjournal.com>
Asunto: Anoche

Esto no es propio de ti, Melissa. Por el amor de Dios, Barbara y yo estábamos juntos en una zona en guerra. El fuego antiaéreo explotaba a nuestro alrededor. Creíamos que las fuerzas rebeldes iban a capturarnos en cualquier momento. ¿No lo entiendes?

No significó nada para mí, Melissa, te lo juro.

Dios mío, no tenía que habértelo dicho. Pensaba que eras más madura. Pero mira que montar el numerito de desaparecer…

Bueno, nunca me lo habría esperado de una mujer como tú, es todo lo que tengo que decir.

Aaron Spender
Corresponsal senior
New York Journal

Para: Mel Fuller <melissa.fuller@thenyjournal.com>
De: Nadine Wilcock
    <nadine.wilcock@thenyjournal.com>
Asunto: Esto no tiene ninguna gracia

Chica, ¿dónde estás? Me estoy empezando a preocupar. ¿Por qué no me has llamado, por lo menos? Espero que no te haya atropellado un autobús o algo así. Pero supongo que si te hubiera pasado alguna desgracia nos habrían avisado. Eso suponiendo que lleves el pase de prensa encima.

Bueno, no me preocupa realmente que estés muerta. Lo que realmente me preocupa es que te despidan y tener que volver a almorzar con Dolly. Me he visto obligada a comer con ella dado que estás Desaparecida en Combate, y casi me muero. La tía se ha tomado una ensalada sin aliñar. ¿Entiendes la gravedad del asunto? SIN ALIÑAR.

Y luego se ha visto compelida a hacer algún comentario sobre cada cosa que me introducía en la boca. «¿Sabes cuántos gramos de grasa tiene ese frito?» «¿Sabes, Nadine? Un buen sustituto de la mayonesa es el yogur desnatado.»

Me gustaría decirle dónde se puede meter su yogur desnatado.

Por cierto, creo que deberías saber que Spender va por ahí diciendo que haces esto por lo que sea que sucediera entre vosotros anoche.

Si lo que te acabo de decir no te hace aparecer por aquí, y rápido, no sé qué te hará venir.

Nad :-)

Para: George Sanchez
   <george.sanchez@thenyjournal.com>
De: Mel Fuller <melissa.fuller@thenyjournal.com>
Asunto: Dónde demonios estaba

Dado que, al parecer, es tan importante para ti y Amy Jenkins que los empleados rindan cuenta de cada momento que no pasan en la oficina, te haré un resumen detallado de mi paradero mientras estaba inevitablemente ausente.

¿Preparado? ¿Ya tienes tu Mountain Dew? Me han dicho que la máquina del Departamento de Arte funciona sin problemas.

La mañana de Mel:

7.15 h – Suena el despertador. Aprieto el botón de repetición.

7.20 h – Suena el despertador. Aprieto el botón de repetición.

7.25 h – Suena el despertador. Aprieto el botón de repetición.

7.26 h – Me despierto al oír ladrar al perro de la vecina. Apago el despertador.

7.27 h – Voy al baño tambaleándome. Llevo a cabo mis abluciones matutinas.

7.55 h – Voy a la cocina tambaleándome. Ingiero alimento en forma de barrita de cereales y el kung-pao sobrante del restaurante del martes por la noche.

7.56 h – El perro de la vecina sigue ladrando.

7.57 h – Me seco el pelo con el secador.

8.10 h – Pongo el Canal Uno para ver el tiempo.

8.11 h – El perro de la vecina sigue ladrando.

8.12 h – Intento encontrar algo que ponerme de entre el surtido de ropa amontonado en el único armario, tamaño nevera, que tengo en mi estudio.

8.30 h – Me rindo. Me pongo una falda negra de rayón, una camisa negra de rayón y zapatos planos abiertos por detrás.

8.35 h – Cojo un bolso negro. Busco las llaves.

8.40 h – Encuentro las llaves en un bolso. Salgo del apartamento.

8.41 h – Veo que el ejemplar del *New York Chronicle* de

18

la señora Friedlander (sí, George, mi vecina está suscrita a nuestro mayor competidor; ¿no estás de acuerdo conmigo en que deberíamos hacer algo para atraer a lectores de mayor edad?) sigue en el suelo delante de la puerta de su apartamento. Normalmente se levanta a las seis para sacar a pasear a su perro y entonces recoge el periódico.

8.42 h – Me doy cuenta de que el perro de la señora Friedlander sigue ladrando. Llamo a la puerta para asegurarme de que todo marcha bien. (Algunos neoyorquinos sí nos preocupamos por nuestros vecinos, George. Tú no lo sabes, claro está, dado que las noticias sobre personas que se preocupan por los demás no venden demasiado. Me he percatado de que las noticias del *Journal* suelen tratar sobre vecinos que se líen a tiros en vez de pedirse un poco de azúcar.)

8.45 h – Tras llamar varias veces, la señora Friedlander sigue sin abrir la puerta. Sin embargo, *Paco*, su gran danés, sigue ladrando con energía renovada.

8.46 h – Intento abrir la puerta del apartamento de la señora Friedlander. Curiosamente no está cerrada con llave. Entro.

8.47 h – Me reciben el gran danés y dos gatos siameses. Ni rastro de la señora Friedlander.

8.48 h – Me encuentro a la señora Friedlander tumbada boca abajo en la alfombra del salón.

¿Entendido, George? ¿Lo pillas, George? ¡La señora estaba tendida boca abajo en la alfombra del salón! ¿Qué se supone que debía hacer, George? ¿Llamar a Amy Jenkins de Recursos Humanos?

No, George. Ese cursillo de socorrismo que nos obli-

19

gaste a hacer a todos valió la pena. Así fui capaz de descubrir que la señora Friedlander no sólo tenía pulso sino que respiraba. Así que llamé al 911 y me quedé con ella hasta que llegó la ambulancia.

Junto con la ambulancia, George, vinieron unos policías. ¿Y sabes qué dijo la policía, George? Dijo que parecía que la señora Friedlander había recibido un golpe. Desde atrás, George. ¡Algún desgraciado golpeó a la anciana en la nuca!

¿Te lo imaginas? ¿Quién es capaz de hacerle eso a una mujer de ochenta años?

No sé qué le está pasando a esta ciudad, George, si resulta que las ancianitas ya ni siquiera están seguras en su propia casa. Pero te digo que aquí hay una noticia, y creo que yo debería ser quien la redactara.

¿Qué opinas, George?

Mel

Para: Mel Fuller <melissa.fuller@thenyjournal.com>
De: George Sanchez
    <george.sanchez@thenyjournal.com>
Asunto: Aquí hay una noticia

La única noticia que hay aquí es la que no he oído. Y sería la noticia de por qué, sólo porque golpearon a tu vecina en la cabeza, no vienes a trabajar o ni siquiera llamas a alguien para decir dónde estás.

Esa noticia sí me gustaría oírla.

George

Para: George Sanchez
    <george.sanchez@thenyjournal.com>
De: Mel Fuller <melissa.fuller@thenyjournal.com>
Asunto: Dónde estaba

George, qué insensible eres. Me encuentro a la vecina tirada boca abajo en el salón, víctima de una brutal agresión y ¿tú crees que lo primero que se me ocurriría sería llamar a la empresa para explicar por qué iba a llegar tarde?

Pues lo siento, George, pero ni siquiera se me pasó por la cabeza. ¡Resulta que la señora Friedlander es amiga mía! Quería ir con ella en la ambulancia pero estaba el problemilla de *Paco*.

O quizá debería decir el problemón de *Paco*. *Paco* es el gran danés de la señora Friedlander, George. Pesa sesenta kilos, George, o sea más que yo.

Y tenía que salir a la calle, urgentemente.

Así que después de sacarlo le di de comer y de beber e hice lo mismo con *Tweedledum* y *Señor Peepers*, los gatos siameses (desgraciadamente, *Tweedledee* murió el año pasado). Mientras estaba en ello, la policía ha comprobado la puerta para ver si encontraban indicios de que la hubieran forzado. Pero no había nada, George.

¿Sabes qué significa esto? Significa que probablemente conocía a su agresor, George. ¡Probablemente lo dejó entrar por voluntad propia!

Y lo que es todavía más raro, tenía 276 dólares en metálico en el bolso y ahí estaban. Igual que sus joyas, George. No fue un robo.

George, ¿por qué no crees que aquí hay material para una noticia? Algo va mal. Muy mal.

Cuando por fin llegué al hospital me informaron de que estaban operando a la señora Friedlander. ¡Los médicos intentaban desesperadamente reducirle la presión causada en el cerebro por un coágulo de sangre enorme que se le había formado bajo el cráneo! ¿Qué se supone que debía hacer, George? ¿Marcharme? La policía no lograba ponerse en contacto con ningún familiar. Soy todo lo que tiene, George.

Doce horas. Tardaron doce horas. Tuve que volver al apartamento dos veces para sacar a *Paco* a pasear antes incluso de que acabaran la operación. Y cuando terminó, los médicos salieron y me dijeron que la operación no había ido demasiado bien. ¡La señora Friedlander está en coma, George! Quizá nunca salga de él.

Y hasta que eso ocurra, ¿adivina quién tiene que ocuparse de *Paco*, *Tweedledum* y *Señor Peepers*?

Adelante, adivina, George.

No intento despertar compasión. Lo sé. Debería haber llamado. Pero el trabajo no era precisamente lo más importante en esos momentos, George.

Pero, escucha, ahora que ya estoy aquí ¿qué te parece si me dejas escribir algo sobre lo ocurrido? Ya sabes, podríamos enfocarlo desde el punto de vista de andarse con cuidado con quien dejamos entrar en nuestra casa. La policía sigue buscando al pariente más cercano de la señora Friedlander, su sobrino, creo, y cuando lo encuentren podría entrevistarlo. ¿Sabes? La mujer es extraordinaria. Con ochenta años sigue yendo al gimnasio tres veces por semana y el mes pasado se fue en avión a Helsinki para una representación de *Rings*. En serio. Su marido era Henri Friedlander, el millonario del autocierre. Ya sabes, el autocierre ese que llevan las bolsas de basura. Tiene una fortuna valorada por lo menos en seis o siete millones.

Venga, George. Déjame intentarlo. No puedes tenerme dedicada a los cotilleos de la Página Diez eternamente.

Mel

Para: Mel Fuller <melissa.fuller@thenyjournal.com>
De: George Sanchez
    <george.sanchez@thenyjournal.com>
Asunto: No puedes tenerme dedicada a los cotilleos
    de la Página Diez eternamente

Sí puedo.

¿Y sabes por qué? Porque soy el jefe de redacción de este periódico y puedo hacer lo que me dé la gana.

Además, Fuller, te necesitamos en la Página Diez.

¿Quieres saber por qué te necesitamos en la Página Diez? Porque lo cierto es, Fuller, que te importa. Te importan las batallas legales de Winona Ryder. Te importa que Harrison Ford se sometiera a un peeling químico. Te importan los pechos de Courtney Love y si son o no de silicona.

Reconócelo, Fuller. Te importa.

Lo otro no es ninguna noticia, Fuller. Cada día golpean a viejecitas en la cabeza para robarles el cheque de la Seguridad Social.

Hay una cosa llamada teléfono. La próxima vez, úsala. *Capisce?*

Ahora pásame el manuscrito del desfile de Prada.

George

Para: George Sanchez
    <george.sanchez@thenyjournal.com>
De: Mel Fuller <melissa.fuller@thenyjournal.com>
Asunto: No me importan los pechos de Courtney Love…

… y te arrepentirás de no dejarme escribir la noticia de Friedlander, George. Créeme, ahí hay algo. Lo presiento.

Y, por cierto, Harrison NUNCA se sometería a un peeling químico.

Mel

P. D.: ¿Y a quién no le importa Winona Ryder? Con lo mona que es. ¿No quieres que la pongan en libertad, George?

Para: Recursos Humanos
    <recursos.humanos@henyjournal.com>
De: Mel Fuller <melissa.fuller@thenyjournal.com>
Asunto: Mi impuntualidad

Estimados Recursos Humanos:

¿Qué puedo decir? Me habéis pillado. Supongo que mi

- alcoholismo
- drogadicción
- ludopatía
- maltratos en la pareja
- trastornos del sueño
- depresión clínica

y unos cuantos problemas más me han hecho tocar fondo. ¡Por favor, inscribidme en un Programa de Ayuda al Personal de inmediato! Si puede ser, asignadme a un loquero que se parezca a Brendan Fraser y que lleve a cabo las sesiones de terapia sin camisa, sería todo un detalle.

Porque el principal trastorno que sufro es ser una mujer de veintisiete años que vive en Nueva York y no es capaz de encontrar a un hombre que valga la pena. Un hombre que no me engañe, que no viva con su madre y que lo primero que haga el domingo por la mañana no sea leer la sección de Cultura del *Chronicle*. No sé si me explico. ¿Es mucho pedir?

A ver si el Programa de Ayuda al Personal me arregla todo eso.

Mel Fuller
Columnista de la Página Diez
New York Journal

Para: Aaron Spender
    <aaron.spender@thenyjournal.com>
De: Mel Fuller <melissa.fuller@thenyjournal.com>
Asunto: ¿Podemos sentarnos a hablar como personas
    adultas?

No hay nada de que hablar. De verdad, Aaron. Siento haberte lanzado el bolso. Fue una reacción infantil que lamento profundamente.

Y no quiero que pienses que el motivo por el que rompemos tiene algo que ver con Barbara. En serio, Aaron lo nuestro había terminado mucho antes de que me contaras lo de Barbara. Reconozcámoslo, Aaron, somos demasiado distintos. A ti te gusta Stephen Hawking y a mí Stephen King.

Sabes que nunca habría funcionado.

Mel

Para: Dolly Vargas <dolly.vargas@thenyjournal.com>
De: Mel Fuller <melissa.fuller@thenyjournal.com>
Asunto: Aaron Spender

No le tiré el bolso. Se me cayó de la mano al ir a coger la bebida y, sin querer, salió disparado por el aire y le dio a Aaron en el ojo.

Y si lo quieres, Dolly, te lo puedes quedar.

Mel

Para: Nadine Wilcock
    <nadine.wilcock@thenyjournal.com>
De: Mel Fuller <melissa.fuller@thenyjournal.com>
Asunto: Dónde estaba

Vale, vale, tenía que haber llamado. Lo ocurrido fue una pesadilla. Pero alucina. Esto no te lo vas a creer:

Aaron me puso los cuernos en Kabul.

Eso es. Y nunca adivinarías con quién. En serio. Por mucho que lo intentes, no lo adivinarás.

De acuerdo, te lo diré: Barbara Bellerieve.

Ajá. Has leído bien: Barbara Bellerieve, respetada corresponsal senior de la cadena ABC, reciente presentadora del programa de noticias 24/7 y votada como una de las cincuenta personas más guapas en la revista *People* del mes pasado.

¿Puedes creerte que se acostara con AARON? Me refiero a que podría haberse enrollado con George Clooney, por el amor de Dios. ¿Qué le vería a AARON?

No es que no sospechara. Siempre pensé que los artículos que mandó por correo electrónico durante el mes que estuvo como enviado especial eran demasiado pagados de sí mismos.

¿Sabes cómo lo descubrí? ¿Lo sabes? Él me lo DIJO. Estaba «preparado para llegar al siguiente nivel de intimidad» conmigo (tienes tres oportunidades para adivinar qué nivel es ÉSE) y que para ello consideraba que debía «confesar». Dijo que desde que pasó lo ha «carcomido la culpa» y que «todo eso no significó nada».

Cielos, menudo imbécil. Me cuesta creer que haya desperdiciado tres meses de mi vida con él.

¿Es que no hay por ahí ningún hombre que valga la pena? Aparte de Tony, claro está. Nadine, te juro que tu novio es el último hombre bueno que hay en la tierra. ¡El último! Aférrate a él y no le dejes escapar porque, créeme, lo de ahí fuera es una jungla.

Mel

P. D.: Hoy no puedo almorzar contigo. Tengo que ir a casa y sacar a pasear al perro de mi vecina.
P. P. D.: No preguntes, es una larga historia.

Para: Mel Fuller <melissa.fuller@thenyjournal.com>
De: Nadine Wilcock
    <nadine.wilcock@thenyjournal.com>
Asunto: Ese imbécil

Mira, el chico te ha hecho un favor. Sé sincera, Mel. ¿Realmente te imaginabas que teníais futuro como pareja? Me refiero a que fuma en PIPA, por el amor de Dios. ¿Y qué es eso de tanta música clásica? ¿Quién se cree que es? ¿Harold Bloom?

No. Es periodista, igual que todos nosotros. No va por ahí escribiendo obras literarias. ¿Por qué tiene ese busto de Shakespeare encima del monitor?

El tío es un fantasma y lo sabes, Mel. Por eso, a pesar de llevar tres meses saliendo con él nunca os habéis acostado.

¿Recuerdas?

Nad ;-)

Para: Nadine Wilcock <nadine.wilcock@thenyjournal.com>
De: Mel Fuller <melissa.fuller@thenyjournal.com>
Asunto: Ese imbécil

Nunca me he acostado con él por culpa de la perilla. ¿Cómo iba a acostarme con alguien que parece Robin Hood?

No me quería lo suficiente como para afeitársela.

¿Qué tengo de malo, Nad? ¿Ni siquiera valgo como para que se afeiten por mí?

Mel

Para: Mel Fuller <melissa.fuller@thenyjournal.com>
De: Nadine Wilcock <nadine.wilcock@thenyjournal.com>
Asunto: Ese imbécil

Deja de compadecerte de ti misma, Mel. Sabes que eres guapísima. Está claro que el hombre padece un trastorno psiquíco. Deberíamos mandarle a Amy Jenkins.

¿Por qué no vamos almorzar hoy? No te preocupes, no pretendo ir a una hamburguesería. Si en dos meses no consigo llegar a la talla 40, no hay boda. Todas las mujeres de la familia se han casado con el traje de novia de mi madre. No quiero ser la primera Wilcock que no se puede abrochar el vestido.

Nad :-)

Para: Nadine Wilcock
    <nadine.wilcock@thenyjournal.com>
De: Mel Fuller <melissa.fuller@thenyjournal.com>
Asunto: Almuerzo

No puedo almorzar. Tengo que ir a casa y pasear al perro de la señora Friedlander.

¿Te has enterado de las últimas noticias? Chris Noth y Winona.

Va en serio. Les vieron besándose delante del Crunch Fitness Center de Lafayette Street.

¿Cómo es posible que esté tan ciega? ¿No se da cuenta de que no es bueno para ella? Mira lo que le hizo a la pobre Sarah Jessica Parker en *Sexo en Nueva York*.

Mel

Para: Mel Fuller <melissa.fuller@thenyjournal.com>
De: Nadine Wilcock
    <nadine.wilcock@thenyjournal.com>
Asunto: La vida real

Mel, siento tener que decírtelo pero *Sexo en Nueva York* es una serie de ficción. ¿Has oído hablar alguna vez de algo llamado series de televisión? Sí, son ficticias. Lo que sucede en ellas no refleja la vida real. Por ejemplo, en la vida real Sarah Jessica Parker está casada con Matthew Broderick y por eso lo que el personaje de Chris Noth le hiciera al personaje de ella en la serie no ocurrió realmente.

Es decir, me parece que tendrías que preocuparte menos por Winona y más por ti.

Pero no es más que mi opinión, claro está.

Nad

Para: Mel Fuller <melissa.fuller@thenyjournal.com>
De: Tim Grabowski
    <timothy.grabowski@thenyjournal.com>
cc: Nadine Wilcock
    <nadine.wilcock@thenyjournal.com>
Asunto: CONFIDENCIAL

Muy bien, chicas, agarraos fuerte. Tengo lo que preguntasteis, los aumentos de sueldo para el año que viene. No ha sido fácil.

Si le contáis a alguien de dónde habéis sacado la información os acusaré a las dos de ludópatas y os meterán en un Programa de Ayuda al Personal en menos que canta un gallo.

Allá va:

Nombre	Cargo	Sueldo:
Peter Hargrave	Director	120.000 $
George Sanchez	Jefe de redacción	85.000 $
Dolly Vargas	Redactora de moda	75.000 $
Aaron Spender	Corresponsal jefe	75.000 $
Nadine Wilcock	Crítica gastronómica	45.000 $
Melissa Fuller	Columnista de la pág. 10	45.000 $
Amy Jenkins	Adm. de Recursos Humanos	45.000 $

Leedlo y llorad, chicas.

Timothy Grabowski
Programador informático
New York Journal

Para: Mel Fuller <melissa.fuller@thenyjournal.com>
De: Nadine Wilcock
   <nadine.wilcock@thenyjournal.com>
Asunto: CONFIDENCIAL

No me puedo creer que Amy Jenkins gane lo mismo que nosotras. ¿En qué consiste su trabajo? Se sienta a escuchar a la gente quejarse de su seguro dental.

Venga ya…

Me sorprende lo de Dolly. Pensaba que ganaba más. Quiero decir, ¿cómo se las apaña para comprar pañuelos de Hermès con sólo 75.000 dólares anuales?

Nad ;-)

Para: Nadine Wilcock
    <nadine.wilcock@thenyjournal.com>
De: Mel Fuller <melissa.fuller@thenyjournal.com>
Asunto: CONFIDENCIAL

¿Estás de broma? Dolly es de familia rica. ¿Nunca la has oído hablar sobre sus vacaciones en Newport?

Iba a pedirle a Aaron que saliéramos a tomar una copa «de perdón» después del trabajo, NO para volver con él sino para que pare de una vez con Wagner, pero ahora que veo que gana mucho más que yo, ni siquiera soporto mirarlo. SÉ que escribo mejor que él. Así que ¿por qué gana él 75.000 dólares al año mientras que yo sigo ganando 45.000 dedicándome a los desfiles de moda y los estrenos de cine?

Mel

Para: Mel Fuller <melissa.fuller@thenyjournal.com>
De: Nadine Wilcock
   <nadine.wilcock@thenyjournal.com>
Asunto: CONFIDENCIAL

Pues… ¿porque se te dan bien? Me refiero a los desfiles de moda y los estrenos de cine.

Nad ;-)

P. D.: Tengo que escribir sobre ese nuevo restaurante de pato pequinés en Mott. Acompáñame.

Para: Nadine Wilcock
   <nadine.wilcock@thenyjournal.com>
De: Mel Fuller <melissa.fuller@thenyjournal.com>
Asunto: Almuerzo

No puedo. Ya sabes que no puedo. Tengo que sacar a pasear a *Paco*.

Mel

Para: Mel Fuller <melissa.fuller@thenyjournal.com>
De: Nadine Wilcock
    <nadine.wilcock@thenyjournal.com>
Asunto: Almuerzo y ese perro

Vale, ¿cuánto va a durar esto? Me refiero a lo tuyo con el perro. No puedo ir a almorzar sola todos los días. ¿Quién va a evitar que me coma una hamburguesa doble con queso?
    Va en serio. Esto del perro está acabando conmigo.

Nad

Para: Nadine Wilcock
    <nadine.wilcock@thenyjournal.com>
De: Mel Fuller <melissa.fuller@thenyjournal.com>
Asunto: Almuerzo y ese perro

¿Qué quieres que haga, Nadine? ¿Dejar al pobre encerrado en el apartamento hasta que reviente? Ya sé que no te van mucho los perros pero sé compasiva. Es sólo hasta que la señora Friedlander mejore.

Mel

P. D.: Noticia fresca: Harrison Ford y su mujer vuelven a estar juntos. Te lo juro. Acaba de llamar su publicista.
    Me alegro por los niños, ¿sabes? Al fin y al cabo son lo que importa.

Para: Mel Fuller <melissa.fuller@thenyjournal.com>
De: Nadine Wilcock
   <nadine.wilcock@thenyjournal.com>
Asunto: Es sólo hasta que la señora Friedlander mejore

¿Y cuándo va a ser ESO? Aquí el planeta Tierra llamando a
Mel. Regresa, Mel. La mujer está en COMA. ¿Entendido?
Está COMATOSA. Creo que tienes que tomar alguna decisión sobre las mascotas de la mujer. Eres un FELPUDO. Una
mujer COMATOSA te está utilizando de FELPUDO.

Seguro que tiene algún familiar, Mel. ENCUÉNTRALO.
Además, la gente no debería tener a un gran danés en
una ciudad. Es una crueldad.

Nad :-)

P. D.: Eres la única persona que conozco a quien le sigue
importando que Harrison Ford se reconcilie con su mujer.
Déjalo, chica.

Para: Mel Fuller <melissa.fuller@thenyjournal.com>
De: Don y Beverly Fuller <DonBev@dnr.com>
Asunto: Debbie Phillips

Melissa, cariño, soy mamá. ¡Tu padre y yo ya tenemos correo electrónico! ¿No es fantástico? Ahora puedo escribirte y a lo mejor contestas, para variar.

Era una broma, querida.

Bueno, tu padre y yo hemos pensado que te interesaría
saber que Debbie Phillips… Te acuerdas de Debbie, ¿no?,

la hija pequeña del doctor Phillips. Era tu dentista. ¿Y no fue Debbie la Reina de ex alumnos en tu último curso del instituto? Bueno pues ¡Debbie se acaba de casar! ¡Sí! Salió en el periódico.

Y ¿sabes qué, Melissa? Ahora el *Duane County Register* está on the line… Oh, papá dice que es ON LINE, no on the line. Bueno, lo que sea, me hago un lío.

Bueno, el anuncio de la boda de Debbie está ON LINE, así que te lo mando, con eso que llaman archivo adjunto. Espero que te guste, querida. ¡Se ha casado con un médico de Westchester! Bueno, siempre supimos que encontraría un buen partido. Con esa melena rubia tan bonita. Y además se licenció summa cum laude en Princeton. Luego estudió Derecho. Impresionante.

No es que ser periodista tenga nada malo. ¡Los periodistas son tan importantes como los abogados! Y sabe Dios que todos necesitamos leer unos cuantos cotilleos de vez en cuando. Por cierto, ¿te has enterado de lo de Ted Turner con Martha Stewart? Me quedé de piedra.

Bueno, ¡a disfrutar! Y que no se te olvide cerrar la puerta con llave por la noche. Tu padre y yo nos preocupamos por ti, que vives sola en la gran ciudad.

Hasta pronto,

Mamá

Archivo adjunto: ✉ (Foto glamurosa de una pareja de novios.)

Deborah Marie Phillips, hija del doctor Reed Andrew Phillips y señora, oriundos de Lansing, contrajo matrimonio la semana pasada con Michael Bourke, hijo del doctor Reginald Bourke y señora, oriundos de Chapaqua, Nueva York. El reverendo James Smith ofició la ceremonia en la iglesia católica de Saint Anthony, Lansing.

Deborah Philips, de 26 años, es socia de Schuler, Higgins y Brandt, el bufete internacional de abogados con sede en Nueva York. Se licenció summa cum laude en Princeton y estudió Derecho en Harvard. Su padre es dentista y cirujano bucodental en Lansing, donde tiene clínica propia. El señor Bourke, de 31 años, se licenció en Yale y obtuvo un máster en la Universidad de Columbia. Es socio de la sociedad de inversiones de Lehman Brothers. Su padre, ya jubilado, fue presidente de Bourke & Associates, empresa de inversiones privada.

Tras su luna de miel en Tailandia, la pareja residirá en Chapaqua.

Para: Mel Fuller <melissa.fuller@thenyjournal.com>
De: Dolly Vargas <dolly.vargas@thenyjournal.com>
Asunto: Madres

Querida, cuando he oído esos gritos de angustia desde tu cubículo he pensado que, como poco, Tom Cruise debía de haber salido por fin del armario. Pero Nadine me dice que es porque acabas de recibir un mensaje de correo electrónico de tu madre.

No sabes qué bien te entiendo. Qué contenta estoy de que mi madre esté siempre demasiado borracha como para aprender a utilizar un teclado. Te sugiero encarecidamente que envíes a tus queridos padres una caja de Campari y sanseacabó. Créeme, es la única forma de mantenerlos calladitos sobre el temido asunto «C». Como en «¿Por qué no te has C todavía? Todas tus amigas están C. Ni siquiera intentas C. ¿Quieres que me muera sin tener nietos?».

Como si a mí se me hubiera pasado nunca por la cabeza PARIR. Supongo que una criaturita con buenos modales de seis años no estaría mal, pero es que resulta que no LLEGAN así. Hay que ENSEÑARLOS.

Agotador. Comprendo tu angustia.

XXXOOO

Dolly

P. D.: ¿Has visto que Aaron se ha afeitado? Qué lástima. Nunca me había dado cuenta de que tenía un mentón tan enclenque.

Para: Mel Fuller <melissa.fuller@thenyjournal.com>
De: Amy Jenkins <amy.jenkins@thenyjournal.com>
Asunto: Programa de Ayuda al Personal

Estimada señorita Fuller:

Tal vez le parezca divertido restarle importancia al Programa de Ayuda al Personal del Departamento de Recursos Humanos, pero le aseguro que hemos ayudado a muchos de sus compañeros de trabajo en momentos duros y difíciles. A través del asesoramiento y la terapia, todos han conseguido encontrarle sentido y provecho a la vida. Me resulta desalentador que menosprecie un programa que tanto ha hecho por tantas personas.

Tenga en cuenta que hemos guardado una copia de su

último mensaje de correo en su archivo de Personal y que su superior lo tendrá a su disposición durante la siguiente revisión de rendimiento.

Amy Jenkins
Administradora de Recursos Humanos
New York Journal

Para: Amy Jenkins <amy.jenkins@thenyjournal.com>
De: Mel Fuller <melissa.fuller@thenyjournal.com>
Asunto: Programa de Ayuda al Personal

Estimada señorita Jenkins:

Lo que me parece desalentador es el hecho de que haya recurrido a usted y al resto de los administradores de Recursos Humanos y que en vez de recibir la ayuda que tanta falta me hace, me rechacen de forma tan brutal. ¿Insinúa que mi estado crónico de mujer soltera no merece ayuda? ¿Tengo que decirle lo desmoralizador que resulta comprar comida preparada para uno cada noche en el Food Emporium? ¿Y qué le parece tener que pedir sólo una porción de pizza? ¿No cree que, porción tras porción, va disminuyendo mi autoestima?

¿Y qué me dice de la ensalada? ¿Tiene idea de cuántos kilos de lechuga he ingerido en un intento por mantener la talla 40 para atraer a un hombre? ¿Por mucho que vaya en contra de cada una de las fibras de mi actitud feminista satisfacer las convenciones misóginas presentes en la cultura occidental y que insisten en que el atractivo equivale a la talla de cintura de la mujer?

Si pretende decir que ser soltera en la ciudad de Nueva York no es una discapacidad, entonces le sugiero que visite una tienda de comida preparada en Manhattan un sábado por la noche. ¿Quiénes abarrotan el bufé de ensaladas?

Eso es. Las chicas solteras.

Sea realista, Amy. Ahí afuera hay una jungla. Mata o muere. Sólo le sugiero que usted, como experta en salud mental, acepte esa realidad y haga algo.

Melissa Fuller
Columnista de la Página Diez
New York Journal

Para: Mel Fuller <melissa.fuller@thenyjournal.com>
De: George Sanchez
    <george.sanchez@thenyjournal.com>
Asunto: Para ya

Deja de tomarle el pelo a Amy Jenkins de Recursos Humanos. Ya sabes que no tiene sentido del humor.

Si tienes tanto tiempo libre, ven a verme. Te daré un montón de trabajo. El tío de necrológicas acaba de largarse.

George

No sé por dónde empezar. En primer lugar, no soporto esto. Te preguntarás qué es «esto».

Te lo diré: «Esto» es estar todo el día aquí sentado viéndote en el cubículo, sabiendo que has dicho que no quieres volver a hablar conmigo.

«Esto» es verte caminar hacia mí, pensando que quizá hayas cambiado de idea y que pases por mi lado sin ni siquiera mirar en mi dirección.

«Esto» es saber que saldrás de aquí al final de la jornada, que no tendré ni idea de dónde estarás ni qué harás, y que transcurrirá un montón de horas antes de que aparezcas por aquí al día siguiente.

«Esto» es, ¿o debería decir «éstas son»?, las incontables horas durante las que mi mente me abandona y te sigue por la puerta, te sigue en un viaje que no lleva a ninguna parte, justo donde empecé, aquí sentado pensando en «esto».

Aaron Spender
Corresponsal senior
New York Journal

Para: Aaron Spender
    <aaron.spender@thenyjournal.com>
De: Mel Fuller <melissa.fuller@thenyjournal.com>
Asunto: «Esto»

Ha sido muy conmovedor, Aaron. ¿Alguna vez te has planteado ganarte la vida escribiendo novelas?

En serio. Creo que tienes mucho talento.

Mel

Para: Nadine Wilcock
    <nadine.wilcock@thenyjournal.com>
De: Tony Salerno <manjares@fresche.com>
Asunto: Tenemos correo electrónico

¡Nad! ¡Mira! ¡Tenemos correo electrónico!

¿No te parece fantástico? Puedes escribirme a manja-
res@fresche.com. ¿Lo pillas? ¡Soy manjares porque soy el
chef!

Bueno he pensado en mandarte un saludo. ¡Ahora podemos pasarnos el día enviándonos mensajes de correo
electrónico!

¿Cómo vas vestida? ¿Cómo es que nunca llevas al trabajo el bustier que te compré?

¿Quieres saber cuáles son las sugerencias para la cena?

- Puntas de espárragos envueltas en salmón
- Cangrejo de concha blanda
- Sopa de langosta
- Pasta a la putanesca

- Salmonetes con salsa de orrechiette
- Filet mignon
- Crème brûlée

Te guardaré un poco de sopa.

Oye, por cierto, mi tío Giovanni ha montado una fiesta de compromiso el fin de semana que viene. Nada lujoso, una reunión al aire libre junto a la piscina en su casa de Long Island. ¡Así que resérvate el sábado!

Te quiero,
Tony

Para: Mel Fuller <melissa.fuller@thenyjournal.com>
De: Nadine Wilcock
    <nadine.wilcock@thenyjournal.com>
Asunto: Otra

Mira, Gio, el tío de Tony, nos ha montado una fiesta de compromiso (sí, otra) y te lo digo ahora mismo, TIENES QUE VENIR. En serio, Mel, no me veo capaz de soportar a otro montón de Salerno sin ti. Ya sabes cómo son.

Y habrá piscina. Ya sabes que van a tirarme al agua. Lo sabes perfectamente.

Dime que vendrás y evita que me humillen. POR FAVOR.

Nad :-O

P. D.: Y no me vengas otra vez con la excusa del dichoso PERRO.

Para: Nadine Wilcock
    <nadine.wilcock@thenyjournal.com>
De: Mel Fuller <melissa.fuller@thenyjournal.com>
Asunto: No puedo

Sabes que no puedo ir. ¿Cómo me voy a ir hasta Long Island cuando tengo que pensar en *Paco*? Sabes que tiene que salir cada cuatro o cinco horas. Se me están gastando las Steve Madden de tanto ir y venir entre la oficina y mi bloque de apartamentos, intentando llegar a tiempo para sacarlo. Me resulta imposible ir hasta Long Island. El pobrecillo podría explotar.

Mel

P. D.: Vivica, ya sabes, la súper modelo y última mujer florero para Donald Trump, ¡lo ha dejado! ¡En serio! ¡Ha dejado a Donald! Él ha declarado que estaba destrozado y ella ha desaparecido del mapa.

Pobrecillos. La verdad es que pensaba que esta vez iba a funcionar.

Para: Mel Fuller <melissa.fuller@thenyjournal.com>
De: Nadine Wilcock
    <nadine.wilcock@thenyjournal.com>
Asunto: *Paco*

Oye, esto es ridículo. Mel, no puedes dejar de vivir sólo porque resulta que tu vecina está en coma. De verdad. Esa mujer debe de tener algún pariente que cuide de ese perro estúpido. ¿Por qué tienes que hacerlo TÚ?

Ya has hecho suficiente, por el amor de Dios. Probablemente le salvaste la vida. Deja que otra persona se ocupe de *Paco* y sus necesidades.

Va en serio. Yo no me meto en esa piscina sola. Si tú no encuentras al pariente más cercano de esa mujer, lo encontraré yo.

Nad :-)

P. D.: Perdona, entiendo que te preocupes por Winona, pero ¿por Donald? Y Vivica, ¿la chica del Wonderbra de Victoria's Secret? Lo arreglarán, créeme.

Para: Nadine Wilcock
    <nadine.wilcock@thenyjournal.com>
De: Mel Fuller <melissa.fuller@thenyjournal.com>
Asunto: *Paco*

Para ti es fácil decir que otra persona se ocupe de *Paco*. Lo que yo me pregunto es: ¿QUIÉN?

El único pariente vivo de la señora Friedlander es su sobrino Max y ni siquiera la policía ha sido capaz de localizarlo para contarle lo ocurrido. Sé que vive en la ciudad pero su número de teléfono no figura en el listín. Al parecer, es un fotógrafo con mucho futuro que expone en el Whitney o algo así. Por lo menos, eso decía su tía. Y está muy solicitado entre las mujeres…, de ahí que el número no salga en la guía, supongo que para que los maridos de las mujeres no lo localicen.

Y, por supuesto, su tía no tiene el número anotado en ningún sitio porque seguro que se lo sabía de memoria.

De todos modos, ¿qué puedo hacer? No puedo llevar al pobre a una perrera. Ya está bastante afectado por el hecho de que su dueña esté…, bueno, ya sabes. ¿Cómo voy a dejarlo encerrado en una jaula por ahí? Créeme, Nadine, si lo mirases a los ojos, tú tampoco podrías. Es la cosa más dulce que he visto en mi vida, incluyendo a mis sobrinos.

Si fuera un hombre me casaría con él. Te lo juro.

Mel

Para: Nadine Wilcock
    <nadine.wilcock@thenyjournal.com>
De: Tony Salerno <manjares@fresche.com>
Asunto: ¿Como que no vienes?

Nadine, TIENES que venir. La fiesta es para TI. Bueno, para ti y para mí. No puedes no venir.

Y no me vengas con esas chorradas de que no quieres que mi familia te vea en bañador. ¿Cuántas veces tengo que decirte que estás como un tren? ¿Te crees que me importa la talla que lleves? Estás más buena que el pan, chica.

Sólo que tendrías que ponerte más a menudo los tangas que te compré.

No entiendo qué cambia por el hecho de que Mel venga o no. ¿Por qué las mujeres siempre tienen que hacer las cosas juntas? Es absurdo.

Además, si estás tan preocupada por eso, diles que tienes una infección de oído y que no puedes meterte en el agua.

Joder. No entiendo a las mujeres. De verdad que no.

Tony

Queridas:

No he podido evitar oír vuestra pequeña conversación en el lavabo de señoras hace un momento. Estaba ocupada, de lo contrario me habría apuntado (realmente tendríamos que hablar con alguien sobre lo estrechos que son los lavabos). Menos mal que Jimmy, ya sabéis, el chico nuevo de los faxes, es increíblemente flexible porque si no, nunca lo habríamos conseguido. ;-)

En primer lugar, Mel, querida, Max Friedlander no expuso cualquier foto en el Whitney, lo cual sabrías si alguna vez te aventurases fuera del Blockbuster el tiempo suficiente para apreciar la cultura de verdad. Expuso un autorretrato increíble para la Bienal, en el que aparecía en cueros. Si queréis que os sea sincera, ese hombre es un genio de la fotografía.

Aunque quizá no sea ahí donde reside su verdadero talento, a juzgar por esa foto…, no sé si me entendéis. Estoy convencida de que sí.

Bueno, por razones que no alcanzo a entender, ha decidido rebajar su talento prostituyéndose con sesiones fotográficas, como, por ejemplo, el especial bañadores de *Sports Illustrated* del invierno pasado. Y creo que termina de acabar el catálogo de Navidad de Victoria's Secret.

Lo único que tenéis que hacer, nenas, es poneros en contacto con esas presuntas publicaciones y estoy convencida de que sabrán cómo hacerle llegar un mensaje.

Bueno, eso es todo por el momento.

XXXOOO

Dolly

P. D.: Oh, Mel, en cuanto a Aaron. Mira, ¿puedes lanzarle un hueso? En el plan que está no me sirve de nada. Y con tanto Wagner me está entrando migraña.

Para: Nadine Wilcock
    <nadine.wilcock@thenyjournal.com>
De: Mel Fuller <melissa.fuller@thenyjournal.com>
Asunto: Max Friedlander

Oye, gracias a Dolly ¡creo que al final he localizado a Max Friedlander!

Parece que nadie tiene su número pero tengo una dirección de correo electrónico. Ayúdame a escribirle un mensaje. Ya sabes que suplicar no se me da bien.

Mel

Para: Max Friedlander <photoguy@stopthepresses.com>
De: Mel Fuller <melissa.fuller@thenyjournal.com>
Asunto: Su tía

Estimado señor Friedlander:

Espero que reciba este mensaje. Probablemente no sepa que hace varios días que la policía intenta ponerse en contacto con usted. Siento informarle de que su tía, Helen Friedlander, está gravemente herida. Ha sido víctima de una agresión en su apartamento.

Ahora mismo se encuentra en estado crítico en el Hospital Beth Israel de aquí, de Nueva York. Desgraciadamente está en coma y los médicos no saben si llegará a recuperarse.

Por favor, señor Friedlander, si recibe este mensaje llámeme lo antes posible al móvil (917-555-2123) o, si lo prefiere, envíeme un mensaje de correo electrónico. Tenemos que hablar de la mejor forma de cuidar de los animales de su tía mientras ella está en el hospital.

Sé que, teniendo en cuenta la gravedad del estado de su tía, eso es lo que menos le preocupará, pero me extrañaría que, sabiendo lo mucho que su tía quiere a los animales, no tuviera usted algún tipo de plan para esta clase de situaciones. Soy su vecina (la del apartamento 15B) y he estado sacando a *Paco* a pasear y he cuidado de los gatos, pero me temo que mi horario no me permite dedicarme a los animales a jornada completa. El hecho de ocuparme de *Paco* está afectando a mi rendimiento en el trabajo.

Por favor, póngase en contacto conmigo lo antes posible.

Melissa Fuller

Para: Mel Fuller <melissa.fuller@thenyjournal.com>
De: Nadine Wilcock
    <nadine.wilcock@thenyjournal.com>
Asunto: La carta

Me gusta. Corta pero amable. Y transmite el mensaje.

Nad :-)

P. D.: Me parece bien que hayas eliminado la parte sobre tus tardanzas. En el mundo real a nadie le preocupa eso. Nuestra dichosa empresa es la única que se dedica a registrar lo tarde que llegamos.

Para: Nadine Wilcock
    <nadine.wilcock@thenyjournal.com>
De: Mel Fuller <melissa.fuller@thenyjournal.com>
Asunto: La carta

Sí, pero ¿crees que la recibirá? Por lo que me ha dicho la gente con la que he hablado, este Max Friedlander parece estar llevando el papel de artista playboy hasta unos límites insospechados. De hecho, ¡me extraña que nunca haya salido en la Página Diez!

Además, da la impresión de que siempre está de viaje. El mes pasado el tío estuvo haciendo un reportaje fotográfico en Tailandia, la semana que viene le toca Hawai y esta semana ¿quién sabe? Nadie parece tener ni idea de dónde está.

Oh, y no sirve de nada llamarle al móvil: según *Sports Illustrated*, lo perdió haciendo submarinismo en Belice.

Y si recibe este mensaje, ¿a ti te parece que es el tipo de persona a quien le va a importar?

Estoy un poco preocupada.

Bueno, supongo que tampoco es tan grave. Me refiero a que estoy estableciendo lazos afectivos con los gatos (bueno, *Señor Peepers* no quiere salir de debajo de la cama) y ahora *Paco* es como mi mejor amigo.

Pero he recibido cinco advertencias más de Recursos Humanos sobre la impuntualidad. ¡Creo que me van a poner en período de prueba! Pero ¿qué puedo hacer? *Paco* NECESITA pasear una hora por lo menos cada mañana.

De todos modos, si tengo que faltar a una fiesta de sociedad más por tener que ir a casa a sacar a pasear al perro, estoy segura de que me despedirán. La otra noche me perdí lo de Sarah Jessica Parker porque *Paco* estaba solo. Tuve que pasearlo durante más de una hora.

George se enfadó mucho porque el *Chronicle* se nos adelantó.

Aunque me cuesta creer que el *Chronicle* esté informando sobre cotilleos de los famosos. ¡Siempre me pareció que eran demasiado intelectuales para eso!

Mel

Para: Tom Barrett <conserje@paradiseinn.com>
De: Max Friedlander <photoguy@stopthepresses.com>
Asunto: Mensaje

A quien concierna:

Por favor entregue el siguiente mensaje a Vivica Chandler, que está en el Sopradilla Cottage.

Viv:

No, insisto, NO aceptes ningún mensaje, llamada de teléfono, fax, mensajes de correo electrónico, etc. a mi nombre de una mujer llamada Melissa Fuller.

No, no te preocupes, no es una de mis ex. Es la vecina de mi tía. Parece ser que Helen se cayó y esta tal Fuller intenta ponerse en contacto conmigo para hablar del tonto del perro.

Pero no vamos a permitir que nos estropee nuestra escapadita, ¿verdad?

Así que ni siquiera se te ocurra abrir la puerta hasta que yo llegue. Estoy acabando la sesión con Neve Campbell y entonces cogeré el último avión de Los Ángeles, por lo que debería llegar ahí a tiempo de ver el atardecer contigo, nena. Mantén el champán bien frío.

Te quiero,
Max

Para: Max Friedlander
    <photoguy@stopthepresses.com>
De: Tom Barrett <conserje@paradiseinn.com>
Asunto: Mensaje

Estimado señor Friedlander:

Tengo el placer de informarle de que su mensaje para la señorita Chandler ha sido entregado.

Si hay algo más que podamos hacer por usted aquí en Paradise Inn para que su estancia resulte más agradable, no dude en comunicárnoslo.

Esperamos su llegada mañana.

Atentamente:
Tom Barrett
Conserje
Paradise Inn
Cayo Oeste, Florida

Para: Mel Fuller <melissa.fuller@thenyjournal.com>
De: Max Friedlander
    <photoguy@stopthepresses.com>
Asunto: Mi tía

Estimada señorita Fuller:

Estoy consternado. Profundamente consternado y horrorizado al saber lo que le ha sucedido a mi tía Helen. Como seguramente sabe, ella es mi único familiar vivo. Nunca podré agradecerle lo suficiente los esfuerzos que ha hecho para ponerse en contacto conmigo e informarme de esta tragedia.

Aunque ahora mismo estoy en África (¿ha oído hablar de la sequía en Etiopía?) haciendo unas fotos para la ONG Save the Children, iniciaré los preparativos para regresar a Nueva York de inmediato. Si mi tía recobrara la conciencia antes de mi llegada, por favor, asegúrele que estoy en camino.

Gracias de nuevo, señorita Fuller. Obviamente en su

caso no se cumple todo lo que dicen sobre que los neoyorquinos son fríos e insensibles. Que Dios la bendiga.

Atentamente:
Maxwell Friedlander

Para: John Trent <john.trent@thenychronicle.com>
De: Max Friedlander <photoguy@stopthepresses.com>
Asunto: S.O.S.

Colega,
estoy metido en un lío.

Tienes que ayudarme. Va en serio. No te imaginas lo que está en juego: tengo la posibilidad de pasar unas largas vacaciones con Vivica.

Sí, has leído bien. Vivica. La súper modelo. La que acaba de dejar a Trump. La de los anuncios del sujetador con bomba de agua. La de la portada de *Sports Illustrated*.

Sí, ÉSA.

Pero no va a salir bien, compañero, si no me haces un favorcito. Sólo un favorcito. Es lo único que pido.

Y sé que no hace falta que te recuerde la ocasión en que te salvé el tú ya sabes qué en Las Vegas. ¿Recuerdas? ¿Vacaciones de Pascua, último año de curso? Nunca he visto a nadie tomarse tantos margaritas como aquella noche. Tío, créeme si te digo que ahora mismo estarías pagando una pensión alimenticia si no hubiera sido por mí. TE SALVÉ. Y el día siguiente me juraste (cuando estábamos en la piscina, ¿recuerdas?) que si alguna vez podías hacer algo por mí, lo harías.

Bueno, ha llegado el día. Lo reclamo. El favor.

Mierda, me hacen desconectar todos los aparatos electrónicos para el despegue. Te volveré a escribir, tío.

Max

Para: Jason Trent <jason.trent@trentcapital.com>
De: John Trent <john.trent@thenychronicle.com>
Asunto: Max Friedlander

Sabía que pasaría. Sabía que pasaría y acaba de pasar: un mensaje de Max Friedlander exigiendo la devolución de un favor que me hizo en nuestro último año de universidad.

Dios mío, pero si eso fue hace diez años. Este tío tiene el cerebro como un colador. Ni siquiera recuerda su número de la Seguridad Social, pero el «favor» que le debo no se le olvida. ¿Qué he hecho yo para merecer esto?

Te acuerdas de Max, ¿verdad, Jase? Era mi compañero de piso durante el último año de universidad, con el que compartí el primer apartamento cuando me mudé a la ciudad después de la universidad. Aquel antro en Hell's Kitchen, donde apuñalaron por la espalda a aquel tío la primera noche que pasamos allí, ¿te acuerdas? Salió en los periódicos al día siguiente… De hecho, creo que eso fue lo que me hizo querer convertirme en reportero de sucesos.

¿Recuerdas que Mim se ofreció a pagarme el alquiler para que pudiera vivir con ella y, como ella decía, «vivir como un ser humano»? Cielos, después de compartir apartamento dos meses con Max, casi le tomo la palabra. El tío se creía que seguíamos en la universidad, todas las semanas medio Manhattan aparecía en nuestro salón los lunes por la noche para ver el partido de fútbol americano.

De todos modos, me marché sin rencor. De vez en cuando sigue llamándome para ver cómo estoy.

Y ahora esto.

Vete a saber lo que Max querrá que haga por él. Rescatar una patera llena de bailarinas cubanas refugiadas, supongo. O dar cobijo al equipo australiano de rugby. O prestarle los 50.000 dólares que debe a la mafia rusa.

Estoy pensando seriamente en dejar el país, Jase. ¿Crees que Mim podría dejarme el jet privado para el fin de semana?

John

Para: John Trent <john.trent@thenychronicle.com>
De: Jason Trent <jason.trent@trentcapital.com>
Asunto: Max Friedlander

No sé si preguntar, por supuesto, pero como hermano mayor considero que tengo derecho a saber qué hizo exactamente Max Friedlander por ti para que tengas esa enorme deuda con él.

Jason

P. D.: Stacy pregunta cuándo vas a venir de visita. Las niñas preguntan por ti. Brittany ha aprendido a montar y Haley ganó el premio a la mejor saltadora en el certamen de la semana pasada.

P. P. D.: No ha habido suerte con el jet. Julia lo necesita.

Se llamaba Heidi. Era bailarina de striptease. Llevaba plumas en el pelo y un vestido que no le tapaba ni lo justo.

Bueno, no es del todo cierto. Pero se llamaba Heidi y era bailarina de striptease. Y parece ser que yo estaba dispuesto a convertirla en la primera señora de John Trent.

Por supuesto tú no lo habrías entendido dado que no has hecho nada mínimamente vergonzoso en tus treinta y cinco años de vida pero, Jason, intenta ponerte en mi lugar.

Estábamos en vacaciones de Pascua. Tenía veintidós años. Estaba enamorado.

Había tomado demasiados margaritas.

Max me arrastró fuera de la capilla, mandó a Heidi a casa, me quitó las llaves para que no pudiera seguirla, me despejó y me metió en la cama.

A veces todavía pienso en ella. Era pelirroja y tenía los dientes un poco salidos. Era adorable.

Pero no valía todo ESTO.

John

P. D.: Felicita a Haley y Brittany de mi parte. ¿Vais a ir a Vineyard este fin de semana? Podría reunirme con vosotros allí.

Según como salga lo del favor a Max.

Para: John Trent <john.trent@thenychronicle.com>
De: Jason Trent <jason.trent@trentcapital.com>
Asunto: Max Friedlander

Ah. Ahora ya está todo claro. Sé muy bien cómo te pones cuando ves a una pelirroja.

Así pues, ¿en qué consiste el favor que quiere que le devuelvas?

Jason

P. D.: No, vamos a nuestra casa de los Hamptons. Estás invitado si quieres.

Para: Max Friedlander <photoguy@stopthepresses.com>
De: John Trent <john.trent@thenychronicle.com>
Asunto: S.O.S.

Ni siquiera me atrevo a preguntar. ¿Qué quieres que haga por ti, Max?

Y, por favor, te lo ruego, nada que sea ilegal en Nueva York o en cualquier otro Estado.

John

Mira, será pan comido. Lo único que quiero es que seas yo. Sólo durante una semana o dos.

Bueno, vale, a lo mejor un mes.

Es fácil, ¿verdad? Aquí está la información:

Mi tía, ya sabes, la asquerosamente rica que no sé por qué siempre me recordó a tu abuela, Mimi, o como se llame. La que se pasó tanto con nuestro apartamento. Al fin y al cabo, el barrio no estaba tan mal.

De todos modos, parece ser que mi tía tuvo un momento de senilidad y dejó entrar en su casa a un psicópata que le golpeó en la cabeza y se marchó, y ahora está hecha un vegetal en el Beth Israel.

Según los médicos existe la posibilidad, por pequeña que sea, de que se recupere.

Así pues supongo que comprendes que no es de recibo que se despierte y descubra que su querido sobrino Maxie no corrió a su lado en cuanto se enteró de su accidente. El testamento de tía Helen está dispuesto 80/20, el 80 por ciento de los doce millones de dólares que tiene mi tía son para mí tras su fallecimiento y el 20 por ciento irá a parar a varias organizaciones benéficas que patrocina. No nos gustaría que hubiera ningún cambio inoportuno en esos porcentajes, ¿verdad que no? Por culpa de que Maxie esté jugando a médicos con una súper modelo durante esta alarmante tragedia.

Por supuesto que no. Y ahí es donde entras tú, amigo mío.

Le dices a su vecina que eres yo.

Eso es. Sólo tienes que ser yo para que Melissa Fuller le diga a tía Helen, si es que recobra el conocimiento alguna vez, lo cual es sumamente dudoso, que sí, que su querido sobrino, Maxie, apareció en cuanto se enteró de su pequeño accidente.

Oh, sí, y tendrás que sacar a pasear al perro unas cuantas veces. Sólo para que la vecina se calle.

Y, por supuesto, si la viejecita muestra el menor indicio de recobrar el conocimiento, me llamas. ¿Entendido? Y acudiré en seguida.

Pero como me imagino que las posibilidades de que una mujer de ochenta años se recupere de una de éstas es prácticamente nula, no espero tener noticias tuyas.

Ya sabes que no te pediría esto si no estuviera Vivica de por medio. ¿Lo captas? VIVICA. Se supone que la chica es una experta en yoga.

YOGA, Trent.

Si me haces este favor, haremos borrón y cuenta nueva, colega. ¿Qué me dices?

Max

Para: Max Friedlander <photoguy@stopthepresses.com>
De: John Trent <john.trent@thenychronicle.com>
Asunto: S.O.S.

A ver si lo he entendido bien:

Tu tía fue víctima de una agresión brutal y ¿ni siquiera te planteas aplazar tus vacaciones?

Me parece muy feo, Friedlander. Realmente feo.

Resumiendo, lo que quieres es que me haga pasar por ti, ¿no es eso?

Creo que preferiría haberme casado con la bailarina de striptease.

John

Para: John Trent <john.trent@thenychronicle.com>
De: Max Friedlander <photoguy@stopthepresses.com>
Asunto: S.O.S.

Los reporteros de sucesos sois todos iguales.

¿Por qué tienes que hacer que parezca tan sucio? Ya te lo dije, Helen está en coma. Ni siquiera se enterará. Si estira la pata, me lo dices e iré a preparar el funeral. Si se recupera, me lo dices e iré a ayudarla en la convalecencia.

Pero mientras permanezca inconsciente no se va a dar cuenta de la diferencia. Así que ¿por qué aplazar algo?

Además, estamos hablando de Vivica.

¿Ves qué fáciles son las cosas si no les das demasiadas vueltas? Siempre has sido así. Recuerdo esos exámenes tipo test que nos ponían en Biología, tú siempre estabas con que «no puede ser A porque es demasiado obvio. Seguro que intentan engañarnos» y entonces elegías D cuando estaba CLARO que la respuesta correcta era A.

Mientras tía Helen, y sus abogados, no se enteren de nada, ¿por qué no dejarme disfrutar de mis bien merecidas vacaciones? Tranquiliza a la vecina. Es lo único que pido. Ocúpate de sacar a pasear al perro.

No me parece un precio demasiado alto que pagar teniendo en cuenta que evité que cometieras la peor equivocación de tu vida. ¿Te crees que la vieja Mimsy seguiría invitándote a esas veladas en Vineyard si tuvieras a una bailarina de striptease de Las Vegas como esposa?

Me parece que no.

Creo que le debes este favorcito a tu amigo Maxie.

Max

Para: Jason Trent <jason.trent@trentcapital.com>
De: John Trent <john.trent@thenychronicle.com>
Asunto: Max Friedlander

Quiere que finja que soy él y saque a pasear al perro de su tía que está en coma mientras él anda por ahí de fiesta con una súper modelo.

Supongo que podría ser peor. Mucho peor.

Así pues, ¿por qué tengo un mal presentimiento?

John

Para: John Trent <john.trent@thenychronicle.com>
De: Jason Trent <jason.trent@trentcapital.com>
Asunto: Max Friedlander

Tienes razón. Podría ser peor. ¿Vas a hacerlo?

Jason

P. D.: Stacy dice que tiene a la chica perfecta para ti: la monitora de equitación de Haley. Veintinueve años, talla 38, rubia, ojos azules y tal. ¿Qué te parece?

Para: Jason Trent <jason.trent@trentcapital.com>
De: John Trent <john.trent@thenychronicle.com>
Asunto: Max Friedlander

¿Por qué no?

Me refiero a que sacar a pasear al perro de una anciana no puede ser tan malo…

John

P. D.: Ya sabes que no soporto el adiestramiento de caballos. Hacer bailar a un caballo es antinatural.

Para: John Trent <john.trent@thenychronicle.com>
De: Jason Trent <jason.trent@trentcapital.com>
Asunto: Max Friedlander

Los caballos adiestrados no bailan, imbécil. Saltan.

¿Y has pensado alguna vez que tú y Heidi quizá estuvierais hechos el uno para el otro? Teniendo en cuenta la suerte que has tenido últimamente con las mujeres, Heidi podría haber sido tu oportunidad de ser feliz de verdad.

Piénsalo, si hubieras hecho caso de tu corazón, en vez de a la cabeza de Max Friedlander, podrías ser tú quien fuera a darle un bisnieto a Mim en diciembre, en vez de ser yo.

Jason

Para: Jason Trent <jason.trent@trentcapital.com>
De: John Trent <john.trent@thenychronicle.com>
Asunto: Max Friedlander

¿Te he dicho últimamente cuánto te odio?

John

Para: Max Friedlander <photoguy@stopthepresses.com>
De: John Trent <john.trent@thenychronicle.com>
Asunto: S.O.S.

De acuerdo, lo haré.

John

Para: John Trent <john.trent@thenychronicle.com>
De: Max Friedlander <photoguy@stopthepresses.com>
Asunto: Operación *Paco*

De acuerdo, le diré a la vecina que te espere (que me espere, quiero decir) esta noche para la gran entrega de llaves. Ella tiene el juego de llaves de repuesto de mi tía. Al parecer, no se le ha ocurrido preguntarse por qué tía Helen nunca me dio una copia de las llaves de su casa. (El incendio que se declaró en su anterior apartamento no fue culpa mía. Había algún problema con el cableado.)

Recuerda, se supone que eres yo, así que intenta comportarte como si te importara el hematoma de la anciana, o lo que sea.

Y, oye, dado que vas a ser yo, ¿podrías intentar vestirte con un poco más…, cómo decirlo, ah, ya sé, ESTILO? Ya sé que para la gente de buena familia, como tú, la tendencia es intentar disimular los miles de millones que tienen.

A mí me parece bien. Me refiero a que entiendo tu comportamiento, eso de tener un trabajo de verdad en vez del cómodo puesto en la empresa familiar que tu hermano mayor te ofrecía.

Yo no tengo nada que criticarte. Si quieres fingir que sólo ganas cuarenta y cinco de los grandes al año, por mí no hay problema.

Pero mientras seas yo, POR FAVOR, ¿podrías no vestirte como un universitario? Te lo suplico: no vayas con una camiseta de los Grateful Dead ni con esos zapatos náuticos que siempre llevas. ¿Sería mucho pedir que te calzaras unos mocasines de marca?

Y, por el amor de Dios, invierte en una cazadora de cuero. Por favor. Ya sé que eso implica tocar algo del dinero de esos preciados fondos fiduciarios millonarios que te dejó tu abuelo pero, en serio, algo que no sea de GAP iría bien.

Eso es todo. Es lo único que pido. Sólo quiero que intentes tener buen aspecto cuando me imites. Tengo una reputación que cultivar, ¿sabes?

Max

P. D.: La vecina me dejó un número de móvil pero lo perdí. Su dirección de correo electrónico es melissa.fuller@thenyjournal.com.

Para: Max Friedlander
   <photoguy@stopthepresses.com>
De: John Trent <john.trent@thenychronicle.com>
Asunto: Operación *Paco*

Cielos, Friedlander, esa Melissa ¿trabaja para el *New York JOURNAL*?

No me lo habías dicho. No me dijiste en ningún momento que la vecina de tu tía trabajaba para el *New York Journal*.

¿No te das cuenta, Max? A lo mejor me CONOCE. Soy periodista. Sí, trabajamos para publicaciones rivales pero, por el amor de Dios, este mundillo es bastante reducido. ¿Y si abre la puerta y resulta que hemos estado en los mismos congresos… o escenas del crimen?

Tu tapadera se irá a tomar por saco.

¿O acaso te da igual?

John

P. D.: ¿Y cómo le voy a mandar un mensaje de correo electrónico? Cuando lea mi dirección sabrá que no soy tú.

Para: John Trent <john.trent@thenychronicle.com>
De: Max Friedlander <photoguy@stopthepresses.com>
Asunto: Operación *Paco*

Claro que no me da igual. No te preocupes, ya he investigado sobre ella. Escribe la página de sociedad.

Dudo que te hayas encontrado con alguna columnista

de sociedad en las escenas del crimen que has cubierto últimamente.

Max

P. D.: Solicita una segunda dirección de correo.
P. P. D.: Deja de fastidiarme. Vivica y yo estamos intentando contemplar el atardecer.

Para: Max Friedlander <photoguy@stopthepresses.com>
De: John Trent <john.trent@thenychronicle.com>
Asunto: No me satisface

¿Sociedad? ¿Que es columnista de sociedad, Max? SEGURO que sabe que no soy tú.

John

Para: Max Friedlander <photoguy@stopthepresses.com>
De: John Trent <john.trent@thenychronicle.com>
Asunto: No me satisface

¿Max? ¿¿¿MAX??? ¿DÓNDE ESTÁS?

Para: Nadine Wilcock
    <nadine.wilcock@thenyjournal.com>
De: Mel Fuller <melissa.fuller@thenyjournal.com>
Asunto: Max Friedlander

¡Oh, Dios mío, Nadine! ¡He tenido noticias de él!

¡Está trabajando en Etiopía, fotografiando a niños famélicos para la ONG Save the Children! ¡Y yo le he pedido que vuelva a casa y cuide del perro de su tía!

¡Debe de haber pensado que soy una especie de horrible bruja! Oh, cielos, sabía que no debía intentar ponerme en contacto con él.

Mel

Para: Mel Fuller <melissa.fuller@thenyjournal.com>
De: Nadine Wilcock
    <nadine.wilcock@thenyjournal.com>
Asunto: Max Friedlander

¿Qué es más importante para él? ¿Un puñado de niños famélicos que no conoce o el perro de su tía?

No quiero que pienses que soy una desalmada pero, independientemente de que los niños pasen hambre o no, el tipo tiene que asumir sus responsabilidades.

Además, su tía está en coma, Mel. Es decir, si tu único familiar vivo está en coma, pues vuelves a casa, por el amor de Dios, independientemente de que los niños estén famélicos.

Bueno, ¿y cuándo llega? ¿Podrás venir a la fiesta de la

piscina? Porque Tony amenaza con romper el compromiso si no voy.

Nad :-/

Para: Mel Fuller <melissa.fuller@thenyjournal.com>
De: Dolly Vargas <dolly.vargas@thenyjournal.com>
Asunto: Max Friedlander

Querida, te he oído chillar desde el Departamento de Arte. He pensado que, como mínimo, se habría desarticulado el reparto de *Friends*.

Pero ahora me entero de que es porque Max Friedlander te ha enviado un mensaje de correo electrónico.

Pero ¿qué es eso de que te ha escrito desde Etiopía? Max Friedlander NUNCA iría a Etiopía. Cielos… ahí hay algo… que no encaja.

Debes de haberlo confundido con otra persona.

Oye, mira, sobre el tema de Aaron: he tomado la firme determinación de convertirlo en alguien a quien no me avergonzase presentarle a Stephen. ¿Crees que se resistirá demasiado a que lo lleve a Barney's? Es que necesita unos pantalones de lino, ¿no crees? Se parecería un montón a F. Scott Fitzgerald vestido de lino.

Querida, la próxima vez que pases por su lado camino de la fotocopiadora ¿te importaría decirle algo? Algo contundente como «bonitos pantalones de soldado», algo que lo colocara exactamente en la disposición que me interesa.

XXXOOO

Dolly

Hola, mamá. Siento haber tardado tanto en contestaros. La verdad es que he estado muy ocupada, tal como te dije por teléfono. Sigo sacando a pasear al perro de la señora Friedlander, pero esta noche se supone que vendrá su sobrino y espero que podamos solucionar el asunto.

Lo cual ya está bien, porque he tenido problemas en el trabajo por llegar tarde todos los días. No sé por qué los de Recursos Humanos la toman con nosotros constantemente por este tema. Es como si se creyeran que son especiales o algo así por el mero hecho de que controlan lo que pasa en nuestros archivos de rendimiento.

Bueno, aparte del tema de la señora Friedlander (no te preocupes, mamá, este edificio es muy seguro. Además, ya sabes que mi apartamento es de renta controlada, o sea que no me puedo marchar así como así. Y siempre cierro la puerta con llave y nunca abro a desconocidos, además, Ralph, el portero, nunca dejaría subir a un desconocido sin avisarme antes), lo demás va bien. Sigo haciendo la Página Diez, no logro convencer al señor Sanchez, mi jefe, de que podría escribir sobre temas más serios, si me diera la oportunidad.

Vamos a ver, ¿qué más? Oh, he roto con ese chico del que te hablé. Lo nuestro no iba a ninguna parte. Bueno, por lo menos yo no veía que fuera a donde él veía que iba. Además, resulta que me engañó con Barbara Bellerieve. Bueno, supongo que en realidad no me engañaba porque de todos modos él y yo nunca llegamos a hacer nada serio; no dejes que papá lea esto, ¿vale?

Oh, el timbre. El sobrino de la señora Friedlander está aquí. Tengo que dejarte.

Os quiere,
Mel

Para: Mel Fuller <melissa.fuller@thenyjournal.com>
De: Don y Beverly Fuller <DonBev@dnr.com>
Asunto: El desconocido

¡Melissa! ¡Llámame en cuanto se marche ese hombre! ¿Cómo es posible que dejes entrar en tu apartamento a un hombre que no conoces? ¡Podría tratarse del asesino en serie que vi en el *Inside Edition*! ¡El que se pone la ropa de sus víctimas y se pasea con ella después de descuartizar los cadáveres!

Si no nos llamas a tu padre y a mí en un plazo de una hora, llamaré a la policía. Va en serio, Melissa.

Mamá

Para: Mel Fuller <melissa.fuller@thenyjournal.com>
De: Nadine Wilcock
    <nadine.wilcock@thenyjournal.com>
Asunto: Max Friedlander

¿Y bien? ¿Cómo es?

Nad

NO LE DIGAS A NADINE QUE TE HE ESCRITO ESTO.

Pero escucha, Mel, TIENES que conseguir que ese tío saque a pasear al perro por ti. Porque si no es así y no puedes venir a la fiesta de compromiso en casa de mi tío Giovanni, Nadine va a sufrir un colapso. Lo juro por Dios. No me preguntes por qué, pero está obsesionada con su peso y necesita algo así como tu apoyo moral cada vez que tiene que ponerse el bañador.

Como dama de honor, tienes la obligación de aparecer con ella en la fiesta del sábado, así que consigue que ese tío saque a pasear al perro ese día, ¿entendido?

Si te lo pone difícil, dímelo. Me ocuparé de él. La gente piensa que los hombres que cocinan no son tipos duros pero no es cierto. Le haré con la cara lo mismo que he hecho con la sugerencia de esta noche, que resulta que es *piccata* de ternera: machacada hasta aplanarla y cocinada flotando en la salsa de vino blanco más ligera que has probado jamás. Si quieres te doy la receta.

¡QUE NO SE TE OLVIDE!

Tony

Para: John Trent <john.trent@thenychronicle.com>
De: Max Friedlander <photoguy@stopthepresses.com>
Asunto: Operación *Paco*

Llevabas borlas, ¿verdad? ¿En los mocasines? ¿Cuando has ido a verla esta noche?

Dime que llevabas borlas.

Max

Para: John Trent <john.trent@thenychronicle.com>
De: Jason Trent <jason.trent@trentcapital.com>
Asunto: ¿Cómo ha ido?

Me preguntaba qué tal había ido tu actuación esta tarde.

Y Stacy quiere saber si vas a venir a cenar el domingo tal como planeamos.

Jason

Para: John Trent <john.trent@thenychronicle.com>
De: Max Friedlander <photoguy@stopthepresses.com>
Asunto: ¡¡¡HOLA!!!

¡¡¡HOLA!!! ¡TE ESCRIBE POR CORREO ELECTRÓNICO VIVICA, LA AMIGA DE MAX! MAX ESTÁ EN EL JACUZZI PERO ME HA PEDIDO QUE TE PREGUNTE QUÉ TAL HA IDO CON ESA SEÑORA RARA QUE TIENE EL PROBLEMA DEL PERRO. ¿SE HA CREÍDO QUE ERAS MAX?

SE ME HACE RARO ESCRIBIRTE TENIENDO EN CUENTA QUE NO TE CONOZCO. ¿QUÉ TAL TIEMPO HACE EN NUEVA YORK? AQUÍ TENEMOS 26 GRADOS Y ESTÁ MUY SOLEADO.

HOY HEMOS VISTO UNOS GATOS ACRÓBATAS. ¡HA SIDO INCREÍBLE! ¿QUIÉN IBA A IMAGINAR QUE LOS GATOS HACÍAN COSAS DE ÉSAS?

OH, MAX DICE QUE TE DIGA QUE LO LLAMES AQUÍ AL HOTEL EN CUANTO RECIBAS ESTE MENSAJE. EL NÚMERO ES 305-555-6576. PREGUNTA POR EL SOPRADILLA COTTAGE. LA SOPRADILLA ES UNA FLOR. ES MUY TÍPICA DE CAYO OESTE. CAYO OESTE ESTÁ TAN SÓLO A CIENTO CUARENTA Y CINCO KILÓMETROS DE CUBA, DONDE FUI UNA VEZ A HACER UN REPORTAJE DE BAÑADORES.

BUENO, TENGO QUE DEJARTE. MAX ESTÁ AQUÍ.

VIVICA

Para: Nadine Wilcock
   <nadine.wilcock@thenyjournal.com>
De: Mel Fuller <melissa.fuller@thenyjournal.com>
Asunto: ¿Cómo es?

Bueno, la información:

Diría que 1,85 más o menos. Hombros anchos. Realmente anchos. Pelo oscuro, pero no demasiado. Ojos color avellana. Ya sabes cómo son. Verdes a veces y marrones otras. A veces me queman el alma…

Es broma.

Y en cuanto al resto.

No sé. Es difícil de explicar. No es como me lo imaginaba, eso está claro. Quiero decir que lo que había oído, lo de los reportajes con modelos y tal, pues me imaginaba a un engatusador, ¿sabes?

Pero ¿qué tipo de engatusador va por ahí con una camiseta de los Grateful Dead? Y llevaba vaqueros. Y náuticas sin calcetines.

Yo por lo menos me esperaba unos mocasines de Gucci.

Y qué modesto, teniendo en cuenta que presentó un desnudo suyo en la Bienal. Creo que Dolly exagera sobre el tema. A lo mejor no estaba verdaderamente desnudo. A lo mejor llevaba uno de esos *bodies* color piel que se ven en las películas.

¡Y no quería ni oír hablar de su viaje a Etiopía! Cuando le hablé del trabajo que estaba haciendo para Save the Children, la verdad es que me pareció que se ponía nervioso e intentó cambiar de tema.

Nadine, te digo que no se parece en nada a la descripción que Dolly hizo de él.

Ni siquiera la señora Friedlander le hizo justicia. Siempre hablaba de él como si pensara que era un poco irresponsable pero, créeme, Nadine, a mí no me pareció que lo fuera. Me hizo un montón de preguntas sobre lo sucedido, me refiero al allanamiento de morada y eso. Aunque supongo que en realidad no fue un allanamiento puesto que la puerta ni siquiera estaba cerrada con llave...

Bueno, ha sido conmovedor ver lo mucho que parece interesarse por su tía. Me pidió que le enseñara dónde la había encontrado, y en qué postura estaba, y si faltaba algo...

Es como si tuviera experiencia con este tipo de delitos violentos… No sé. ¿¿¿A lo mejor algunas modelos del reportaje fotográfico para Victoria's Secret se pelearon???

Otra cosa rara: pareció sorprenderse al ver lo grande que es *Paco*. Me refiero a que teniendo en cuenta que sé que la señora Friedlander había invitado a Max a cenar por lo menos hace unos meses y que *Paco* tiene cinco años, pues no creo que haya crecido mucho desde entonces. Cuando le dije que la semana pasada *Paco* casi me disloca el hombro, Max dijo que no entendía cómo una frágil anciana podía sacar a pasear a un perro tan grande con regularidad.

¿No te parece curioso? Supongo que sólo un sobrino puede pensar que la señora Friedlander es frágil. Siempre me ha parecido una mujer muy fuerte. Considerando además que el año pasado hizo senderismo por todo Yosemite…

Bueno, Nadine, ¡cuánto me alegro de que me hicieras ponerme en contacto con él! Porque me dijo que no le parecía bien que sacara a pasear a *Paco* con el hombro dolorido y todo eso y que iba a mudarse al apartamento de al lado, para ocuparse de los animales y vigilar la casa.

¿Te lo puedes creer? ¿Un hombre que realmente asume sus obligaciones? Todavía estoy conmocionada.

Tengo que dejarte, alguien llama a la puerta. ¡Oh, cielos, es la policía!

Te dejo.

Mel

La policía ya se ha marchado. Les he contado lo de mi madre y lo de su obsesión con el asesino travestido. Tampoco se lo han tomado tan mal.

Bueno, Nadine, ¿quieres saber otra cosa? Sobre Max Friedlander. Si es que puedes soportarlo…

Desde donde estoy sentada, en el escritorio de mi casa, veo su apartamento, me refiero al de la señora Friedlander. Tengo una vista completa de la habitación de invitados. La señora Friedlander siempre tenía las persianas de ese cuarto bajadas, pero Max las ha subido (para ver las luces de la ciudad, supongo, aquí en la planta decimoquinta tenemos una vista muy buena) y lo veo tumbado en la cama, escribiendo algo en el portátil. *Tweedledum* está en la cama junto a él, igual que *Paco*, por supuesto (ni rastro de *Señor Peepers*, pero claro es que es tímido).

Sé que mirar no está bien, pero Nadine, ¡parecen todos tan felices ahí!

Y supongo que no hace daño a nadie que Max tenga esos antebrazos tan bonitos…

Oh, cielos. Mejor que me vaya a la cama. Creo que me estoy poniendo tonta.

Un beso,
Mel

Para: Jason Trent <jason.trent@trentcapital.com>
De: John Trent <john.trent@thenychronicle.com>
Asunto: ¿Qué tal ha ido?

Es pelirroja.
   Socorro.

John

Para: Mel Fuller <melissa.fuller@thenyjournal.com>
De: Dolly Vargas <dolly.vargas@thenyjournal.com>
Asunto: Max Friedlander

Querida, ¿he oído bien cuando me he encontrado contigo y con Nadine esta mañana en el Starbucks? ¿De verdad has dicho que Max Friedlander se ha mudado al apartamento de tu vecina?
   ¿Y que de verdad lo espiaste?
   ¿Y que lo viste desnudo?
   El fin de semana pasado en casa de Stephen me parece que me entró un poco de agua en los oídos, así que sólo quiero asegurarme antes de llamar a todas las personas que conozco para contárselo.

XXXOOO

Dolly

Para: Mel Fuller <melissa.fuller@thenyjournal.com>
De: Nadine Wilcock
    <nadine.wilcock@thenyjournal.com>
Asunto: Dolly

Mel…
    ¿Quieres dejar de obsesionarte? ¿A quién se lo va a contar? Dolly no conoce a tanta gente aquí en la oficina.
    Y la gente que conoce la odia y tampoco se va a creer lo que cuenta.
    Créeme.

Nad

Para: Mel Fuller <melissa.fuller@thenyjournal.com>
De: Aaron Spender <aaron.spender@thenyjournal.com>
Asunto: Tú

Mel, ¿he entendido bien lo que me ha contado Dolly? ¿Un hombre desnudo se ha trasladado al apartamento de tu vecina? ¿Qué le ha pasado a la anciana? ¿Se ha muerto? No me había enterado. Siento mucho lo de tu pérdida, si es el caso. Sé que vosotras dos estabais muy unidas, teniendo en cuenta cómo son los vecinos en Manhattan.
    Pero no me parece bien que un hombre se pasee desnudo delante de las ventanas. Tendrías que quejarte a la comunidad de vecinos, Melissa. Sé que tú estás de alquiler y que no quieres causar problemas porque tu apartamento es una ganga, pero este tipo de cosas podrían considerarse agresión sexual. En serio.

Melissa, me preguntaba si has pensado en lo que te dije el otro día en el ascensor. Iba en serio. Creo que ha llegado el momento.

Recuerdo cuando fuimos a pasear por Central Park durante tu hora del almuerzo. Parece que fue hace mucho tiempo, pero fue en primavera. Compraste un perrito caliente en un puesto ambulante y yo te insistí en que no lo compraras por ese artículo que había escrito sobre los agentes cancerígenos de la comida que se vende en los puestos callejeros.

Nunca olvidaré cómo te brillaban los ojos azules cuando dijiste: «Aaron, para morir, antes hay que haber vivido un poco».

Melissa, lo he decidido: quiero vivir. Y la persona con la que quiero vivir, más que cualquier otra en el mundo, eres tú. Creo que estoy preparado para comprometerme.

Oh, Melissa, ¿no vas a dejar que ese compromiso sea contigo?

Aaron Spender
Corresponsal senior
New York Journal

Para: Mel Fuller <melissa.fuller@thenyjournal.com>
De: George Sanchez
    <george.sanchez@thenyjournal.com>
Asunto: Impuntualidad

Bueno, Dolly me ha dicho que por fin has localizado al hombre del perro. Eso explica por qué has llegado puntual esta mañana por primera vez en veintisiete días.

Felicidades, nena. Estoy orgulloso de ti.

Ahora, si empezaras a presentar tus manuscritos a tiempo, no tendría que despedirte. Pero supongo que no debería contar con eso puesto que parece que ese vecino tuyo pinta bien en cueros.

George

Para: Dolly Vargas <dolly.vargas@thenyjournal.com>
De: Mel Fuller <melissa.fuller@thenyjournal.com>
Asunto: Max Friedlander

Dolly, te juro por Dios que si le dices a una sola persona más que vi a Max Friedlander desnudo, te atravesaré el corazón con una estaca, puesto que creo que es la única manera de ponerle freno a alguien como tú.

No estaba DESNUDO, ¿vale? Estaba completamente vestido. COMPLETAMENTE VESTIDO EN TODO MOMENTO.

Bueno, aparte de los antebrazos. Pero eso es lo único que vi, lo juro.

¡Deja de ir contando mentiras por ahí!

Mel

Para: Mel Fuller <melissa.fuller@thenyjournal.com>
De: Dolly Vargas <dolly.vargas@thenyjournal.com>
Asunto: Max Friedlander

Querida, ¿qué mosca te ha picado? Nunca te había visto usar las mayúsculas de forma tan enérgica. Max debe de haberte causado una gran impresión para que estés tan acalorada.

Seguro que sí, ése es el efecto que suele producir en las mujeres. No lo puede evitar. Las feromonas, ya sabes. Ese hombre las tiene en abundancia.

Bueno, tengo que marcharme. Peter Hargrave me ha invitado a comer. Sí, en efecto: Peter Hargrave, el editor. Quién sabe, cuando vuelva del almuerzo a lo mejor tengo un buen ascenso.

Pero no te preocupes, no olvidaré a mis subordinados.

XXXOOO

Dolly

P. D.: ¿Qué te parecen los pantalones nuevos de Aaron? ¿No son fabulosos? Hugo Boss.

Lo sé, lo sé. Pero todo es empezar.

Para: Tony Salerno <manjares@fresche.com>
De: Mel Fuller <melissa.fuller@thenyjournal.com>
Asunto: Sábado

¡Hola! Un mensaje rápido para decirte que no te preocupes: el sábado estaré ahí.

Sí, el tío del perro apareció.

Nos vemos entonces.

Me alegro de ser la dama de honor de tu futura esposa.

Mel

Para: John Trent <john.trent@thenychronicle.com>
De: Jason Trent <jason.trent@trentcapital.com>
Asunto: ¿Qué tal ha ido?

¿Es pelirroja? ¿Y YA está? ¿Me vas a dejar en suspenso?
¿QUÉ PASÓ?

Jason

P. D.: Stacy también quiere saberlo.

Para: Jason Trent <jason.trent@trentcapital.com>
De: John Trent <john.trent@thenychronicle.com>
Asunto: Cómo fue

Lo siento. Estaba escribiendo un artículo y luego tuve que
ir a casa de la tía de Friedlander a sacar a pasear al perro.
Max olvidó mencionar que el tal *Paco* es un GRAN DANÉS.
El perro pesa más que Mim.

Bueno, ¿qué quieres saber?

¿Si se creyó que era Max Friedlander? Siento decirte
que sí.

¿Si interpreté el papel de Max Friedlander a la perfección? Supongo que sí porque, de lo contrario, no se habría creído que era él.

¿Si me siento como un completo canalla por hacer esto? Sí, me merezco flagelarme.

Lo peor es que… Bueno, ya te he contado lo peor. Cree que soy Max Friedlander. Max Friedlander, el ingrato a quien ni siquiera le importa que alguien dejara K.O. a su tía de ochenta años.

Sin embargo, a Melissa sí le importa.

Se llama así. La pelirroja. Melissa. La gente la llama Mel. Es lo que me dijo. «La gente me llama Mel.» Se trasladó a la ciudad al acabar la carrera, lo cual indica que tiene unos veintisiete años, dado que lleva cinco años viviendo aquí. En realidad es de Lansing, Illinois. ¿Te suena Lansing, Illinois? He oído hablar de Lansing, Michigan, pero no de Lansing, Illinois. Dice que es un pueblo y que cuando vas por la calle principal todo el mundo te saluda por tu nombre: «Eh, hola, Mel».

Tal cual: «Eh, hola, Mel».

En las estanterías tiene, entre muchos otros libros, ejemplares de todo lo que ha publicado Stephen King. Melissa tiene la teoría de que en cada siglo hay un escritor que sintetiza la cultura popular de su tiempo, y que en el siglo XIX fue Charles Dickens y en el siglo XX Stephen King.

Dice que todavía está por ver quién será la voz del siglo XXI.

¿Sabes lo que mi ex, Heather (te acuerdas de Heather, ¿verdad, Jason? La que tú y Stacy llamábais «Doña Suspiros») tenía en las estanterías, Jason?

Las obras completas de Kierkegaard. Nunca había leído a Kierkegaard, por supuesto, pero las tapas de los libros hacían juego con el color de los cojines del sofá.

Así es como me veía ella. Me refiero a Heather. Un talonario de 1,85 m que le costeaba las facturas de decoración.

Recuérdame otra vez por qué Mim se enfadó tanto cuando Heather y yo nos separamos.

Oh, y cuando llegué, me ofreció cerveza. Melissa, no Heather.

No agua de Seltz. Ni vino. Ni Glenfiddich con hielo, ni un Cosmo. Cerveza. Dijo que tenía de dos tipos: light y normal. Me tomé una normal. Igual que ella.

Me enseñó dónde guarda la tía de Max la comida de los gatos y del perro. Me dijo dónde podía comprar más por si se me acababa. Me dijo cuáles eran los paseos preferidos de *Paco*. Me enseñó cómo llamar a un gato que se llama, y va en serio, *Señor Peepers*, cuando está debajo de la cama.

Me preguntó por mi trabajo para la ONG Save the Children. Me preguntó por mi viaje a Etiopía. Me preguntó si había ido a ver a mi tía al hospital y si me había afectado mucho el hecho de verla con tantos tubos. Me dio una palmadita en el brazo y me dijo que no me preocupara, que si había alguien capaz de salir del coma, era mi tía Helen.

Y yo me quedé allí de pie sonriendo como un idiota, fingiendo ser Max Friedlander.

Bueno, me mudo. Al apartamento de Helen Friedlander. Así que si tienes que llamarme el número es 212-555-8972. Pero no llames. He descubierto que a *Señor Peepers* le molestan los timbres altos.

Te dejo.

John

Para: John Trent <john.trent@thenychronicle.com>
De: Jason Trent <jason.trent@trentcapital.com>
Asunto: ¿Quién eres?

¿Qué ha sido de mi hermano?

Era un ser humano racional hasta que empezó a fingir que era Max Friedlander y conoció a esa tal Melissa.

¿¿¿TE HAS VUELTO LOCO??? No puedes mudarte al apartamento de esa mujer. ¿Qué te pasa? SAL DE AHÍ AHORA QUE TODAVÍA ESTÁS A TIEMPO.

Jason

Para: John Trent <john.trent@thenychronicle.com>
De: Jason Trent <jason.trent@trentcapital.com>
Asunto: A mí me parece bien

Hola, John. Soy Stacy. Jason me dejó leer tu último mensaje de correo electrónico. Espero que no te importe.

También espero que no le hagas caso. Lo que haces me parece muy bien, ayudar a esa pobre chica con los animales de compañía de la anciana. Jason intenta decirme que no lo haces por amabilidad, y algo sobre pelirrojas, pero no le hago ni caso. Tiene una mente muy enfermiza. ¡El otro día me dijo que la música de mi vídeo de ejercicios para embarazadas se parece a la de las películas porno!

Lo que me gustaría saber a mí es cuándo ha visto él películas porno.

Da igual, lo que quiero decirte es que no te sientas mal por hacerte pasar por ese tal Max. Es por una buena causa. ¿Y por qué no vienes con la pelirroja a cenar el domingo por la noche? Le diré a las niñas que te llamen Max. Les parecerá divertido, seguro. ¡Será como un juego para ellas!

Bueno, eso es todo. Espero verte pronto.
Tu cuñada que te quiere,

Stacy

Para: Michael Everett
    <michael.everett@thenychronicle.com>
De: John Trent <john.trent@thenychronicle.com>
Asunto: Contacto

Te mando este mensaje para informarte de que durante unas cuantas semanas sólo estaré localizable en el teléfono móvil. No me dejes mensajes en el teléfono de casa. De todos modos puedes ponerte en contacto conmigo por correo electrónico, a esta dirección o a la nueva: jerryvive@ freemail.com.

Gracias.

John Trent
Corresponsal de sucesos senior
New York Chronicle

Para: Jason Trent <jason.trent@trentcapital.com>
De: jerryvive@freemail.com
Asunto: Para Stacy

Querida Stacy:

Quería darte las gracias por ser tan comprensiva con mi situación actual. Ya ves, mi hermano, tu marido, es propenso a tener una visión muy cínica de todo.

No me preguntes por qué es así teniendo en cuenta que Jason siempre ha sido el afortunado: él es quien tiene el cerebro para los negocios, mientras que a mí me tocó el cuerpo de pecador.

También tuvo la suerte de conocerte a ti, Stacy. Supongo que es fácil para un tipo que tiene un tesoro como tú dedicarse a criticar al resto de pobres mortales como yo, que ni siquiera somos capaces de encontrar una geoda por ahí, y mucho menos una joya. Supongo que Jason ya no recuerda lo que le costó encontrar una chica que se sintiera atraída por él, y no por la fortuna de la familia Trent.

Por lo que parece, Jason no se acuerda de Michelle. No te olvides de preguntarle por Michelle, Stacy. O Fiona, ya puestos. O Monica, Karen, Louise, Cathy o Alyson.

Adelante, pregúntale. Siento curiosidad por saber qué tiene que decir de todas ellas.

Parece que Jason no se da cuenta de que él ha encontrado a la mujer más maravillosa del mundo. Se olvida de que algunos de nosotros, los perdedores, seguimos buscando por ahí.

Así pues dile a tu marido que sea comprensivo conmigo, ¿lo harás, Stacy?

Y gracias por la invitación, pero si no te importa, este domingo no iré a cenar.

Con cariño:
John

P. D.: Escríbeme a la nueva dirección, la del encabezamiento. Todavía no sé si funciona.

Para: jerryvive@freemail.com
De: Jason Trent <jason.trent@trentcapital.com>
Asunto: Tu nueva dirección de correo

John:

¿Jerry vive? ¿Te has vuelto loco? ¿Has perdido la cabeza? Te recuerdo que ÉSA es la dirección que elegiste como salvaguarda contra «las pelirrojas».

Te sorprendería saber que a la mayoría de las chicas no les gusta Jerry Garcia, John. Les gusta Mariah Carey. Lo he aprendido viendo la VH1.

Y deja de escribirle mensajes a mi mujer. Se ha pasado todo el día preguntándome: «¿Quién es Alyson? ¿Quién es Michelle?».

La próxima vez que te vea, Jerry, serás hombre muerto.

Jason

Para: Jason Trent <jason.trent@trentcapital.com>
De: jerryvive@freemail.com
Asunto: Jerry

Te equivocas. La mayoría de las chicas prefieren a Jerry Garcia en vez de a Mariah Carey. Acabo de hacer una encuesta en la oficina y Jerry ha ganado a Mariah por un margen de casi cinco a uno, aunque a la chica de paquetería no le gusta ninguno de los dos, o sea que su voto no cuenta.

Además, miré los CD que tenía Melissa mientras iba a buscar las cervezas a la cocina y no vi ni un solo disco de Mariah Carey.

No sabes nada de mujeres.

John

Para: jerryvive@freemail.com
De: Jason Trent <jason.trent@trentcapital.com>
Asunto: No sabes nada de mujeres

¿Y tú sí?

Jason

Para: Sargento Paul Reese
   <preese@comisaria89.nyc.org>
De: John Trent <john.trent@thenychronicle.com>
Asunto: Helen Friedlander

Reese:

No sé si podrías hacerme un favor. Necesito que eches un vistazo a lo que tengas sobre Helen Friedlander, 12-17, 82 Oeste, Apartamento 15A. Creo que hubo allanamiento de morada y agresión, bastante grave, dado que está en la UCI desde entonces, en coma.

Te lo agradecería y no, no es para un artículo, así que no te preocupes por el oficial al mando.

John Trent
Corresponsal de sucesos senior
New York Chronicle

Para: Max Friedlander
   <photoguy@stopthepresses.com>
De: John Trent <john.trent@thenychronicle.com>
Asunto: Helen Friedlander

No te preocupes. Todo fue bien.

Eludí con astucia las preguntas de la señorita Fuller sobre mi trabajo para la ONG Save the Children. Muy bueno, por cierto. Supongo que cuando hablas de niños te refieres a esas chicas de dieciocho años que mascan chicle y a las que te pasas el día fotografiando con ropa que sólo se pueden comprar las cincuentonas divorciadas.

Eres un cabrón, ¿lo sabías?

John

Para: John Trent <john.trent@thenychronicle.com>
De: Max Friedlander <photoguy@stopthepresses.com>
Asunto: Anímate

Cielos, se me había olvidado lo pesado que puedes llegar a ser. No me extraña que lleves tanto tiempo sin novia. ¿Qué pasó con la última? Oh, sí, ya me acuerdo: la colección de Kierkegaard que hacía juego con el sofá. Tío, tienes que relajarte. ¿A quién le importan los libros que una mujer tiene en las estanterías?

Lo que importa es cómo se comporta entre las sábanas, ja, ja, ja.

Max

Para: John Trent <john.trent@thenychronicle.com>
De: Sargento Paul Reese <preese@comisaria89.nyc.org>
Asunto: Helen Friedlander

Trent:

El archivo está en camino. O mejor dicho algunas copias del archivo que hice sin querer mientras el oficial al mando estaba almorzando. Si algo de esto sale en tu revista, Trent, ya puedes ir despidiéndote de tu Mustang. Considéralo incautado.

Breve resumen del incidente relacionado con Helen Friedlander:

Llamada recibida alrededor de las 8.50 informando de la existencia de una mujer inconsciente en su casa. Teníamos a una unidad en el parque cercano. Llegaron a la escena aproximadamente a las 8.55. Encontraron a la víctima recibiendo primeros auxilios de una mujer que dijo ser su vecina. Posteriormente se confirmó que la mujer era una tal Melissa Fuller, que vive en el apartamento de al lado, el 15B.

Víctima de unos ochenta años. Cuando fue encontrada yacía boca abajo en la alfombra del salón. La testigo dice en su declaración que dio la vuelta a la mujer para comprobar si le latía el corazón, para ver si había problemas respiratorios, etc. La víctima respiraba y tenía el pulso débil cuando llegaron los de Urgencias a las 9.02.

No hay indicios de entrada forzada o ilegal en la casa. La cerradura externa no estaba forzada. Puerta no cerrada con llave, según la vecina.

Según los médicos, la víctima recibió un golpe en la nuca con un objeto contundente, posiblemente una pistola de bajo calibre. La agresión se produjo aproximadamente doce horas antes del descubrimiento de la víctima. Las preguntas hechas al portero y vecinos revelaron que

a) nadie llamó al apartamento 15A la noche anterior al descubrimiento de la víctima, y
b) nadie oyó ningún tipo de alboroto alrededor de las 21.00 de esa noche.

Nota: Había varias prendas de ropa de la víctima desperdigadas por la cama, como si antes del accidente hubiera estado intentando decidir qué ponerse. Sin embargo, la víctima, al ser encontrada, llevaba camisón, bata y rulos en el pelo.

Un reportero podría llegar a la conclusión de que podría tratarse de otra agresión del asesino travestido. Sin embargo, existe una diferencia notable: el asesino travestido mata a sus víctimas y suele quedarse en la escena hasta asegurarse de que están muertas de verdad.

Además, todas las víctimas del asesino travestido tenían entre veinte y cuarenta y pico años. Sin embargo, es difícil que la señora Friedlander, aunque muy dinámica para su edad, fuera confundida con una mujer más joven.

Bueno, ya está. No tenemos nada. Está claro que si la anciana estira la pata, la cosa cambiará. Pero hasta que eso ocurra, el caso se considera robo frustrado.

Es lo único que se me ocurre.

Buena suerte.

Paul

Para: Nadine Wilcock
    <nadine.wilcock@thenyjournal.com>
De: Mel Fuller <melissa.fuller@thenyjournal.com>
Asunto: No quería decir eso

Nadine, sabes que no quería decir eso. Por lo menos no como tú te crees.

Lo único que Tony dijo era que en vez de quedarte sentada quejándote sobre tu peso, ¿por qué no haces algo y te apuntas a un gimnasio? Nunca dijo que estuvieras gorda, ¿entendido? Yo estaba allí. NO DIJO QUE ESTÉS GORDA.

¿Vas a decirme seriamente que no te divertiste en la fiesta? Y Giovanni, el tío de Tony, es un encanto. El brindis que hizo por vosotros dos…, ¡qué tierno! Te lo juro, Nadine, a veces estoy tan celosa de ti que creo que voy a reventar.

Daría lo que fuera por encontrar a un hombre con un tío como Giovanni que me organizara una fiesta en la piscina y me llamara Venus de Botticelli.

Y con ese bañador NO te veías gorda. Dios mío, tenía suficiente Goetex como para disimular la gordura de Marlon Brando. Tu pequeña barriguita no podía hacer ni el intento de asomar.

Así pues, ¿quieres olvidarte del tema y comportarte como una persona adulta?

Si te portas bien, te dejaré venir a mi casa a que espíes a Max Friedlander conmigo… Oh, mira, esta noche lleva una camiseta sin mangas…

Mel

Para: Mel Fuller <melissa.fuller@thenyjournal.com>
De: Nadine Wilcock
    <nadine.wilcock@thenyjournal.com>
Asunto: Mi culo

Mientes. Sobre la camiseta sin mangas y sobre lo que Tony quería decir. Sabes perfectamente que quería decir que está harto de mi culo de la talla 48. Estoy harta y cansada de mi culo de la talla 48. Y estoy resuelta a apuntarme a un gimnasio.

Pero no hace falta que Tony me lo sugiera.

Él tiene la culpa de que esté como estoy. Yo usaba una talla 40 hasta que apareció él y empezó a prepararme sus pappardelle alla Toscana con cuatro quesos y una salsa de vino marsala cada noche. «Oh, cariño, venga, sólo pruébala, nunca has probado nada igual.»

¡Ja!

¿Y qué me dices de sus rigatoni alla vodka? Vodka, y un cojón. Eso es una salsa de nata líquida y nadie va a hacerme creer otra cosa.

Y lo de ser considerada una Venus de Botticelli, créeme, es mejor parecerse a otra cosa.

Bueno, en serio, ¿qué lleva el tío del perro?

Nad :-/

Para: Nadine Wilcock
  <nadine.wilcock@thenyjournal.com>
De: Mel Fuller <melissa.fuller@thenyjournal.com>
Asunto: Lo que lleva

¿A ti qué más te da lo que lleva? Estás prometida.

Pero si insistes…

Vamos a ver, está tumbado (¿o se dice tendido? No me extraña que no me dejen salir de la Página Diez) en la cama con unos vaqueros y una camiseta (lo siento, sí tiene mangas, tenías razón, te he mentido para ver si me hacías caso). Vuelve a estar con el portátil. *Paco* está a su lado. Debo reconocer que *Paco* parece asquerosamente feliz. Ese perro nunca parecía tan contento cuando yo estaba por allí. A lo mejor...

¡Oh, Dios mío! ¡No me extraña que el perro esté contento! ¡Le está dando Alpo... en la cama! ¡Ese perro está comiendo Alpo encima de la colcha de felpilla de la habitación de invitados de la señora Friedlander! ¿Qué le pasa a este hombre? ¿No se da cuenta de que la felpilla tiene que lavarse en seco?

Qué patético. Qué patético, Nadine. Me refiero a que de repente me he dado cuenta del patetismo de la situación. Estoy aquí sentada en mi apartamento, relatando las actividades del tipo de al lado a mi mejor amiga, que está prometida. Nadine, ¡vas a casarte! ¿Y yo qué hago? Estoy aquí sentada, en chándal escribiendo mensajes de correo a mi amiga.

¡SOY PATÉTICA! Soy peor que patética, soy...

¡OH, DIOS MÍO! ¡OH, DIOS MÍO, Nadine! Acaba de verme. Va en serio. ¡Me ha saludado con la mano!

Estoy tan avergonzada que me quiero morir. Voy a...

Oh, Dios mío, está abriendo la ventana. Ha abierto la ventana. Me está diciendo algo.

Luego te escribo.

Mel

Para: Mel Fuller <melissa.fuller@thenyjournal.com>
De: Nadine Wilcock <nadine.wilcock@thenyjournal.com>
Asunto: ¡ESCRÍBEME!

Si no vuelves a escribirme esta noche, te juro que llamo a la policía. Me da igual comportarme como tu madre. No sabes nada de ese tío aparte de que su tía loca es tu vecina y que él tiene expuesto un autorretrato desnudo en el Whitney. Por cierto, creo que tú y yo deberíamos hacer un trabajo de campo el martes e ir a verlo.

ESCRÍBEME…

O los chicos de la comisaría 89 te harán otra visita.

Nad

Para: Nadine Wilcock
   <nadine.wilcock@thenyjournal.com>
De: Tony Salerno <manjares@fresche.com>
Asunto: Para ya

Llevo dos horas intentando localizarte pero tu teléfono comunica. Sólo se me ocurre que o lo has descolgado porque no quieres hablar conmigo o estás chateando con Mel. Si se trata de esto último, desconéctate y llámame al restaurante. Si es lo primero, deja de hacer el imbécil.

Lo único que dije es que si estás acojonada por el tema del traje de boda, búscate un entrenador personal o algo así. Joder, Nadine, me estás volviendo loco con lo de la talla 40. ¿A quién le IMPORTA la talla que tienes? A mí me da igual. Te quiero tal como eres.

Y me importa un bledo cuántas de tus hermanas han llevado ese estúpido vestido de tu madre. De todos modos, odio ese vestido. Es feo. Cómprate un vestido nuevo, uno que te quede bien tal como estás AHORA. Te sentirás mejor y te quedará mejor. Tu madre lo entenderá y ¿qué más da lo que piensen tus hermanas? Que les den por saco a tus hermanas.

Tengo que dejarte. Los de la mesa 7 me han devuelto el salmón porque está poco hecho. ¿Has visto lo que me pasa por tu culpa?

Tony

Para: Tony Salerno <manjares@fresche.com>
De: Nadine Wilcock
    <nadine.wilcock@thenyjournal.com>
Asunto: Perdona…

Pero no me gusta la actitud que adoptas con mis hermanas. Resulta que me caen bien. ¿Te gustaría que dijera que les dieran por saco a tus hermanos? ¿Y si dijera que le den por saco a tu tío Giovanni? ¿Qué te parecería, eh?

Para ti es muy fácil hablar. Lo único que tienes que hacer es ponerte un esmoquin alquilado, mientras que yo tengo que estar radiante.

¿¿¿NO LO ENTIENDES???
Cielos, qué fácil es ser hombre.

Nad

Para: Nadine Wilcock
    <nadine.wilcock@thenyjournal.com>
De: Mel Fuller <melissa.fuller@thenyjournal.com>
Asunto: No ha sido gran cosa

Es que no sabía cómo usar el abridor eléctrico de su tía. Le ha comprado a *Señor Peepers* una lata de atún de verdad para que salga de debajo de la cama. Pero no ha funcionado, claro está. Le he sugerido que la próxima vez compre atún al natural en vez de en aceite. Me parece que a los gatos no les gusta el aceite.

Bueno, mientras estábamos allí me ha preguntado cuál era el mejor sitio de la zona para pedir comida china. Se lo he dicho y cuando me ha preguntado si había cenado y he dicho que no, me ha preguntado si quería que pidiera comida para los dos, y he dicho que sí y hemos tomado costillas asadas, fideos con sésamo, cerdo moo shu y pollo con brócoli.

Y sé lo que vas a decir ahora y no, no ha sido una cita, Nadine. Por el amor de Dios, sólo ha sido comida china. En la cocina de su tía. Con *Paco* ahí sentado, esperando que se nos cayera una migaja a uno de los dos para zampársela de inmediato.

Y no, no ha intentado ligar conmigo. Me refiero a Max, no a *Paco*. Aunque no sé cómo ha podido resistirse, teniendo en cuenta lo despampanante que estaba con mi chándal, claro indicio de que es sábado por la noche y no tengo con quién salir.

Lo cierto es que Dolly debe de estar equivocada con respecto a Max. No es un mujeriego. Todo fue muy informal y agradable. Resulta que tenemos mucho en común. Le gustan las novelas de misterio, igual que a mí, y hablamos de nuestras novelas preferidas. ¿Sabes?, para ser fotógrafo le gusta bastante la literatura. Es decir, en comparación con algunos de los tíos que trabajan en el Departamento de Arte del trabajo. ¿Te imaginas a Larry hablando de Edgar Allan Poe con conocimiento de causa? A mí me cuesta.

Oh, cielos, se me acaba de ocurrir una idea terrible: ¿Y si resulta que todo lo que dijo Dolly sobre Max es verdad y es un mujeriego? ¿Qué significa eso teniendo en cuenta que no me hizo insinuaciones?

¡Sólo puede significar una cosa!

Oh, cielos, ¡que soy horrorosa!

Mel

Para: Mel Fuller <melissa.fuller@thenyjournal.com>
De: Nadine Wilcock
   <nadine.wilcock@thenyjournal.com>
Asunto: Tómate un Midol…

Por favor… No eres horrorosa. Estoy convencida de que lo que dijo Dolly sobre Max Friedlander no es cierto. Por el amor de Dios, ya sabes cómo es DOLLY. Antes hacía TU trabajo. Sólo que a diferencia de ti, no era exactamente escrupulosa en sus informaciones. Por ejemplo, dudo sinceramente que hubiera sentido tu indignación moral por lo que Matt Damon le hizo a Winona.

Estoy segura de que Max es un hombre muy agradable, como dices.

Nad :-)

Para: Dolly Vargas <dolly.vargas@thenyjournal.com>
De: Nadine Wilcock
    <nadine.wilcock@thenyjournal.com>
Asunto: Max Friedlander

Muy bien. Suéltalo ya. ¿Cuál es la verdad sobre ese tío?
Porque, resumiendo, se ha ido a vivir al lado de Mel y ella
está entusiasmada, a pesar de que se esfuerce por disimular. ¿Es tan malo como realmente dices, o exageras, como
es habitual en ti?

Y recuerda: soy la jefa de crítica gastronómica de la revista. Con una sola llamada puedo impedir que te dejen
entrar en Nobu, así que no intentes engañarme, Dolly.

Nad

Para: jerryvive@freemail.com
De: Jason Trent <jason.trent@trentcapital.com>
Asunto: ¿Y pues?

¿Ya no me hablas o qué? Lo único que dije por teléfono
era que lo que no sabes de las mujeres llenaría el Gran Ca-
ñón. ¿Por qué te muestras tan susceptible con el tema de
repente?

Jason

P. D.: Stacy quiere saber si has tenido alguna cita con la pelirroja.

Para: Jason Trent <jason.trent@trentcapital.com>
De: jerryvive@freemail.com
Asunto: ¿Y pues?

No soy susceptible, pero ¿qué pretendes? No todo el mundo tiene secretario, chofer, canguro, sirvienta, jardinero, un equipo de mantenimiento para la piscina, monitor de tenis, nutricionista, y un trabajo que nuestro abuelo nos entregó en bandeja de plata, ¿sabes? Estoy ocupado, ¿entendido? Dios mío, trabajo a jornada completa y tengo que sacar a pasear a un gran danés cuatro veces al día.

John

P. D.: Dile a Stacy que estoy en ello.

Para: jerryvive@freemail.com
De: Jason Trent <jason.trent@trentcapital.com>
Asunto: Deberías buscar ayuda profesional

Oye, eres un psicótico. ¿A qué viene tanta hostilidad? Sabes que podrías tener un trabajo en el despacho de tu abuelo si quisieras. También un secretario. No sé nada de un equipo de mantenimiento para la piscina puesto que, como vivimos en la ciudad, no tenemos piscina. Pero tú podrías tener todo lo que yo tengo sin problema si dejaras esa búsqueda absurda en la que te has embarcado para demostrar que puedes sobrevivir sin el dinero de Mim.

Te diré lo que realmente necesitas y no tienes: un psiquiatra, hermano, porque corres el grave peligro de olvidar una cosa: no tienes por qué sacar a pasear a ese perro cuatro veces al día. ¿Por qué? Porque no eres Max Friedlander, ¿entendido?

NO ERES MAX FRIEDLANDER, independientemente de lo que le digas a esa pobre chica.

Ahora supéralo.

Jason

P. D.: Mim quiere saber si vas a ir a la inauguración de esa nueva ala que hemos donado a Sloan-Kettering. Si vienes, dice que te pongas corbata, para variar.

Para: Mel Fuller <melissa.fuller@thenyjournal.com>
De: jerryvive@freemail.com
Asunto: Hola

Soy yo. Quiero decir, Max Friedlander. Soy jerryvive@ freemail.com. Es una referencia a Jerry Garcia. Era el vocalista de los Grateful Dead, por si no lo sabías.

¿Qué tal estás? Espero que ayer no te comieras los fideos al sésamo que sobraron. Mi ración se solidificó por la noche y se convirtió en algo parecido al estuco.

Mira, me parece que ayer entregaron ropa de la tintorería que es tuya en el apartamento de mi tía en vez de en el tuyo. Por lo menos creo que mi tía no tiene ninguna blusa con estampado de leopardo de Banana Republic, o que, si la tiene, por desgracia, últimamente no ha tenido ocasión de ponérsela, así que debe de ser tuya, ¿verdad?

Tal vez podríamos vernos más tarde para hacer el intercambio de ropa limpia.

Oh, y he visto que mañana por la noche programan una nueva versión restaurada digitalmente de *La sombra de una duda* en la Filmoteca. Sé que dijiste que era tu película de Hitchcock preferida. Quizá podríamos ir a la sesión de las siete, si es que no tienes otros planes, y luego a lo mejor podríamos comer algo, que preferiblemente no sea comida china. Ya me dirás qué te parece.

Max Friedlander

P. D.: Hace días que quería decírtelo, mis amigos me llaman John. Es algo que empezó en la universidad y se me quedó.

Para: jerryvive@freemail.com
De: Mel Fuller <melissa.fuller@thenyjournal.com>
Asunto: Hola, te respondo

Por supuesto. La sesión de las siete me va perfecta. Luego podríamos ir a Brother's Barbecue. Está un poco más abajo de la Filmoteca, en la misma calle.

Gracias por rescatar la ropa de la tintorería. Ralph siempre se confunde con el 15A y el 15B. Por ejemplo, suelo recibir gigantescos paquetes de comida Iams para perros. Pasaré a eso de las nueve a recoger mi blusa, si no te parece muy tarde. Tengo que ir a una recepción después del trabajo, una inauguración de arte a la que tengo que asistir para mi columna. Un tío que hace esculturas con vaselina. Va en serio. Y la gente se las compra.

Bueno, luego hablamos.

Mel

P. D.: John es un apodo curioso, ¿no?
P. P. D.: Quizá te sorprenda saber que sí sé quién es Jerry Garcia. De hecho, una vez fui a un concierto suyo.

Para: Nadine Wilcock
    <nadine.wilcock@thenyjournal.com>
De: Mel Fuller <melissa.fuller@thenyjournal.com>
Asunto: OH DIOS MÍO

¡ME HA PEDIDO QUE SALGAMOS!

Bueno, más o menos. Es sólo para ir al cine, pero eso ya cuenta, ¿no?

Toma, lee la copia de mi respuesta y dime si sueno demasiado impaciente.

Mel

Para: Nadine Wilcock
    <nadine.wilcock@thenyjournal.com>
De: Dolly Vargas <dolly.vargas@thenyjournal.com>
Asunto: Max Friedlander

Cielo santo, ya entiendo a qué te referías. No había visto a Mel tan emocionada desde que se enteró del especial sobre *La casa de la pradera*. (¿Te acuerdas de la pobre ciega Mary? Menuda infeliz. La odiaba.)

Gracias a Dios que Aaron está destinado en Botswana y no tiene que soportar los grititos de alegría de Mel desde su cubículo. Sigue patéticamente colgado de esa chica. No me entra en la cabeza por qué Mel querría cambiar a un hombre en ciernes como Aaron por un infeliz como Max. Me refiero a que por lo menos Aaron tiene potencial. He conocido a muchas mujeres que han intentado cambiar a Max y no ha servido de nada.

Es decir, Nadine, ten cuidado, ten mucho cuidado. Max representa todo aquello contra lo que nuestras madres nos advirtieron (bueno, de hecho, la mía me habría advertido contra los chicos como Max si hubiera estado alguna vez en mi casa).

El modus operandi de Max: muy intenso hasta que se lleva a una mujer a la cama, entonces empieza a echarse atrás. Para entonces la joven ya suele estar coladita por él y no entiende por qué Max, que tan atento había sido, deja de llamarla. Se suceden escenas patéticas en las que gritos de «¿Por qué no me has llamado?» y «¿Quién era esa mujer con quien te vi la otra noche?» se responden con «Deja de agobiarme» y «No estoy preparado para un compromiso». Entre las variantes de la situación se incluyen: «¿Podemos hacer planes para sólo un día cada vez?» y «Te llamaré el viernes. Te lo juro».

¿Captas la idea?

Oh, y ¿te he contado la vez que Max hizo que todas las modelos de un reportaje de ropa de baño para *Sports Illustrated* se pasaran hielo por los pezones porque no se les marcaban lo suficiente?

Querida, se zampará a nuestra pequeña Mel y luego la escupirá.

Lo que me has dicho sobre Nobu no iba en serio, ¿verdad?

XXXOOO

Dolly

Para: Nadine Wilcock
    <nadine.wilcock@thenyjournal.com>
De: Mel Fuller <melissa.fuller@thenyjournal.com>
Asunto: Bueno, ¿qué me pongo?

En serio. La última vez que nos vimos yo iba en chándal, así que quiero estar guapa, muy guapa. Ven conmigo a almorzar y ayúdame a escoger algo. Estaba pensando en el vestido tipo combinación que vi en Bebe. ¿O te parece demasiado provocativo para la primera cita?

Mel

Para: Mel Fuller <melissa.fuller@thenyjournal.com>
De: Nadine Wilcock
    <nadine.wilcock@thenyjournal.com>
Asunto: Tenemos que hablar

Quedamos en el lavabo de señoras dentro de cinco minutos.

Nad

Para: Mel Fuller <melissa.fuller@thenyjournal.com>
cc: Nadine Wilcock
    <nadine.wilcock@thenyjournal.com>; Dolly Vargas
    <dolly.vargas@thenyjournal.com>
De: George Sanchez
    <george.sanchez@thenyjournal.com>
Asunto: ¿Aquí ya no trabaja nadie?

¿Dónde coño está todo el mundo? ¿A alguien se le ha ocurrido pensar que tenemos un periódico que publicar?

Dolly, ¿dónde está el artículo que estabas escribiendo sobre los tacones de aguja, asesinos silenciosos?

Nadine, todavía estoy esperando la reseña del nuevo local de Bobby Flay.

Mel, ¿anoche fuiste o no al estreno de la nueva película de Billy Bob Thornton? Como mínimo esperaba una diatriba sobre lo canalla que fue al dejar a la rubia de *Jurassic Park* por esa chica repulsiva que tiene debilidad por su hermano.

Si no veo unos cuantos culos aposentados en las sillas rápidamente, os voy a dejar sin tarta el día de la presentación del hijo de Stella.

Y esta vez va en serio.

George

Tendrías que mirarte al espejo, Jase. No te estás quedando calvo antes de tiempo por culpa de los genes, tío. Yo prácticamente soy tu doble en el sentido genético y no es por fanfarronear ni nada por el estilo pero sigo teniendo todo el pelo. Tú tienes mucha hostilidad contenida que te mata los folículos. Y, si quieres que te sea sincero, está toda dirigida a Mim. Es culpa tuya si la has dejado gobernar tu vida. Mira, yo me liberé, y ¿sabes qué?, no dejo ni un solo pelo en la almohada cuando me levanto por la mañana.

Estoy dispuesto a pasar por alto tus profundas inseguridades personales por el momento a fin de informarte de que no podré asistir a la inauguración mañana por la noche puesto que tengo otros planes.

No me extenderé más por temor a que se produzca otro ataque de ira fraternal.

Eso me gusta, ataque de ira fraternal. Quizá lo ponga en mi novela.

Fraternalmente tuyo, tu fiel hermano:

John

Para: Nadine Wilcock
   <nadine.wilcock@thenyjournal.com>
cc: Dolly Vargas <dolly.vargas@thenyjournal.com>
De: Mel Fuller <melissa.fuller@thenyjournal.com>
Asunto: Tranquilidad...

Vosotras dos tenéis que tranquilizaros. Voy a salir con ese tío, ¿vale? No me voy a acostar con él. Como Aaron puede confirmar, no me acuesto con el primero que pasa, ¿entendido?

Estáis exagerando. Para empezar, Dolly, ni siquiera me creo esa historia de los pezones. Y Nadine, no soy la mujer emocionalmente frágil y confusa que imaginas. De acuerdo, Winona Ryder me preocupa, pero desde luego no me provoca insomnio. Lo mismo con respecto a Laura Dern.

Sé cuidarme sola.

Además, sólo es una película, por el amor de Dios.

De todos modos, gracias por preocuparos.

Mel

Para: Nadine Wilcock
   <nadine.wilcock@thenyjournal.com>
De: Mel Fuller <melissa.fuller@thenyjournal.com>
Asunto: ¿Qué está pasando aquí?

¿Qué se supone que ha sido eso? ¿Una intervención? Casi me muero al entrar en el lavabo de señoras y ver a Dolly CONTIGO. Sólo estaba buscando al tío del fax, pensando que estaba escondido en uno de los compartimentos con

111

una caja de condones y algún aceite para masajes comestible, y me encuentro con eso.

Nadine, me da igual lo que Dolly diga sobre Max Friedlander. Él no es así. A lo mejor antes sí, pero ha cambiado. Lo sé. He estado con él. Y lo he observado con *Paco*, y sobre todo con *Señor Peepers*. (Bueno, lo reconozco, lo he espiado por la ventana. Vale, no me enorgullezco de ello, pero es la verdad.) *Señor Peepers* odia a todo el mundo pero está empezando a acercarse a Max, y ya sé que no se puede juzgar a una persona por cómo se relaciona con los animales, pero creo que dice mucho de Max el hecho de que haya dedicado tanto tiempo a conocer a las mascotas de su tía como para que hasta un gato desconfiado y antisocial como *Señor Peepers* haya empezado a mostrarle afecto.

¿Entendido?

Y, sí, a lo mejor en este campo yo no soy muy fiable, teniendo en cuenta que Aaron se estaba tirando a Barbara Bellerieve a mis espaldas y yo no sospechaba nada, pero lo cierto es que no creo que la única intención de Max sea acostarse conmigo. Porque si lo que Dolly dice es cierto, y Max Friedlander pudiera conseguir a quien quisiera, ¿por qué iba a quererme a mí? No es que pretenda ser modesta, pero me refiero a que ¿por qué un tío como ése querría ir detrás de una columnista de sociedad bajita y pelirroja cuando podría conseguir… pues a Cindy Crawford, si no estuviera felizmente casada con ese tipo que es propietario de Skybar, o con la princesa Estefanía de Mónaco, o alguien así?

Nadine, en serio, piénsalo.

Eso es todo. No estoy loca ni nada por el estilo. Sólo dolida, supongo. Ten en cuenta que ya no soy una niña.

Mel

P. D.: Puedes arreglar un poco las cosas ayudándome a elegir unos zapatos nuevos en Nine West que combinen con mi nuevo vestido.

Para: Mel Fuller <melissa.fuller@thenyjournal.com>
De: Nadine Wilcock
    <nadine.wilcock@thenyjournal.com>
Asunto: Vale. Sal con él. Ya ves lo que me importa

Pero quiero un informe completo en cuanto vuelvas, ¿entendido?

Y te lo advierto, Mel, si ese hombre te parte el corazón y estás hecha polvo para mi boda, me encargaré personalmente de mataros a los dos.

Nad :-[

Para: John Trent <john.trent@thenychronicle.com>
De: Jason Trent <jason.trent@trentcapital.com>
Asunto: ¿Qué novela?

¿Ahora estás escribiendo una novela? Has roto las ataduras de la fortuna familiar, llevas una doble vida, intentas resolver el misterio que rodea la agresión de la anciana y ¿estás escribiendo una novela?

¿Quién te crees que eres? ¿Bruce Wayne?

Jason

Lo cierto es que me parece que Bruce Wayne nunca escribió una novela, ni rompió las ataduras de la fortuna familiar. Gastó su fortuna como quiso, creo, en sus esfuerzos en la lucha contra el crimen. Aunque sí que está claro que llevaba una doble vida.

En cuanto a la resolución del misterio de la agresión de la anciana, Bruce probablemente lo habría hecho mejor que yo. Pero es que no lo entiendo, ¿por qué iban a querer noquear a una anciana de ese modo? A lo más que ha llegado la policía es a decir que se trata de un robo frustrado, pero ¿frustrado cómo? ¿Y por quién?

Mel me dijo algo de que el portero suele confundirse entre su apartamento, el 15B, y el de la señora Friedlander, el 15A, lo que me hizo pensar en lo que un amigo policía me dijo de que casi parecía obra del asesino travestido, con la salvedad de que la anciana no encajaba con su perfil de víctimas. Me pregunto si el tipo se equivocó de apartamento…, si resulta que la señora Friedlander no era la víctima que él buscaba. Que en cuanto se dio cuenta del error, intentó seguir adelante pero fue incapaz y acabó dejando el trabajito a medias.

No sé. Es algo que se me ha pasado por la cabeza. He hecho varias preguntas a los porteros del edificio y ninguno de ellos recuerda haber enviado a nadie a la planta decimoquinta esa noche, aunque uno de ellos me preguntó si me había cortado el pelo. Al parecer, había visto a Max con anterioridad y, aunque se dio cuenta de que no acababa de parecerme al verdadero, no sabía exactamente en qué había cambiado mi aspecto. Da miedo pensar en cuánto confiamos en el personal de seguridad, ¿no?

Bueno, si te portas bien te mandaré los primeros dos capítulos de mi obra. Trata sobre un grupo de gente que carece de toda cualidad positiva, más o menos como las amistades de Mim. Te gustará.

Oh, Dios mío, tengo que dejarte. Debo estar en la Filmoteca dentro de un cuarto de hora.

John

Para: John Trent <john.trent@thenychronicle.com>
De: Jason Trent <jason.trent@trentcapital.com>
Asunto: Eres increíble

¿Filmoteca? ¿Por eso no puedes asistir a la inauguración? ¿Te vas al cine?

La pelirroja tiene algo que ver con esto, ¿verdad?

Jason

Para: Nadine Wilcock
    <nadine.wilcock@thenyjournal.com>
De: Mel Fuller <melissa.fuller@thenyjournal.com>
Asunto: Cronología de mi cita

18.00 h
Empiezo a prepararme para la cita. Me pongo el deslumbrante vestidito azul que me ayudaste a elegir. Me doy

115

cuenta de que es un poco demasiado deslumbrante para ir al cine y a cenar. Añado un suéter de algodón. Mamá estaría contenta. Recuerdo su cantinela: «Ya sabes el frío que puede llegar a hacer en el cine en verano».

Practico caminando con mis sandalias con plataforma nuevas durante media hora. Sólo me tuerzo el tobillo dos veces. Ya estoy lista.

18.30 h
Me marcho hacia el centro. Sé que debo de estar bien porque me han manoseado en el tren entre Times Square y Penn Station. Codazo en el vientre al pulpo. Salva de aplausos de los compañeros de viaje en transporte público. El pulpo se baja con aspecto abochornado.

19.00 h
Llego al cine. ¡Hay mucha cola! Busco a John nerviosa. (¿Te he dicho que Max me pidió que lo llamara John? Es un viejo apodo de la universidad.) Por fin lo veo al final de la cola, con las entradas en la mano. ¡Mi plan de pagar cada uno lo suyo (con lo que se convertía en una salida entre amigos y no en una cita, como me sugeriste) se va al garete! Lo compenso informándole de que compraré palomitas y refrescos. Te alegrará saber que John acepta el plan gentilmente.

19.00 – 19.20 h
Nos quedamos en la cola charlando sobre el enorme boquete que ha aparecido en la calle 79. Ya sabes cuánto me gustan las catástrofes. Pues ¡resulta que a John también! Esto lleva a una larga conversación sobre nuestras catástrofes favoritas.

19.21 h

La cola empieza a moverse. John va a buscar sitio. Yo voy a comprar palomitas y refrescos. Con consternación caigo en la cuenta de que he olvidado decirle que me coja un sitio en el pasillo porque tengo la vejiga demasiado pequeña.

Pero cuando entro en la sala, ha hecho precisamente eso: ¡me ha guardado el asiento del pasillo! La verdad, Nadine, ¿Tony te ha dejado alguna vez el asiento del pasillo? Nunca, y lo sabes.

19.30 – 21.30 h

Vemos la película. Comemos palomitas. Me doy cuenta de que John sabe masticar y respirar por la nariz a la vez. Se trata de una mejora considerable comparándolo con Aaron, de quien te acordarás que tenía un problema al respecto. Me pregunto si Dolly ya se ha dado cuenta del mismo.

Además, John no mira el reloj durante la proyección de la película. Era una de las costumbres más molestas de Aaron. Entonces me doy cuenta de que John ni siquiera lleva reloj. Eso sí que es una mejora con respecto a Aaron, quien no sólo llevaba uno sino que lo miraba obsesivamente cada veinte minutos.

21.30 – 22.00 h

Vamos andando a Brothers Barbecue y descubrimos que, como la mayoría de los restaurantes populares de Manhattan, está invadida por gente que no es de aquí. Hay que esperar dos horas y media para tener mesa. Sugiero que vayamos a tomar una porción a Joe's que, como ya sabes, sirve la mejor pizza de la ciudad. Por el camino, John me cuenta una anécdota divertida sobre su hermano y un peregrinaje alcohólico hasta Joe's. Le digo que no sabía que tenía un hermano y entonces dice que se refería a un «hermano» de un club estudiantil. Esto me disgusta: no sé si te he dicho alguna vez que después de un incidente especialmente vergonzoso cuando estaba en la universidad, relacionado con un miembro del Delta Upsilon y un calcetín, prometí no volver a salir nunca más con el hermano de un club estudiantil.

Entonces recordé que aquello no era una cita, sino una salida entre amigos como sugeriste, y me tranquilicé.

22.30 – 24.00 h

Nos comemos la pizza de pie porque no hay sitio para sentarse. Mientras comemos, le cuento una anécdota divertida sobre que una vez me encontré con Gwyneth Paltrow en Joe's y ella pidió una porción con verduras y salsa pero ¡sin queso! Eso nos lleva a hablar sobre mi trabajo y las ganas que tengo de escribir reportajes. ¡Resulta que John ha leído la Página Diez y admira mi estilo vivaz y sucinto! Ésas son las palabras que empleó: ¡vivaz y sucinto!

Yo soy vivaz y sucinta, ¿verdad?

Entonces intenté hacerle hablar sobre su trabajo. Pensé que con sutileza sería capaz de descubrir la verdad sobre el asunto de los pezones.

Pero ¡no quería hablar de él! Sólo quería saber a qué universidad fui y cosas así. No dejaba de hacerme preguntas sobre Lansing. ¡Como si ese sitio tuviera algún interés! Aunque hice todo lo posible para que sonara interesante. Le conté la vez que los Ángeles del Infierno vinieron al pueblo y por supuesto lo del tornado que destrozó la cafetería del instituto (lástima que fuera en verano, porque ni siquiera nos libramos de ir a clase).

Al final, se me acabó la mecha y le propuse que fuéramos para casa. Pero mientras íbamos camino del metro, pasamos al lado de un local en el que tocaban blues en directo. Ya sabes que me encanta el blues. No sé si es que me vio nostálgica o qué pero dijo: «Entremos».

Cuando vi que la entrada costaba 15 dólares y que había que tomar un mínimo de dos consumiciones, dije: «No, dejémoslo correr». Pero él dijo que pagaría las bebidas si yo pagaba la entrada, lo cual me pareció razonable porque ya sabes que en esos sitios te cobran unos diez dólares por consumición, así que entramos y recobramos las energías y nos lo pasamos muy bien y tomamos cerveza y comimos cacahuetes y tiramos las cáscaras al suelo y entonces el grupo hizo un descanso y nos dimos cuenta de que era medianoche y los dos dijimos «¡Oh, Dios mío, *Paco!*».

Así que fuimos corriendo a casa, pagamos el taxi a medias, porque era caro y a esas horas era mucho más rápido que el metro, y llegamos a casa antes de que se produjera algún incidente grave o aullidos y le di las buenas noches junto al ascensor y él dijo que teníamos que repetir la salida en otra ocasión y yo dije que me encantaría y que ya sabe cómo contactar conmigo y entonces entré en mi apartamento, me duché para quitarme el olor a humo del local y rocié el vestido nuevo con Febreze.

Habrás observado que no hubo insinuaciones (por parte de ninguno de los dos) y que todo fue muy amistoso y sin tapujos y maduro.

Y ahora espero que estés avergonzada de ti misma por todas las maldades que has pensado de él porque es muy tierno y divertido y llevaba los vaqueros más bonitos que he visto en mi vida, ni demasiado ajustados, ni demasiado holgados, con unas partes descoloridas muy interesantes, y además llevaba las mangas subidas hasta justo por debajo de los codos…

Oh, oh, ahí está George. Me va a matar porque todavía no le he dado las páginas de mañana. Tengo que dejarte.

Mel

Para: Nadine Wilcock
   <nadine.wilcock@thenyjournal.com>
De: Mel Fuller <melissa.fuller@thenyjournal.com>
Asunto: Un momento…

¿Por qué no me hizo ninguna insinuación? ¡Oh, Dios mío! ¡Debe de ser cierto que soy horrorosa!

Mel

Para: Jason Trent <jason.trent@trentcapital.com>
De: John Trent <john.trent@thenychronicle.com>
Asunto: La pelirroja tiene algo que ver con esto, ¿verdad?

Por supuesto que sí.

John

Para: Mel Fuller <melissa.fuller@thenyjournal.com>
De: Nadine Wilcock
   <nadine.wilcock@thenyjournal.com>
Asunto: Pues denúnciame

Vale. Para empezar no eres horrorosa. ¿De dónde sacas esas ideas?

Para continuar, estoy dispuesta a reconocer cuando me equivoco, así que lo reconozco: me he equivocado con respecto a ese hombre.

Por lo menos hasta el momento.

Creo que es un poco raro que quiera que lo llames John. Me refiero a que ¿eso es un apodo? ¿Sabes qué te digo? Que es un nombre, no un apodo.

Pero da igual. Tienes razón. No eres una niña. Puedes tomar tus propias decisiones. ¿Quieres sentarte en un bar, escuchar blues, comer cacahuetes y hablar de desastres con él? Pues adelante. No intentaré impedírtelo. En realidad no es asunto mío.

Nad

Para: Nadine Wilcock
   <nadine.wilcock@thenyjournal.com>
De: Mel Fuller <melissa.fuller@thenyjournal.com>
Asunto: Bueno…

¿Qué te pasa? ¿Desde cuándo lo que yo hago no es asunto tuyo? Durante los cinco años que hace que nos conocemos has metido la nariz en todos los detalles de mi vida, igual que yo en los de la tuya. O sea que ¿qué es eso de «en realidad no es asunto mío»?

¿Pasa algo que no me has contado? Tú y Tony os habéis reconciliado, ¿verdad? Me refiero a después de la pelea que tuvisteis sobre lo que dijo en casa del tío Giovanni. ¿Sí? ¿Sí?

Nadine, tú y Tony no podéis separaros. Sois la única pareja que conozco que parece ser feliz.

Aparte de James y Barbra.

Mel

Para: Mel Fuller <melissa.fuller@thenyjournal.com>
De: Nadine Wilcock <nadine.wilcock@thenyjournal.com>
Asunto: Sí, Tony y yo…

---

nos reconciliamos. No tiene nada que ver con él. Por lo menos no directamente. Es sólo que…, y no quiero que suene autocompasivo ni quejica ni nada de eso…, pero Mel, es que… estoy tan

¡¡GORDA!!

Estoy tan gorda y no adelgazo y estoy harta de comer galletas de arroz y Tony no para de traer a casa el pan que sobra del restaurante y prepara tostadas con mantequilla por las mañanas…

Me refiero a que quiero a Tony, de verdad que sí, pero la idea de presentarme delante de toda su familia con el pandero que tengo hace que me entren palpitaciones. Lo digo en serio.

Ojalá pudiéramos fugarnos…

Nad :-(

Para: Nadine Wilcock
    <nadine.wilcock@thenyjournal.com>
De: Mel Fuller <melissa.fuller@thenyjournal.com>
Asunto: ¡No!

¡No puedes fugarte! ¿Qué voy a hacer con ese estúpido vestido de dama de honor color berenjena que me hiciste comprar?

Bueno, se acabó, Nadine. Me obligas a hacer esto. Pero quiero que tengas presente que es por tu propio bien.

Mel

Para: Mel Fuller <melissa.fuller@thenyjournal.com>
De: Nadine Wilcock
    <nadine.wilcock@thenyjournal.com>
Asunto: ¿Hacer qué?

Mel, ¿qué vas a hacer? Me estás poniendo muy nerviosa. Odio que te pongas así.

Y pensaba que te gustaban los vestidos de dama de honor que elegí.

¿¿¿Mel???
¿¿¿MEL???

Nad

Para: Amy Jenkins <amy.jenkins@thenyjournal.com>
cc: Nadine Wilcock <nadine.wilcock@thenyjournal.com>
De: Mel Fuller <mel.fuller@thenyjournal.com>
Asunto: Programas de adelgazamiento

Estimada señorita Jenkins:

Dado que ustedes los del Departamento de Recursos Humanos están ansiosos por ayudar a los corresponsales atribulados como nosotros que estamos aquí en la redacción, me preguntaba si nos podría informar de si el *New York Journal* ofrece a sus empleados descuento en las cuotas de inscripción de alguno de los gimnasios cercanos.

Le agradecería que me informara al respecto lo antes posible.

Gracias.

Melissa Fuller
Corresponsal de la Página Diez
New York Journal

Para: Mel Fuller <melissa.fuller@thenyjournal.com>
De: Nadine Wilcock
 <nadine.wilcock@thenyjournal.com>
Asunto: ¿Te has vuelto completamente loca?

¿QUÉ DEMONIOS HAS HECHO?
 ¡No puedo apuntarme a un gimnasio! ¡Estoy deprimida, no dispuesta a suicidarme!
 Te voy a matar...

Nad

Para: jerryvive@freemail.com
De: Mel Fuller <melissa.fuller@thenyjournal.com>
Asunto: Hablando de desastres

Oye, ¿has mirado el Canal Meteorológico esta mañana? Grandes borrascas tropicales en las Bahamas. Creo que en cualquier momento pueden convertirse en tormenta tropical.

Mantén los dedos cruzados.

Mel

P. D.: La próxima vez que vayas a ver a tu tía, dímelo y te acompañaré. He oído decir que la gente que está en coma reconoce las voces, así que a lo mejor podría intentar hablar con ella. Es que yo la veía casi todos los días, y todo eso.

Para: John Trent <john.trent@thenychronicle.com>
De: Max Friedlander <photoguy@stopthepresses.com>
Asunto: Yo

¡Hola! ¿Qué tal? Hace tiempo que no sé nada de ti. He pensado en preguntar qué tal. ¿Qué tal mi tía? ¿La vieja todavía no ha estirado la pata?

Es broma. Ya sé lo susceptible que eres con esas cosas así que no haré bromas sobre las ancianas que se reúnen con el Creador.

Además, quiero a la vieja arpía, de verdad que sí.

Bueno, aquí en Cayo Oeste la cosa va a las mil maravillas. De verdad. El otro día Viv y yo encontramos una playa nudista y lo único que puedo decirte, John, es que si no te has bañado en pelotas con una súper modelo de largas piernas, entonces, tío, no sabes lo que es la vida.

Mientras ella está en el pueblo depilándose las ingles a la cera (para las ocasiones en que tenemos que ir vestidos, como alrededor de la piscina del hotel) se me ha ocurrido preguntarte qué tal te iban las cosas, amigo. Me has sacado de un verdadero apuro, ¿sabes? Y no quiero que pienses que no te lo agradezco.

De hecho, estoy tan agradecido que voy a darte unos consejos. Consejos sobre mujeres dado que sé cómo eres con ellas. ¿Sabes?, no deberías ser tan estirado. La verdad es que no eres feo. Y ahora que seguro que vas vestido con un poco más de estilo, gracias a mi tutela, supongo que estarás un poco más activo al respecto. Creo que ha llegado el momento de pasar a la Guía Panorámica para Mujeres de Max Friedlander.

Hay siete tipos de mujeres. ¿Lo pillas? Siete. Ni una más ni una menos. Eso es. Son los siguientes:

1. pajaril
2. bovina
3. canina
4. caprina
5. equina
6. felina
7. porcina

Está claro que puede haber combinaciones de ciertos rasgos. Por ejemplo, puedes dar con una joven muy porcina –hedonista, insaciable, etc.– que sea un poco pajaril –cabeza hueca, un poco atolondrada, quizá–. Yo diría que la combinación perfecta sería una chica como Vivica: felina

–sexy e independiente– y equina a la vez –altiva pero poética.

Lo que no te conviene es que sea canina –demasiado dependiente– o bovina, es obvio. Y yo evitaría las caprinas, muy lúdicas y tal.

Bueno, ya está bien por hoy. Espero que hayas disfrutado con la clase y que le encuentres sentido. Ahora mismo estoy borracho como una cuba, ¿sabes?

Max

Para: Max Friedlander
   <photoguy@stopthepresses.com>
De: John Trent <john.trent@thenychronicle.com>
Asunto: Tú

Por favor, no me escribas más.

Sacaré a pasear al perro de tu tía y les daré de comer a los gatos. Fingiré que soy tú. Pero no me escribas más. Leer tus patéticas divagaciones sobre un tema que está claro que nunca, nunca, conseguirás entender es sencillamente más de lo que soy capaz de aguantar en este momento de mi vida.

John

Para: jerryvive@freemail.com
De: Jason Trent <jason.trent@trentcapital.com>
Asunto: La pelirroja

Hola, John, soy yo, Stacy. Jason se niega a preguntar, así que lo haré yo: ¿qué tal? Con esa chica, quiero decir, y lo de fingir que eres Max Friedlander y tal.

¡Cuéntamelo!

Con cariño,
Stacy

P. D.: Te echamos de menos en la inauguración. Tenías que haber estado allí. Tu abuela estaba muy dolida, al igual que las niñas. Me han dado mucho la lata preguntándome si volverás a visitarnos algún día.

¿Vendrás?

Para: Jason Trent <jason.trent@trentcapital.com>
De: jerryvive@freemail.com
Asunto: ¿Qué tal?

¿Qué tal? ¿Preguntas qué tal, Stacy?

Bueno, pues te lo diré: va fatal, gracias.

Eso es, fatal. Todo es terrible.

Claro está que no debería ser terrible. Todo debería ser maravilloso. He conocido a esta chica que es absolutamente genial. En serio, absolutamente genial, Stace: le gustan los tornados y el blues, la cerveza y todo lo relacionado con los asesinos en serie. Consume cotilleos sobre los famosos con el mismo entusiasmo con que ataca un plato de cerdo moo shu, lleva sandalias demasiado altas y está estupenda con ellas, pero resulta que está igual de estupenda con unas zapatillas y el chándal.

Y es buena persona. Es buena de verdad. En una ciudad en la que nadie conoce a sus vecinos, ella no sólo los conoce sino que se preocupa por ellos. Y vive en Manhattan. Manhattan, donde la gente suele pisar a los vagabundos para entrar en su restaurante favorito. Por lo que a Mel respecta, nunca ha salido de Lansing, Illinois, 13.000 habitantes. Broadway bien podría ser su calle Mayor.

¡Y atenta a esto! El otro día salimos y no quería que la invitara. Sí, has leído bien: no quería que la invitara. Tenías que haberle visto la cara cuando se dio cuenta de que ya había comprado las entradas para la película: cualquiera habría dicho que había matado a un cachorro o algo así. Ninguna mujer con la que he salido (y, pese a lo que mi hermano te haya contado, no han sido tantas) ha pagado jamás su entrada para el cine, ni ninguna otra cosa, para qué negarlo, cuando salía conmigo.

No es que me importe pagar. Es que ninguna de ellas se ofreció a hacerlo jamás.

Y, sí, de acuerdo, todas sabían que salían con John Trent, de los Trent de Park Avenue. ¿A cuánto cotizo hoy? ¿Has seguido la cotización del NASDAQ?

Pero es que ni siquiera se ofrecían.

¿Entiendes lo que quiero decir, Stacy? Después de todas las Heathers y Courtneys y Meghans (Dios mío, ¿te acuerdas de Meghan? ¿Y el desastroso incidente de Tejas?) y todas esas Ashleys, por fin he conocido a una Mel, que no sabe cuál es la diferencia entre una OPA y el IPC, una mujer que podría llegar a estar más interesada en mí que en mi cartera de inversiones…

Y ni siquiera puedo decirle mi verdadero nombre.

No, cree que soy Max Friedlander.

Max Friedlander, cuyo cerebro estoy empezando a pensar que se quedó atrofiado alrededor de los dieciséis años. Max Friedlander, que ha clasificado a las mujeres según una gama que estoy seguro que extrajo de los dibujos animados de los sábados por la mañana.

Ya sé qué vas a decir. Sé exactamente qué vas a decir, Stace.

Y la respuesta es no, no puedo. Quizá si no le hubiera mentido desde un buen comienzo. Quizá si desde el momento en que la conocí le hubiera dicho: «Mira, no soy Max. Max no ha podido venir. Siente mucho lo que le ha sucedido a su tía, así que me ha mandado en su lugar».

Pero no lo hice, ¿verdad? La cagué. La cagué desde el primer momento.

Y ahora es demasiado tarde para decirle la verdad, porque cuando intente decirle cualquier otra cosa, pensará que también miento. Quizá no lo reconozca. Pero en el fondo siempre tendrá presente ese hecho: «Puede que ahora también me esté engañando».

No intentes decirme que no, Stace.

Y ahora quiere ir conmigo a visitar a la tía de Max. ¿Te das cuenta? ¡La tía comatosa! Dice que ha leído que a veces la gente que está en coma oye lo que sucede a su alrededor e incluso reconoce voces.

Bueno, está claro que tía Helen no reconocerá mi voz, ¿verdad?

Pues ahí está. En resumen, mi vida es un infierno. ¿Tienes algún consejo? ¿Algún consejo de sabiduría femenina con el que aliviarme?

No, ya me lo imaginaba. Soy perfectamente consciente de que yo mismo he cavado mi tumba. Supongo que no me queda otra opción que introducirme en ella.

Cadavéricamente tuyo,
John

Para: Mel Fuller <melissa.fuller@thenyjournal.com>
De: Dolly Vargas <dolly.vargas@thenyjournal.com>
Asunto: Max Friedlander

Querida, no he podido evitar oír tu conversación con Nadine cerca del aparato de fax, ¿es cierto que os habéis apuntado a un gimnasio y que habéis empezado las clases de *spinning*?

Pues ¡bravo por vosotras! Las mujeres al poder. Ya me diréis si tienen tribunas de entrada libre o una cabina de observación o algo así para ir a animaros (y si dan algún refrigerio, preferiblemente de tipo alcohólico, que es la única forma de que yo entre en un gimnasio, Dios mío, pues mejor).

Bueno, el otro tema del que os oí hablar. ¿Quieres saber por qué no te ha hecho ninguna insinuación? Me refiero a Max Friedlander. Si te paras a pensarlo, tiene sentido... Me refiero a las historias que hemos oído sobre su carácter mujeriego, su talante despiadado, su temor al compromiso, su obsesión por conseguir la mejor toma del tema en concreto que esté fotografiando, su necesidad constante de aprobación, su negativa a asentarse en un único sitio, y ahora ese cambio de nombre tan raro...

En realidad todo podría reducirse a una cosilla: es homosexual.

Está clarísimo, querida. Por eso no te ha hecho ninguna insinuación.

XXXOOO

Dolly

Para: Mel Fuller <melissa.fuller@thenyjournal.com>
De: Nadine Wilcock
   <nadine.wilcock@thenyjournal.com>
Asunto: Tranquilízate

No es homosexual. ¿Entendido? Dolly es así. Te está comiendo el coco. Está aburrida. Peter Hargrave no dejará a su mujer por ella, Aaron sigue soñando contigo y Dolly no tiene nada mejor que hacer que torturarte. Poniéndote así lo único que consigues es seguirle el juego.

Bueno, ¿mañana iremos a la clase del mediodía o a la de las cinco y media?

Nad

P. D.: No hace falta que te diga cuánto odio esto, ¿verdad? ¿Lo del ejercicio? Es por si no lo sabías. Lo odio. Odio sudar. No es natural. Nada natural.

Para: Nadine Wilcock
   <nadine.wilcock@thenyjournal.com>
De: Mel Fuller <melissa.fuller@thenyjournal.com>
Asunto: Pero eso explicaría...

¡por qué no intentó besarme, ni rodearme con el brazo, ni nada de nada! ¡Es homosexual!

Y me ofrecí a acompañarlo la próxima vez que vaya al hospital a visitar a su tía.

¡Debo de parecer la mayor idiota del mundo!

Mel

P. D.: Vayamos a la clase del mediodía y así ya estará. Sé que lo odias, Nadine, pero es por tu bien. Y sudar es natural. Las personas llevan sudando miles de años.

Para: Mel Fuller <melissa.fuller@thenyjournal.com>
De: Nadine Wilcock
   <nadine.wilcock@thenyjournal.com>
Asunto: ¿Acaso...

padeces un colapso sináptico?

Para empezar no es homosexual.

Para continuar, aunque fuera homosexual, el hecho de decir que quieres acompañarlo a ver a su tía comatosa no es de idiota. Es todo un detalle por tu parte.

Te dije que no le hicieras caso a Dolly.

¿Recuerdas la colcha de felpilla? ¿Te acuerdas de cuando lo viste dando de comer Alpo al perro encima de la cama?

133

¿Crees que un homosexual sería capaz de hacer tal cosa con la felpilla?

Nad

Para: Nadine Wilcock
    <nadine.wilcock@thenyjournal.com>
De: Mel Fuller <melissa.fuller@thenyjournal.com>
Asunto: Oh

Sí. Tienes razón. Ningún homosexual maltrataría la felpilla de ese modo.

Gracias a Dios que te tengo en esta vida, Nadine.

Mel

P. D.: Pero si no es homosexual, ¿cómo es que no me ha respondido? ¡Le envié un mensaje hace siglos sobre unas borrascas tropicales y desde entonces ya se han convertido en tormentas!

Para: jerryvive@freemail.com
De: Jason Trent <jason.trent@trentcapital.com>
Asunto: Por el amor de Dios…

Llama a la chica, ¿quieres? ¡Mientras estás ahí sentado flagelándote, algún otro hombre podría robártela delante de tus narices!

No te preocupes, el asunto de Max Friedlander se solucionará. No te creerías algunas de las mentiras que Ja-

son me contó cuando empezamos a salir… La más gorda
fue decirme que había salido una vez con Jodie Foster. Se
le olvidó añadir que fue cuando ella iba en el mismo tras-
bordador que él para ir a Catalina.

Sí, claro, «salió» con ella.

Oh, y tu abuela me enseñó una foto de la tal Michelle,
de quien tu hermano dice que es la mujer más guapa que
ha conocido en su vida: hola, que alguien llame a la perrera, hay un pitbull suelto…

Y aquí llega Jason, grita algo sobre queso gratinado y
que por qué no tengo una cuenta de correo electrónico
para mí sola y que por qué tengo que usar la suya y ahora
intenta empujarme fuera de la silla, aunque estoy embarazada de siete meses de un hijo suyo y soy la madre de sus
hijas.

Stacy

Para: jerryvive@freemail.com
De: Jason Trent <jason.trent@trentcapital.com>
Asunto: Lárgate

Sólo quiero que sepas que mientras agobias a mi mujer
con tus problemas de papanatas, que, por cierto, te has buscado tú, aquí todo se desmorona. He tenido que hacerles
el almuerzo a las niñas y el queso ha goteado encima de la
tostadora y se ha producido un incendio.

Así que lo único que tengo que decir es que te busques
una esposa y dejes de molestar a la mía.

Jason

SOMOS NOSOTRAS, HALEY Y BRITTANY. MAMÁ Y PAPÁ SE ESTÁN PELEANDO POR QUÉ DEBERÍAS HACER CON LA SEÑORA PELIRROJA. MAMÁ DICE QUE DEBERÍAS LLAMARLA E INVITARLA A CENAR. PAPÁ DICE QUE DEBERÍAS IR AL PSICÓLOGO.

SI TE CASAS CON LA SEÑORA PELIRROJA, ¿SERÁ NUESTRA TÍA?

¿CUÁNDO VENDRÁS A VERNOS? TE ECHAMOS DE MENOS. NOS HEMOS PORTADO MUY BIEN. CADA VEZ QUE ESA VENA QUE PAPÁ TIENE EN LA CABEZA SE HINCHA, CANTAMOS LA CANCIÓN QUE NOS ENSEÑASTE, COMO NOS DIJISTE. YA SABES QUÉ CANCIÓN, LA DE LA DIARREA.

BUENO, TENEMOS QUE IRNOS. PAPÁ DICE QUE SALGAMOS DE SU ESCRITORIO.

¡¡¡ESCRÍBENOS PRONTO!!!

TE QUEREMOS,
BRITTANY Y HALEY

Para: Mel Fuller <melissa.fuller@thenyjournal.com>
De: jerryvive@freemail.com
Asunto: Granizo del tamaño de pelotas de béisbol y otras
anomalías meteorológicas

Querida Melissa:

Siento haber tardado tanto en responderte. Tenía un asunto entre manos que exigía mi dedicación. Pero parece ser que ahora ya está más o menos solucionado, por lo menos en lo posible por el momento.

Es todo un detalle por tu parte que te ofrezcas a acompañarme a ver a mi tía, pero de verdad que no hace falta.

Espera. Un momento. Sé qué vas a decir.

Así que para ganar tiempo, ¿qué te parece si vamos mañana por la tarde si todavía no tienes planes?

Y creo que aprovecharé esa oportunidad para hablarte de un tema en el que he estado pensando mucho desde que nos conocimos: la gran deuda que tengo contigo por haber salvado la vida de mi tía.

Espera. Otra vez, ya sé qué vas a decir. Pero la realidad es que eso es lo que hiciste exactamente. La policía me lo dijo.

Así que aunque es una forma poco apropiada de expresar mi profundo agradecimiento y aprecio, espero que me dejes invitarte a cenar algún día. Y como sé lo mucho que eso ofende tu sensibilidad del Medio Oeste, estoy dispuesto a dejarte elegir el restaurante, para que no te preocupes de si escojo un sitio que descalabre mi economía.

Piénsatelo y dime algo. Como ya sabes, tengo las tardes muy libres, gracias a *Paco*, hasta las once.

Sinceramente tuyo,
John

P. D.: ¿Viste lo que salió anoche en el Canal Meteorológico? ¿Cómo toda esa gente que intenta conducir por ríos desbordados en sus todoterrenos luego resulta que no saben nadar?

Para: Nadine Wilcock
    <nadine.wilcock@thenyjournal.com>
De: Mel Fuller <melissa.fuller@thenyjournal.com>
Asunto: ¡Me ha escrito!

Y me ha invitado a salir.

Bueno, más o menos. Supongo que es más por compasión/agradecimiento que una verdadera cita.

Pero a lo mejor si me pongo el vestido adecuado…

Tú eres la experta en restaurantes. ¿Cuál elijo?

Mel

Para: Mel Fuller <melissa.fuller@thenyjournal.com>
De: Nadine Wilcock
    <nadine.wilcock@thenyjournal.com>
Asunto: No vas a…

---

poder pagar el alquiler del mes que viene si sigues comprándote modelitos para impresionar a ese tío.

Tengo una idea. Lleva algo que tengas. Es imposible que haya visto toda tu ropa. No hace más que dos semanas que se mudó al apartamento de al lado y sé que tienes diez millones de faldas.

Allá va otra idea: ¿por qué no venís los dos a Fresche? Así Tony y yo lo veremos y luego te diremos qué nos parece.

Se me acaba de ocurrir.

Nad

Para: Nadine Wilcock
    <nadine.wilcock@thenyjournal.com>
De: Mel Fuller <melissa.fuller@thenyjournal.com>
Asunto: ¡Ja!

¿Me tomas por imbécil?

No iremos a ningún sitio que esté cerca de Fresche. Ni por asomo.

Mel

Para: Mel Fuller <melissa.fuller@thenyjournal.com>
De: Tony Salerno <manjares@fresche.com>
Asunto: O sea que no somos suficientemente buenos
    para ti, ¿no?

Supongo que cuando se trata de cenar bien, está claro que sabes quiénes son tus amigos. Me refiero a que es evidente que tienes algún tipo de prejuicio contra mi restaurante que nunca he sabido hasta ahora.

No obstante, cuando te he ofrecido alguno de mis clásicos paillards de pollo a la parrilla, nunca me has dicho que no. ¿Es posible que durante todo este tiempo te hayas limitado a seguirme la corriente?

¿Qué me dices de Nadine? En realidad no es tu mejor amiga, ¿verdad? Probablemente tengas alguna otra amiga con estilo escondida en algún sitio para las urgencias, ¿no?

Ahora empiezo a verlo todo claro.

Tony

Para: Tony Salerno <manjares.fresche.com>
De: Mel Fuller <melissa.fuller@thenyjournal.com>
Asunto: Sabes perfectamente

---

por qué no quiero ir a tu restaurante. ¡No me apetece estar bajo la mirada constante de mi mejor amiga y su novio!

Y lo sabes.

Eres insoportable, ¿lo sabías? Te salva lo buen cocinero que eres, y lo guapo, claro está.

Mel ;-)

Para: Mel Fuller <melissa.fuller@thenyjournal.com>
De: Dolly Vargas <dolly.vargas@thenyjournal.com>
Asunto: Cena

Querida, ¿estás loca? Lo que tienes que hacer es dejar que te lleve a La Grenouille. No hay ningún otro sitio que valga la pena.

Y no es que no vaya a poder pagar la cuenta. Dios mío, Max Friedlander ha ganado una fortuna fotografiando a esa criatura llamada Vivica para la nueva campaña publicitaria de Maybelline.

Al fin y al cabo, socorriste a esa mujer. Por eso, te debe algo de Tiffany's o Cartier, como mínimo.

XXXOOO

Dolly

Para: Mel Fuller <melissa.fuller@thenyjournal.com>
De: George Sanchez <george.sanchez@thenyjournal.com>
Asunto: La taberna de la esquina

Ahí es donde tienes que decirle que te lleve. Las mejores hamburguesas de la ciudad. Además mientras comes puedes ver el partido.

George

Para: Mel Fuller <melissa.fuller@thenyjournal.com>
Dc: Jimmy Chu <james.chu@thenyjournal.com>
Asunto: ¿Cómo es posible

que se te ocurra pensar en otro sitio que no sea la Pecking Duck House? Ya sabes que sirven el mejor pato pequinés de la ciudad.

Jim

Para: Mel Fuller <melissa.fuller@thenyjournal.com>
De: Tim Grabowski
  <timothy.grabowski@thenyjournal.com>
Asunto: Gaydar

Nadine me ha pasado el último mensaje de tu amigo John, que supongo que le reenviaste a ella, y puedo decirte sin lugar a dudas, como homosexual que soy, que este hombre es hetero. Ninguno de los homosexuales que conozco dejaría que una mujer eligiera el restaurante, aunque hubiera salvado la vida de su tía.

Dile que te lleve a Fresche. Nadine y yo y el resto de la banda nos sentaremos en la barra y fingiremos que no te conocemos. Porfa, dile que te lleve a Fresche.

Lo pasaréis bien y no te olvides de practicar sexo seguro, ¿entendido?

Tim

Para: Nadine Wilcock
  <nadine.wilcock@thenyjournal.com>
De: Mel Fuller <melissa.fuller@thenyjournal.com>
Asunto: Por el amor de Dios…

¿Quieres hacer el favor de dejar de contar mi vida privada a todos los que trabajan aquí? ¡Qué humillación! Acabo de recibir un mensaje de correo electrónico de Tim Grabowski, de Programación. Y si lo saben en Programación, ya sabes que no es más que cuestión de tiempo que llegue al Departamento de Arte. ¿Y si alguien de ese departamento conoce a Max Friedlander y le cuenta que todos los columnistas hablan de él?

Por Dios, ¿qué te propones?

Mel

Para: Dolly Vargas <dolly.vargas@thenyjournal.com>;
    Tony Salerno <manjares@fresche.com>; Tim
    Grabowski <timothy.grabowski@thenyjournal.com>;
    George Sanchez <george.sanchez@thenyjournal.com>;
    Jimmy Chu <james.chu@thenyjournal.com>
De: Nadine Wilcock
    <nadine.wilcock@thenyjournal.com>
Asunto: Mel

Bueno, chicos, dejadla en paz. La estamos poniendo nerviosa.

Va en serio, Dolly, así que ya puedes ir olvidándote de otra emboscada en el lavabo de señoras.

Nad

P. D.: Además, ya sabéis que es incapaz de guardar un secreto. Acabará diciendo adónde van a ir y entonces la habremos pillado. ;-)

Para: jerryvive@freemail.com
De: Mel Fuller <melissa.fuller@thenyjournal.com>
Asunto: Cena

Estimado John:

¡Hola! Es todo un detalle por tu parte invitarme a cenar pero no tienes por qué hacerlo.

No me importó ayudar a tu tía. Ojalá hubiera podido hacer más.

Pero si realmente insistes, la verdad es que me da igual adónde vayamos.

Bueno, no es cierto, hay un sitio al que NO quiero ir y se trata de Fresche. Cualquier otro me va bien. ¿Por qué no me sorprendes?

¿Nos vemos hoy a las seis en la planta decimoquinta? (El horario de visita de la UCI es de seis y media a siete.)

Mel

Para: Mel Fuller <melissa.fuller@thenyjournal.com>
De: jerryvive@freemail.com
Asunto: Cena

Como quieras.

Haré una reserva para las ocho. Sin embargo, espero que sepas lo que haces dejándome elegir el restaurante. Tengo debilidad por las vísceras, ¿sabes?

John

Para: jerryvive@freemail.com
De: Mel Fuller <melissa.fuller@thenyjournal.com>
Asunto: No me lo creo

Intentas asustarme.

Me crié en una granja. Cada mañana tomábamos vísceras con tostadas para desayunar.

Mel

Para: Mel Fuller <melissa.fuller@thenyjournal.com>
De: jerryvive@freemail.com
Asunto: Ahora eres tú

quien me asusta.

Nos vemos a las seis.

John

Para: John Trent <john.trent@thenychronicle.com>
De: Sargento Paul Reese <preese@comisaria89.nyc.org>
Asunto: Anoche

Trent:

Mira, no sé cómo disculparme. No sé qué hay entre tú y la chica pelirroja pero no quería estropearlo. ¡Es que me sorprendió tanto verte ahí! Es decir, ¿John Trent en el Centro Médico Veterinario? ¿Qué tipo de delito iba a estar cubriendo? Alguna gatita…

Lo siento. No he podido evitarlo.

En serio, estábamos allí para ver a *Hugo*, el perro detector de bombas de la comisaría. Algún gracioso le dio una bolsa con restos de KFC y ya sabes lo que dicen sobre los perros y los huesos de pollo…

Bueno, resulta que es verdad. Aunque esperamos que *Hugo* se recupere por completo.

¿Qué estabas haciendo ahí, tío? Parecías colocado. Bueno, no me extraña, teniendo en cuenta que ibas del brazo de una tía buena como ésa.

Dime si puedo hacer algo para compensarte… ¿Te quito unas cuantas multas de aparcamiento, quizá? ¿Encierro sin fianza al marido de la pelirroja durante el fin de semana? Lo que sea.

Cualquier cosa, cualquier cosa para compensarte.

Paul

Para: Sargento Paul Reese <preese@comisaria89.ny.org>
De: John Trent <john.trent@thenychronicle.com>
Asunto: Todo perdonado

Por lo menos ahora. Anoche te habría estrangulado de buena gana.

No es que fuera culpa tuya. Me refiero a que me viste y dijiste «¿Qué tal, Trent?» como habría hecho cualquier persona normal.

¿Cómo ibas a saber que actualmente vivo con un nombre ficticio?

Pero lo que empezó como la velada más desastrosa de todos los tiempos –porque ¿quién iba a decir que los gatos comen gomas elásticas? La verdad es que yo no–, acabó con la felicidad más absoluta.

Así pues, considérate perdonado, amigo.

Y con respecto a la pelirroja, bueno, es una larga historia. A lo mejor te la cuento algún día. Dependiendo de cómo evolucione, claro está.

Ahora mismo tengo que volver al Centro Médico Veterinario. Tengo que llevarme al gato, que se supone que se ha recuperado por completo de su operación de intestino. Y de regreso a casa voy a comprarle a ese gato el pescado más grande y oloroso que has visto en tu vida, como agradecimiento por su amabilidad al ingerir esa gran goma elástica.

John

Para: Mel Fuller <melissa.fuller@thenyjournal.com>
De: Nadine Wilcock
    <nadine.wilcock@thenyjournal.com>
Asunto: ¿Y bien?

¿Cómo ibas vestida? ¿Adónde fuisteis al final? ¿Os divertisteis?

¿¿QUÉ PASÓ??

Nad

>¿Cómo ibas vestida?

Llevaba la falda cruzada negra de Calvin Klein, con el suéter con cuello de pico y manga tres cuartos color azul claro, y sandalias de tiras de color azul a juego con el tacón de casi ocho centímetros.

>¿Adónde fuisteis al final?

No fuimos a ningún sitio. No a cenar, en cualquier caso.

>¿Os divertisteis?

SÍ.

>¿QUÉ PASÓ?

Pasó.
Bueno, no del todo, pero casi. Pasó lo siguiente: yo estaba aplicándome la última capa de barra de labios cuando llamaron a la puerta. Fui a abrir. Era John. ¡Llevaba corbata! No me lo podía creer. Estaba muy guapo, pero muy preocupado. Así que le dije: «¿Qué ocurre?».

Y dijo: «Es *Tweedledum*. Le pasa algo. ¿Te importa venir a echar un vistazo?».

Así que fui a echar un vistazo, y menudo susto. *Tweedledum*, que es el gato más activo y cariñoso de la señora

Friedlander, estaba tumbado debajo de la mesa del comedor como un niño pequeño que se ha atiborrado de pasteles. No quería que nadie lo tocara y gruñó cuando lo intenté.

De repente recordé algo y dije: «Oh, Dios mío, ¿quitas las gomas elásticas del *Chronicle* cuando lo entras?». Porque ya sabes que el *Chronicle* se tiene en tan alta estima que siempre viene envuelto en una goma elástica, para que las secciones no se caigan, dado que a los lectores les daría un patatús si faltara una sola parte y se perdieran las noticias de Economía o lo que sea.

Y John respondió: «No. ¿Debía hacerlo?».

Y entonces fue cuando caí en la cuenta de que había olvidado decirle lo más importante cuando se está al cuidado del perro y los gatos de su tía: *Tweedledum* come gomas elásticas. Igual que su hermano, *Tweedledee*. Motivo por el cual *Tweedledee* ya no está con nosotros.

–¡Tenemos que llevar al gato al hospital ahora mismo! –exclamé.

John estaba sorprendido.

–Es una broma, ¿verdad?

–No, va en serio. –Fui a coger el transportín del sitio donde la señora Friedlander siempre lo guarda, en el estante superior del armario de la ropa–. Mientras, envuélvelo en una toalla –le dije.

John seguía allí, de pie.

–Lo dices en serio, ¿no?

–Lo digo muy en serio –respondí–. Tienen que sacarle la goma elástica antes de que le obstruya algo.

Lo cierto es que no tengo ni idea de si una goma elástica puede provocar alguna obstrucción, pero viendo los ojos vidriosos de *Tweedledum* era fácil advertir que el animal estaba enfermo.

Así que John fue a buscar una toalla y envolvió con ella a *Tweedledum* (John soportó varios arañazos antes de conseguirlo) y lo llevó al Centro Médico Veterinario, que es donde sé que la señora Friedlander llevó a *Tweedledee* cuando tuvo su encuentro fatídico con la goma elástica de un ejemplar del *Chronicle*. Lo sé porque pidió a los deudas que enviaran un donativo al periódico en vez de flores después del fallecimiento de *Tweedledee*.

En cuanto entramos, cogieron a *Tweedledum* y le hicieron una radiografía rápidamente. Entonces sólo nos quedaba esperar y rezar.

Pero era difícil sentarse a rezar, ¿sabes?, cuando lo único que se me ocurría pensar era cuánto odio el *Chronicle*, que encima me fastidiaba mi gran cita. Por lo menos, pensaba que podría haber sido una cita. No dejaba de pensar que el *Chronicle* siempre se nos adelanta y que ellos celebran la fiesta de Navidad en el Water Club mientras que la nuestra siempre es en Bowlmore Lanes. Y que su tirada es como cien mil veces más que la nuestra, y que siempre ganan todos los premios de periodismo, y que su sección de estilo es en color y que ni siquiera tienen una sección de sociedad.

Bueno, empezó a darme risa. No sé por qué. Pero empecé a reír por el hecho de que, una vez más, el *Chronicle* había conseguido fastidiarme algo.

Entonces John me preguntó que de qué me reía y se lo dije (no la parte de cómo el *Chronicle* había fastidiado nuestra cita, sino el resto).

Entonces John empezó también a reírse. No sé de qué se reía él, aparte de que, bueno, no es del tipo que yo diría que se sienta a rezar. No paraba de reírse a pequeñas ráfagas. Estaba claro que intentaba contenerse pero a veces no lo conseguía.

Mientras tanto no paraba de entrar gente de lo más extraña, ¡con las urgencias más raras! Como una señora cuyo perdiguero se le había tragado todo el Prozac. Había otra que traía a su iguana, que había tomado impulso y saltado desde el balcón del séptimo piso (y aterrizado aparentemente ilesa en el tejado de la tienda de delicatessen que había más abajo). Otra señora estaba preocupada por su erizo, porque «se comporta de forma extraña».

«¿Cómo se supone que se comporta un erizo?», me susurró John.

La verdad es que no tenía gracia pero es que no podíamos parar de reír. Y todo el mundo nos miraba mal y eso me hacía reír todavía más. Así que allí estábamos, sentados, los mejor vestidos del lugar, fingiendo estar cómodos en aquellas sillas de plástico duro e intentando no reír, pero riéndonos de todos modos…

Por lo menos hasta que aparecieron todos esos policías. Venían a visitar a uno de los perros artificieros, que se había atragantado con un hueso de pollo. Uno de ellos vio a John y dijo:

–Hola, Trent, ¿qué haces aquí?

Entonces fue cuando John dejó de reírse. De repente se sonrojó muchísimo y dijo:

–Oh, hola, sargento Reese.

Puso mucho énfasis en la palabra sargento. El sargento Reese parecía desconcertado. Se disponía a decir algo pero justo entonces salió el veterinario y dijo:

–¿Señor Friedlander?

John se levantó de un salto y dijo:

–Soy yo. –Y fue corriendo al lado del veterinario.

El veterinario nos dijo que, efectivamente, *Tweedledum* se había tragado una goma elástica y que se le había enredado en el intestino delgado y que había que operar o el gato se moriría. Estaban dispuestos a practicar la operación de inmediato, pero era muy cara, 1.500 dólares, más 200 dólares por la estancia del gato en el hospital.

¡1.700 dólares! Me quedé de piedra. Pero John se limitó a asentir, cogió la cartera y empezó a sacar una tarjeta de crédito…

Y entonces la guardó rápidamente y dijo que había olvidado que todas sus tarjetas de crédito estaban agotadas y que iría al cajero automático a sacar el dinero.

¡En metálico! ¡Iba a pagar en metálico! ¡1.700 dólares en metálico! ¡Por un gato!

Pero le recordé que no se puede sacar tanto dinero en efectivo de un cajero el mismo día.

«Ya pagaré yo con mi tarjeta de crédito y ya me lo devolverás», le dije.

(Ya sé lo que vas a decir, Nadine, pero no es cierto: él me lo habría devuelto, lo sé.)

Pero se negó en redondo. Y para cuando me di cuenta ya había ido al cajero a arreglarlo, y me había dejado sola con el veterinario y todos los policías, que seguían de pie, mirándome. No me preguntes por qué. Sin duda mi falda demasiado corta tenía la culpa.

Entonces John regresó y dijo que estaba todo arreglado y los policías se marcharon y el veterinario sugirió que nos quedásemos hasta que acabara la operación, por si había complicaciones, así que volvimos a sentarnos y pregunté:

–¿Por qué te ha llamado Trent ese policía?

–Oh, los policías son así. Siempre le ponen apodos a la gente.

Pero desde luego tuve la sensación de que me ocultaba algo.

Él debió de darse cuenta puesto que me dijo que no

hacía falta que me quedara a esperar con él, que me pagaba un taxi para volver a casa y que esperaba que aceptara un vale para una cena.

Así que le pregunté si estaba loco y me dijo que no lo creía y yo dije que una persona con tantos apodos como él sin duda debía de tener problemas graves y estuvo de acuerdo conmigo y entonces discutimos agradablemente durante unas dos horas sobre qué asesinos en serie de la historia estaban más trastornados, y al final salió el veterinario y dijo que *Tweedledum* se estaba recuperando y que podíamos marcharnos a casa; así que nos fuimos.

No era demasiado tarde para cenar en un sitio como Manhattan, sólo eran las diez, y John estaba dispuesto a ello, aunque ya habíamos perdido nuestra reserva en el restaurante al que había planeado llevarme. Pero a mí no me apetecía pelearme con la muchedumbre hambrienta y él estuvo de acuerdo y dijo: «¿Quieres que pidamos comida china o algo así?». Y yo dije que seguramente sería buena idea consolar a *Paco* y a *Señor Peepers*, quienes sin duda echarían de menos a su hermano felino. Además había leído en la Guía TV que en PBS emitían *El hombre delgado*.

Así que regresamos a su casa, o a casa de su tía, mejor dicho, y volvimos a pedir cerdo moo shu, y la comida llegó justo cuando empezaba la película, así que comimos en la mesa de centro de la señora Friedlander, sentados en su cómodo sofá de cuero negro, en el que se me cayeron no uno sino dos rollitos de primavera bañados en esa salsa naranja.

Por cierto, en ese momento empezó a besarme. En serio. Yo estaba disculpándome por haber pringado el sofá de su tía con esa salsa naranja cuando se inclinó hacia mí, me metió la rodilla «ahí», y empezó a besarme.

No me había sentido tan asombrada desde que mi profesor de álgebra hizo exactamente lo mismo en mi primer año de instituto. Sólo que entonces no había salsa naranja y habíamos estado hablando de números enteros y no de papel de cocina.

Y deja que te diga que Max Friedlander besa mucho mejor que cualquier profesor de álgebra. Me refiero a que sabe besar a la perfección. Temía que la cabeza me fuera a estallar. De verdad, no puedes imaginarte lo bien que llega a besar.

O puede que no sea que bese tan bien. A lo mejor es que hace tanto tiempo que nadie me besaba con ganas, ya me entiendes, con verdaderas ganas, que se me había olvidado cómo era eso de los besos.

John besa con ganas. Con verdaderas ganas.

De todos modos, cuando dejó de besarme, yo estaba tan conmocionada que lo único que se me ocurrió fue preguntar: «¿Por qué lo has hecho?», lo cual probablemente sonara grosero. Pero él no se lo tomó mal y respondió: «Porque me apetecía».

Así que me lo pensé durante… una décima de segundo y entonces me incorporé y le rodeé el cuello con los brazos y dije: «Bien».

Entonces fui yo quien lo besó. Y fue muy agradable porque el sofá de la señora Friedlander es muy mullido y suave y John se arrellanó encima de mí y yo me arrellané en el sofá y nos besamos largo y tendido. De hecho nos besamos hasta que *Paco* decidió que necesitaba salir y metió su hocico húmedo entre nuestras respectivas frentes.

Fue entonces cuando me di cuenta de que mejor que me largara de allí. Para empezar ya sabes lo que nuestras madres siempre dijeron sobre besarse antes de la tercera cita. Y para continuar, no es que quiera escandalizarte pero... por allí abajo estaba pasando algo muy interesante.

Y está clarísimo que Max Friedlander no es homosexual. Los homosexuales no tienen erecciones cuando besan a chicas. Eso lo sabe hasta una chica de provincias como yo.

Así pues, mientras John maldecía a *Paco*, yo recuperaba la compostura y decía remilgadamente: «Bueno, gracias por esta encantadora velada pero me parece que tengo que marcharme». Y me largué de allí mientras él decía: «Mel, espera, tenemos que hablar».

No esperé. No podía. Tenía que marcharme mientras era capaz de controlar mis funciones motoras. Te digo, Nadine, que los besos de este tío son suficientes para anestesiar el tronco del encéfalo, de lo buenos que son.

¿Qué más puedo decir?

Bueno, hay otra cosa: Nadine, te comunico ahora mismo que voy a ir acompañada a tu boda.

Tengo que dejarte. Me duelen los dedos de tanto escribir y todavía tengo que redactar la columna de mañana. La situación entre Winona y Chris Noth está mejorando. He oído decir que planean unas vacaciones en Bali. ¡Es increíble pensar que Winona y yo hayamos encontrado a un hombre a la vez! ¡Es como cuando ella y Gwyneth salían con Matt y Ben, pero mejor! ¡Porque ahora soy yo!

Mel

Para: Mel Fuller <melissa.fuller@thenyjournal.com>
De: Nadine Wilcock
    <nadine.wilcock@thenyjournal.com>
Asunto: Espero que como mínimo

le dejaras pagar la comida china.

Nad

Para: Nadine Wilcock
    <nadine.wilcock@thenyjournal.com>
De: Mel Fuller <melissa.fuller@thenyjournal.com>
Asunto: Por supuesto que él

pagó la comida china. Bueno, excepto la propina. No tenía suelto.

¿Por qué te pones así? Me lo pasé muy bien. Me pareció tierno.

Y no le dejé que me metiera mano ni nada por el estilo, hay que ver cómo eres.

Mel

es que todo esto está yendo demasiado de prisa. Ni siquiera lo conozco. No te ofendas, Mel, pero no es que tengas una trayectoria destacable con los hombres. Aaron podría ser sólo un ejemplo. Me refiero a cosas como esa del Delta Upsilon y el asunto del calcetín de que me hablaste el otro día.

Sólo digo que me sentiría más cómoda con la situación si hubiera conocido al tío. Al fin y al cabo hemos oído cosas bastante superficiales de él por parte de Dolly. ¿Cómo esperas que me sienta? Eres como la hermana pequeña que nunca tuve. Lo único que quiero es asegurarme de que no te hacen daño.

Así que podrías decirle que viniera a buscarte para ir a almorzar o algo así un día de éstos. Yo estaría más que dispuesta a saltarme la clase de *spinning*…

No me odies.

Nad

Para: Nadine Wilcock
  <nadine.wilcock@thenyjournal.com>
De: Mel Fuller <melissa.fuller@thenyjournal.com>
Asunto: Eres una

madraza.

Pero sí, si insistes, supongo que podría hacer algo para que vosotros dos os conocierais.

Dios mío, hay que ver lo que hacemos por los amigos.

Mel

Para: John Trent <john.trent@thenychronicle.com>
De: Genevieve Randolph Trent
  <grtrent@trentcapital.com>
Asunto: Tu comportamiento reciente

Querido John:

Te habla tu abuela. O mejor dicho, te escribe. Supongo que te sorprenderá tener noticias mías de esta manera. He elegido este medio, el correo electrónico, para comunicarme contigo porque no has devuelto ni una sola de mis llamadas de teléfono y tu hermano, Jason, me asegura que, si bien no siempre escuchas los mensajes del contestador automático, de vez en cuando sí respondes a los mensajes de correo electrónico.

Por tanto, al grano:

Puedo perdonar el hecho de que hayas decidido tirar la cautela por la ventana y embarcarte en tu propia carrera en un campo en el que, sinceramente, ningún Trent, ni Randolph, ya puestos, respetable, habría ni siquiera considerado. Me has demostrado que no todos los periodistas son alimañas.

También puedo perdonarte el hecho de que decidieras marcharte del edificio y vivir a tu aire, primero en ese terrible antro de la calle 37 con ese lunático peludo y luego donde resides actualmente, en Brooklyn, que según dicen es el barrio más encantador de la ciudad, si obviamos los disturbios raciales y los saqueos de supermercados que se producen de vez en cuando.

E incluso puedo perdonarte que decidieras no tocar ni un centavo del dinero que tienes en un fondo desde que murió tu abuelo. Un hombre tiene que abrirse camino en la vida, en la medida de lo posible, y no depender de su familia para subsistir. Alabo tus esfuerzos por hacer precisamente eso. Mira tu primo Dickie. Estoy segura de que si ese chico tuviera una vocación, como tú, no pasaría ni la mitad de tiempo metiéndose cosas por la nariz que no deberían estar allí.

Sin embargo, lo que no puedo perdonarte es que te perdieras la inauguración del otro día. Ya sabes cuánto significan para mí las obras benéficas. El pabellón de oncología que he financiado es especialmente importante para mí, puesto que ya sabes que el cáncer es lo que me arrebató a tu querido abuelo. Entiendo que quizá tuvieras algún compromiso pero, por lo menos, podrías haber tenido el detalle de enviar una nota.

No te mentiré, John. Quería que asistieras a este evento porque hay una joven a la que tenía muchas ganas de que conocieras. Ya sé, ya sé lo que opinas de que te presente a las hijas solteras de mis amistades. Pero Victoria Arbuthnot, a quien seguro recuerdas de tus veranos de infancia en el Vineyard, pues los Arbuthnot tenían esa casa de Chilmark, se ha convertido en una mujer muy atractiva, incluso ha superado ese horrible problema de mentón que ha atormentado a tantos Arbuthnot.

Y, por lo que tengo entendido, es una mujer muy ambiciosa en el mercado de inversiones. Como las mujeres profesionales siempre te han atraído, hice un esfuerzo para asegurarme de que Victoria asistiera a la inauguración del otro día.

¡Qué mal me hiciste quedar, John! Tuve que emparejar a Victoria con tu primo Bill. Y tú ya sabes qué opino de él.

Ya sé que te enorgulleces de ser la oveja negra de la familia, John, aunque no acierto a entender qué tiene de malo que un hombre se gane la vida por sí mismo haciendo lo que de verdad le gusta. Tus primos, con sus adicciones varias y embarazos poco apropiados, resultan mucho más exasperantes.

Sin embargo, este otro tipo de conducta resulta realmente desconcertante, incluso en ti. Lo único que puedo decir es que espero que tengas una buena explicación. Además, confío en que te tomes la molestia de responder a esta carta. Es muy grosero por tu parte no haberme devuelto las llamadas.

Con cariño, a pesar de todo:

Mim

Para: Genevieve Randolph Trent
   <grtrent@trentcapital.com>
De: John Trent
   <john.trent@thenychronicle.com>
Asunto: ¿Me perdonas?

Mim…

¿Qué puedo decir? Has hecho que me avergüence profundamente de mí mismo. Ha sido muy feo por mi parte no devolverte las llamadas. Mi única explicación es que no he escuchado los mensajes del contestador automático con la asiduidad acostumbrada, debido al hecho de que hace poco que me he mudado al apartamento de un amigo. Bueno, en realidad no de un amigo sino de la tía de mi amigo, para ser exactos, que está hospitalizada y necesitaba que alguien cuidara de sus animales.

Aunque después de lo que le pasó hace poco a uno de sus gatos por mi culpa, no estoy convencido de ser la persona más indicada para esta tarea.

Bueno, quiero que sepas que no falté a la inauguración por desprecio hacia ti o el evento. Es que tenía otra cosa que hacer. Algo muy importante.

Lo cual me hace pensar que es mejor que Vickie Arburthnot no se haga ilusiones respecto a mí, Mim. Lo cierto es que he conocido a alguien.

Y no, no es una persona que conozcas, a no ser que conozcas a los Fuller de Lansing, Illinois. Sospecho que no.

Lo sé, lo sé. Después de la debacle de Heather, dabas mi caso por perdido. Bueno, piensa que para desanimar a un hombre como yo hace falta algo más que descubrir que una chica con la que todavía no me había prometido ya se había registrado en Bloomingdale's como la futura señora

161

de John Trent (y que había comprado sábanas de mil dólares, nada más y nada menos).

Pero antes de que empieces a pedir a gritos que quieres conocerla, déjame que antes solucione unos… problemillas. En Nueva York las relaciones de pareja nunca son fáciles, pero ésta es incluso más complicada que la mayoría.

Sin embargo, confío en que lo conseguiré. Tengo que lograr que funcione.

El único inconveniente es que no tengo ni la menor idea de cómo voy a hacerlo.

Bueno, después de disculparme con todo mi cariño, espero que sigas considerándome

Tu querido John

P. D.: Para compensarte, estaré en la Campaña de Concienciación sobre el Cáncer que se celebra en el Lincoln Center la semana que viene, ya que sé que eres su mayor patrocinadora. Incluso aprovecharé el viejo fondo fiduciario y extenderé un cheque con cuatro ceros por lo menos. ¿Ayudará eso a aplacar tu ira?

Para: Mel Fuller <melissa.fuller@thenyjournal.com>
De: Don y Beverly Fuller <DonBev@dnr.com>
Asunto: ¡Cuidado!

Hola, querida, soy mamá otra vez, te escribo por correo electrónico. Espero que vayas con cuidado porque anoche vi en el programa de Tom Brokaw que se ha abierto otro de esos horribles boquetes en Manhattan. ¡Éste está justo delante de un periódico, nada más y nada menos!

Pero no te preocupes, es ese periódico que odias, el pretencioso. De todos modos, piénsalo, querida, ¡podrías haber estado en el taxi que se cayó por ese agujero de seis metros de profundidad! Suerte que sé que nunca vas en taxi porque te gastas todo el dinero en ropa.

Pero ¡pobre anciana! Hicieron falta tres bomberos para sacarla de allí (tú estás tan delgada que yo diría que para sacarte de un boquete bastaría con uno solo).

Bueno, lo único que quería decirte era que tuvieras CUIDADO. Asegúrate de mirar por dónde pisas, pero mira también hacia arriba porque he oído decir que a veces los aparatos de aire acondicionado salen disparados por la ventana si no están bien sujetos y pueden caer encima de los peatones.

Esa ciudad está llena de peligros. ¿Por qué no vuelves a casa y trabajas para el *Duane County Register*? El otro día vi a Mabel Fleming en el supermercado y me dijo que te contrataría de inmediato como redactora de la sección de Cultura y Espectáculos.

Piénsatelo, ¿vale? En Lansing no hay ningún peligro, ni boquetes ni aparatos de aire acondicionado que se caen, ni asesinos travestidos. Sólo ese hombre que mató a todos los clientes del colmado, pero eso fue hace años.

Te quiere,
Mamá

P. D.: ¡No te lo vas a creer! ¡Uno de tus ex novios se ha casado! Te he adjuntado el anuncio para que lo veas.

Archivo adjunto: ✉ (Foto de un patán total y una chica con mucho pelo.)

Cristal Hope LeBeau y Jeremy «Jer» Vaughan, ambos de Lansing, contrajeron matrimonio en la iglesia de Cristo de esta localidad el pasado sábado.

Los padres de la novia son Brandi Jo y Dwight LeBeau de Lansing, propietarios de Buckeye Liquors de Main Street en el centro de Lansing. Los padres del novio son Joan y Roger Vaughn. Joan Vaughn es ama de casa. Roger Vaughn trabaja en Smith Auto.

El banquete se celebró en la Lonja Masónica de Lansing, de la que el señor LeBeau es miembro.

La novia, de 22 años, terminó el bachillerato en el instituto de Lansing y actualmente trabaja en el Beauty Barn. El novio, de 29 años, terminó el bachillerato en el mismo instituto y trabaja en Buckeye Liquors.

Tras pasar la luna de miel en Maui, la pareja residirá en Lansing.

Para: George Sanchez
   <george.sanchez@thenyjournal.com>
De: Mel Fuller <melissa.fuller@thenyjournal.com>
Asunto: La moral de la oficina

Estimado George:

En un intento por levantarnos la moral, porque estoy segura de que convendrás conmigo en que está, por emplear una expresión que sueles utilizar, por los suelos, ¿puedo sugerir que esta semana en vez de hacer una reunión de personal nos demos un paseo por la calle 53 con Madison para admirar el enorme boquete que se ha abierto enfrente del edificio que alberga a nuestro enemigo y principal competidor, el *New York Chronicle*?

Estoy segura de que también convendrás conmigo en que esto supondrá un cambio renovador con respecto a la rutina habitual que consiste en escuchar a la gente quejándose porque el Krispy Kreme ha cerrado y desde entonces no encontramos unos donuts decentes para las reuniones de personal.

Además, teniendo en cuenta que han cortado el agua en todo el edificio que alberga el *Chronicle*, nos lo pasaremos bien viendo a nuestros queridos colegas corriendo al Starbucks de enfrente para usar los lavabos.

Por favor, concede a este asunto toda la consideración que realmente se merece.

Atentamente,
Mel Fuller
Columnista de la Página Diez
New York Journal

Para: Mel Fuller <melissa.fuller@thenyjournal.com>
De: George Sanchez
   <george.sanchez@thenyjournal.com>
Asunto: La moral de la oficina

¿Te has tomado algo?

Todo el mundo sabe que quieres ir a ver el boquete porque te encantan las catástrofes.

Ponte a trabajar, Fuller. No te pago por tu cara bonita.

George

Para: Nadine Wilcock
    <nadine.wilcock@thenyjournal.com>
De: Mel Fuller <melissa.fuller@thenyjournal.com>
Asunto: Un agujero enorme en el suelo

Venga ya. ¿Cómo puedes resistirte? Si me acompañas a verlo, hoy dejaré que te saltes la clase de *spinning*...

Mel

Para: Mel Fuller <melissa.fuller@thenyjournal.com>
De: Nadine Wilcock
    <nadine.wilcock@thenyjournal.com>
Asunto: El agujero enorme en el que debería estar tu cerebro

Estás loca. Hay casi 30° ahí afuera. No voy a desperdiciar mi preciada hora del almuerzo yendo a ver un agujero enorme en el suelo, aunque esté delante del *Chronicle*.

Díselo a Tim Grabowski. Te acompañará. Irá a cualquier sitio en el que abunden los hombres uniformados.

Nad

Para: Nadine Wilcock
    <nadine.wilcock@thenyjournal.com>
De: Tim Grabowski
    <timothy.grabowski@thenyjournal.com>
Asunto: ¡Lo he conocido!

Tú, perezosa, sí tú. Si hubieras levantado el culo de la silla y venido con nosotros habrías conocido, igual que yo, a ese tío del que nuestra querida Mel lleva cotorreando sin parar todo el mes.

Pero supongo que ciertas personas piensan que son demasiado buenas para los agujeros enormes.

Tim

Para: Tim Grabowski
    <timothy.grabowski@thenyjournal.com>
De: Nadine Wilcock
    <nadine.wilcock@thenyjournal.com>
Asunto: ¿¿¿LO HAS CONOCIDO???

Suéltalo, sabandija.

Nad

Para: Nadine Wilcock
    <nadine.wilcock@thenyjournal.com>
De: Tim Grabowski
    <timothy.grabowski@thenyjournal.com>
Asunto: ¿Qué me das?

Tú, fiera iracunda, sí tú.

Tim

Para: Tim Grabowski
    <timothy.grabowski@thenyjournal.com>
De: Nadine Wilcock
    <nadine.wilcock@thenyjournal.com>
Asunto: Tengo que hacer una reseña

del nuevo local de Bobby de Niro y te llevaré conmigo si
me lo cuentas todo sobre el encuentro con Max Friedlander.

Porfa, cuéntamelo. Te lo suplico.

Nad

Para: Nadine Wilcock
    <nadine.wilcock@thenyjournal.com>
De: Tim Grabowski
    <timothy.grabowski@thenyjournal.com>
Asunto: Si insistes…

Bueno, te lo contaré. Pero quiero ir al nuevo local de Bobby a cenar, no a comer. Entonces es cuando están los inversionistas guapos.

Bueno, vale.

Imagínatelo, si puedes:

La escena: la calle 53 con Madison. Se ha abierto un boquete de 12 × 6 metros en medio de la calle. Alrededor del agujero hay vallas de la policía, conos naranja, excavadoras, hormigoneras, camiones de la compañía de la luz, una grúa, reporteros de la televisión, unos cien agentes de policía, y veinte obreros de la construcción de los más guapos que este pequeño programador informático ha visto en su vida.

El ruido de los martillos neumáticos y los bocinazos de conductores despistados que no oyeron el informe de Tráfico antes de salir de su casa resulta ensordecedor. Hace un calor sofocante. Y el olor, querida… En fin, no sé qué están haciendo los chicos de la compañía de la luz en el fondo de ese agujero pero, si quieres que te sea sincero, tengo la firme sospecha de que se han equivocado de tubería.

Era como si se hubiera abierto un agujero del mismísimo infierno justo delante de lo que es malo, el insigne *New York Chronicle,* y hubiesen intentado llevarse su creación de nuevo ante su hacedor, Satán en persona.

Y entonces, entre todo aquello, vi en la cara de nuestra querida Mel –quien, como puedes imaginar, ya estaba loca de alegría por el espectáculo que teníamos ante nuestros ojos– una expresión de placer tal que al comienzo pensé que había aparecido el camión de Mr. Softee y que estaba repartiendo helados de chocolate gratis.

Entonces, seguí la dirección de su mirada resplandeciente y vi lo que había provocado tal expresión beatífica en su rostro:

Un Apolo. No exagero. Un ejemplar absolutamente perfecto de la belleza masculina. Estaba detrás de una de las vallas, observando el boquete, como si acabara de salir de las páginas de una revista de moda, con sus pantalones de algodón holgados y una camisa vaquera. El viento le despeinaba ligeramente el cabello castaño y te juro, Nadine, que si uno de esos obreros le hubiera pasado una pala, no habría estado para nada fuera de lugar con esas manos tan grandes que tiene.

Que es mucho más de lo que puedo decir de mi novio.

Pero regresemos a nuestra escena:

Nuestra querida Mel (gritando para hacerse oír por encima del estruendo de los martillos picadores):

–¡John! ¡John! ¡Aquí!

Apolo se de la vuelta. Nos ve. Adopta un tono sonrojado pero totalmente atractivo.

Sigo a nuestra querida Mel mientras se abre camino entre los agentes de policía y trabajadores del *Chronicle* indignados, quienes, con sus pases de prensa, han descendido al nivel de la raza humana desde el despacho del alcalde y exigen saber cuándo podrán volver a utilizar sus bidés privados (no me digas que no los tienen en esos pasillos revestidos de oro en los que trabajan). Al llegar a esa criatura celestial que ella ha llamado John por motivos que no alcanzo a comprender, nuestra querida Mel lo aborda con su característica forma de hablar ansiosa:

NUESTRA QUERIDA MEL: ¿Qué estás haciendo aquí? ¿Has venido a hacer fotos del boquete?

MAX FRIEDLANDER: Pues… sí.

NUESTRA QUERIDA MEL: ¿Dónde tienes la cámara?

MAX FRIEDLANDER: Oh. Pues… se me ha olvidado.

Vaya. Las luces están encendidas pero parece que no hay nadie en casa. Por lo menos hasta que…

MAX FRIEDLANDER: De hecho, ya tengo la imagen que quería. Estaba aquí fuera porque… bueno, ya sabes que me encantan las catástrofes.

NUESTRA QUERIDA MEL: ¡Igual que a mí! Mira, te presento a mi amigo Tim.

El amigo Tim estrecha la mano del Ejemplar Perfecto del Género Humano. Nunca se volverá a lavar la mano derecha.

MAX FRIEDLANDER: Hola. Encantado de conocerte.

AMIGO TIM: Lo mismo digo, sin duda.

NUESTRA QUERIDA MEL: Oye, me alegro de que nos hayamos encontrado. (Entonces decide tirar por la borda todos sus conocimientos sobre cómo conquistar a un hombre y le suelta:) Todos mis amigos quieren verte, así que ¿qué te parece, podrías aparecer por Fresche, en la calle Diez, mañana por la noche a eso de las nueve? Sólo será un grupito de gente del periódico, no te asustes.

¡Lo sé! ¡Yo también me quedé horrorizado! ¿Cómo se le ocurre tal cosa? Uno no va por ahí reconociendo esas cosas delante de posibles amantes. ¿Dónde está la sutileza?

¿Dónde están los ardides femeninos? Mira que soltar la verdad de esa manera... Bueno, te lo explicaré: eso sólo demuestra que puedes sacar a una joven del Medio Oeste, pero no puedes sacar el Medio Oeste de la joven.

El señor Friedlander, sin duda, se quedó tan boquiabierto como yo. En un abrir y cerrar de ojos el sonrojo se convirtió en palidez.

MAX FRIEDLANDER: Pues... vale.
NUESTRA QUERIDA MEL: Perfecto. Hasta mañana entonces.
MAX FRIEDLANDER: Por supuesto.

Salida de escena de nuestra querida Mel. Salida de escena del amigo Tim. Cuando volví la cabeza, Max Friedlander había desaparecido, toda una hazaña teniendo en cuenta que no había ningún sitio en ese lado del agujero al que él pudiera ir aparte del edificio del *Chronicle*.

Pero es imposible que entrara ahí. Su alma habría quedado separada de su cuerpo al instante mientras los demonios absorbían su fuerza vital.

Bueno, eso es todo. Espero verte en Fresche esta noche a las nueve. Y no llegues tarde.

¿Cuál es el cóctel más adecuado para una ocasión como ésta? ¡Ya sé! Preguntémosle a Dolly. Ella siempre sabe cuál es la bebida apropiada para cada momento.

Te dejo.

Tim

Para: Dolly Vargas <dolly.vargas@thenyjournal.com>;
   George Sanchez <george.sanchez@thenyjournal.com>;
   Stella Markowitz
   <stella.markowitz@thenyjournal.com>; Jimmy Chu
   <james.chu@thenyjournal.com>; Alvin Webb
   <alvin.webb@thenyjournal.com>; Elizabeth Strang
   <elizabeth.strang@thenyjournal.com>; Angie So
   <angela.so@thenyjournal.com>
De: Nadine Wilcock
   <nadine.wilcock@thenyjournal.com>
Asunto: Mel

Bueno, chicos, ya habéis oído la noticia bomba; ahora veamos si él sobrevive. El lugar es Fresche. La hora las nueve en punto. Venid, o mañana, cuando vayáis a beber agua, no sabréis de qué habla todo el mundo.

Nad

Para: Max Friedlander <photoguy@stopthepresses.com>
De: John Trent <john.trent@thenychronicle.com>
Asunto: *New York Journal*

Bueno, contéstame rápido: ¿a quién conoces del *New York Journal*?

Quiero nombres, Max Friedlander. Quiero una lista de nombres y la quiero INMEDIATAMENTE.

John

173

Vaya, por lo que parece ahora te rebajas a hablar conmigo otra vez. Ya no eres tan superior y poderoso, ¿verdad? Pensaba que te habías sentido profundamente ofendido con mis preceptos sobre el sexo femenino.

Sabía que volverías arrastrándote.

¿Qué es lo que quieres saber? ¿Que si conozco a alguien del *New York Journal*? ¿Estás loco o qué? Eres el único periodista con quien me relaciono. No soporto a esos fantasmas seudointelectuales. Se creen que son fantásticos sólo porque ensartan unas cuantas palabras para formar una frase.

De todos modos, ¿por qué quieres saberlo?

Oye, Trent, no estarás pensando en aparecer en público fingiendo ser yo, ¿verdad? Me refiero a que sólo me suplantas en el interior del edificio de mi tía, ¿no? Con esa chica que estaba tan enfadada por tener que sacar al perro a pasear…

¿Verdad?

¿¿¿VERDAD???

Max

Para: John Trent <john.trent@thenychronicle.com>
De: Max Friedlander <photoguy@stopthepresses.com>
Asunto: *New York Journal*

Espera, se me olvidaba. Conozco a una tía. Dolly algo. Creo que trabaja en el *Journal*. ¿No irás a verla, verdad?

Max

Para: John Trent <john.trent@thenychronicle.com>
De: Genevieve Randolph Trent
    <grtrent@trentcapital.com>
Asunto: La señorita Fuller

Queridísimo John:

Vaya, vaya, vaya. Una columnista de la sección de chismorreos, nada más y nada menos. Deberías avergonzarte. Pensaba que en el peor de los casos sería estudiante universitaria. Ya sabes, una de esas chicas horrorosas de pelo largo que a veces se ven por Central Park, leyendo a Proust en un banco del parque con sandalias, gafas y mochila.

Pero una columnista de chismorreos. Vamos a ver, John, ¿dónde tienes la cabeza?

¿Pensabas que no lo iba a averiguar? ¡Qué tonto llegas a ser! Fue fácil. Una sencilla llamada de teléfono a los Fuller de Lansing, Illinois. Fingí estar interesada en su árbol genealógico. Dije que era una Fuller de la época en que el *Mayflower* llegó a América. Oh, no sabes lo contentos que estuvieron de hablarme de su granja y de su queridísima

Melissa, que se ha mudado a la gran ciudad, ya ves. Y no a cualquier gran ciudad sino a la más importante del mundo, Nueva York.

Sinceramente, John.

Bueno, será mejor que nos la traigas para que le echemos un vistazo. La semana que viene me iría bien. Pero mejor después de la función benéfica. Tengo la semana muy ocupada hasta entonces.

Con todo mi amor,

Mim

Para: jerryvive@freemail.com
De: Jason Trent <jason.trent@trentcapital.com>
Asunto: Mim

Sólo una advertencia para informarte de que Mim está en pie de guerra por el hecho de que faltaras a la inauguración.

Además, aunque no lo sé seguro, me parece que ha descubierto lo de la pelirroja.

No me mires. Yo no se lo he dicho. Sigo creyendo que fue una locura que aceptases hacerlo.

Stacy, por el contrario, quiere saber si has seguido o no su consejo.

Jason

P. D.: He visto en las noticias lo del boquete que hay enfrente del edificio donde trabajas. Lo siento por el asunto de los lavabos.

P. P. D.: Siento haberte llamado psicótico. Aunque lo seas.
P. P. P. D.: Se me olvidaba decirte que a consecuencia de todo esto Stacy ha decidido tener una dirección de correo propia. Se ha hartado de compartir la mía. Su nueva dirección es: ODIOBARNEY@freemail.com.

Para: Jason Trent <jason.trent@trentcapital.com>
De: John Trent <john.trent@thenychronicle.com>
Asunto: Puedes llamarme…

---

lo que quieras. No me importa.

Y no te preocupes por Mim. Eso tampoco me importa.

Y lo cierto es que ese boquete casi me gusta. Tengo una debilidad especial por él. De hecho, me entristeceré cuando por fin lo tapen.

Vaya, ha habido un apuñalamiento triple en Inwood. Te dejo.

John

Para: Stacy Trent <ODIOBARNEY@freemail.com>
De: Jason Trent <jason.trent@trentcapital.com>
Asunto: John

Stace:

A John le pasa algo. La semana pasada lo llamé psicótico y ni siquiera le importa. Además le advertí sobre Mim y dice ¡que eso tampoco le importa!

Ni siquiera le importa lo del boquete y el hecho de que en el edificio donde trabaja no funcionen los lavabos.

A mi primo Bill le pasó lo mismo cuando se tragó el gusano de una botella de tequila en México. ¡Se tiró un mes haciendo rehabilitación!

¿Qué podemos hacer?

Jason

Para: Jason Trent <jason.trent@trentcapital.com>
De: Stacy Trent <ODIOBARNEY@freemail.com>
Asunto: John

Jason:

Antes de que envíes a tu pobre hermano a un psiquiátrico, deja que intente sonsacarle algo. Seguro que se muestra más dispuesto a sincerarse conmigo, dado que yo no voy por ahí insultándolo.

Besos,

Stacy

Para: John Trent <john.trent@thenychronicle.com>
De: Stacy Trent <ODIOBARNEY@freemail.com>
Asunto: Seguiste mi consejo, ¿no?

No lo niegues. La llamaste. Así que suéltalo.

Y no te saltes nada. Tengo treinta y cuatro años, lo cual, como mujer, me sitúa en mi plenitud sexual. Además estoy tan embarazada que hace semanas que no me veo los pies. Sólo puedo mantener relaciones sexuales a través de otros.

Así que empieza a darle a las teclas del ordenador, diablillo.

Stacy

Para: Stacy Trent <ODIOBARNEY@freemail.com>
De: John Trent <john.trent@thenychronicle.com>
Asunto: El diablillo responde

Hay que ver qué cosas me dices para ser ama de casa a tiempo completo y madre de dos hijos (y medio). ¿Hay otras mamás de la Asociación de Padres que estén tan salidas? Las jornadas de venta de pastelitos deben de ser muy interesantes.

Te informo: lo que supones que ha sucedido, no ha sucedido.

Y si las cosas siguen como hasta el momento, nunca sucederá.

No sé qué tiene esta chica. Sé que no soy el hombre más elegante y desenvuelto del mundo. No creo que nadie que me haya conocido me considere un donjuán. Pero tampoco me han acusado jamás de ser un completo imbécil.

No obstante, cuando estoy con Mel, eso es lo que parezco, probablemente como castigo divino por el hecho de que, desde que la conozco, sobre todo me he dedicado a mentirle.

Sea como sea, no consigo algo tan sencillo como organizar una cena para los dos. Como bien sabes, en mi primer intento acabamos comiendo pizza de pie (y ella pagó su porción).

Mi segundo intento fue incluso peor: nos pasamos buena parte de la noche en una clínica veterinaria. Y entonces tuve el detalle de añadir un poco de acoso sexual a la ya de por sí desgraciada velada en el sofá de la tía de Max Friedlander. Ella huyó cual cervatillo asustado, como dirían en una novela rosa. Y no me extraña: estoy convencido de que debí de parecer un adolescente con las hormonas desbocadas.

¿Esto satisface tu deseo de vivir aventuras románticas a través de terceros, Stacy? ¿Esos deditos del pie que hace tanto tiempo que no ves se retuercen de la emoción?

Después del incidente del sofá estuve a punto de contárselo todo. Ojalá lo hubiera hecho, porque la situación va de mal en peor.

Porque cada día que pase sin decírselo, es un día más que ella pasará odiándome, cuando acabe enterándose.

Y se enterará. Porque un día de éstos se me acabará la suerte y alguien que conozca a Max Friedlander le dirá que no soy él y, cuando intente explicárselo, no lo entenderá, porque todo esto es muy infantil… y me odiará y entonces mi vida habrá terminado.

Porque por algún motivo insondable, en vez de llenarme de injurias, como haría cualquier mujer en sus cabales, a Mel parece que le gusto. No acierto a entender por qué. Quiero decir que sabiendo lo que sabe de mí, o de Max Friedlander, mejor dicho, yo creo que debería odiarme con todas sus fuerzas.

Pero no. Al contrario: Mel se ríe de mis chistes tontos. Mel escucha mis historias necias. Y, por lo que parece, le habla de mí a sus amigos y compañeros de trabajo, porque varios de ellos querían conocerme.

Ya sé qué estás pensando. Estás pensando «¿Por qué demonios fuiste?».

Y te diré por qué fui. Cuando me lo pidió, estaba delante del edificio donde trabajo, y ella pareció surgir de la nada. Me quedé tan sorprendido de verla, estaba tan temeroso de que alguien me llamara por mi nombre, que creo que me quedé patidifuso, aunque la temperatura era de casi 30 grados. Hacía mucho sol y había ruido y confusión por todas partes y de repente allí estaba ella, con el pelo brillante como si fuera un halo alrededor de la cara y con sus ojos azules parpadeando hacia mí. Creo que habría dicho que sí si me hubiera pedido que comiera cristales de la palma de su mano.

Y entonces no pude evitarlo. Quiero decir que ya había aceptado. No podía decepcionarla.

Así que me entró el pánico e intenté descubrir si Max conocía a alguien en el *Journal*.

Entonces fui y los conocí y estaban suspicaces, pero por Mel fingieron no estarlo, dado que está claro que la adoran. Al final de la velada todos éramos buenos amigos.

Pero me salvé porque la única mujer que realmente conoce a Max Friedlander no vino.

Por supuesto, no me enteré hasta que llegué y Mel dijo: «Oh, Dolly Vargas, ya conoces a Dolly, no ha podido venir porque tenía unas entradas para ir al ballet. Pero te manda saludos».

¿Lo ves? ¿Ves lo poco que faltó? No es más que cuestión de tiempo.

¿Qué hago? Si se lo digo, me odiará y no la volveré a ver. Si no se lo digo, se acabará enterando y entonces me odiará y no la volveré a ver.

Cuando sus amigos se marcharon, Mel me propuso que paseáramos un rato antes de coger un taxi para regre-

181

sar a casa. Caminamos a lo largo de la calle Diez que, si la recuerdas de antes de que tú y Jason huyerais a las afueras, es una tranquila calle residencial, llena de casas de piedra rojiza cuyas ventanas delanteras siempre están iluminadas de noche, de forma que se ve a la gente en el interior, leyendo, mirando la tele o haciendo lo que hace la gente en su casa cuando está oscuro.

Y mientras caminábamos, me cogió de la mano y paseamos cogidos así, y mientras paseábamos me di cuenta de algo increíble: que nunca jamás había caminado por la calle cogido de la mano de una chica y me había sentido como entonces…, es decir, feliz.

Eso se debe a que cada vez que una chica me ha cogido de la mano, ha sido para arrastrarme a un escaparate para señalar algo que quería que le comprara. Cada vez.

Sé que suena fatal, como que me compadezco de mí mismo, o algo así, pero no. Te estoy, diciendo la verdad.

Ésa es la parte horrible, Stace. Que es cierto.

¿Y ahora se supone que tengo que decírselo? ¿Decirle quién soy?

Me parece que no puedo.

¿Tú podrías?

John

Para: Jason Trent <jason.trent@trentcapital.com>
De: Stacy Trent <ODIOBARNEY@freemail.com>
Asunto: John

A tu hermano no le pasa nada, bobo. Está enamorado, eso es todo.

Stacy

P. D.: Se nos han acabado los Cheerios. ¿Puedes comprar una caja cuando vuelvas a casa por la noche?

Para: Stacy Trent
    <ODIOBARNEY@freemail.com>
De: Jason Trent <jason.trent@trentcapital.com>
Asunto: Mi hermano

¿John? ¿Enamorado? ¿De quién? ¿De la pelirroja?
    PERO ¡¡¡SI ELLA NI SIQUIERA SABE CÓMO SE LLAMA EN REALIDAD!!!
    ¿Y a ti te parece bien?
    ¿Acaso toda la familia se ha vuelto loca?

Jason

Para: Nadine Wilcock
    <nadine.wilcock@thenyjournal.com>
De: Mel Fuller <melissa.fuller@thenyjournal.com>
Asunto: Dímelo otra vez

Venga. Sólo una vez más.

Mel

Para: Mel Fuller <melissa.fuller@thenyjournal.com>
De: Nadine Wilcock
    <nadine.wilcock@thenyjournal.com>
Asunto: No

No te lo diré.

Nad

Para: Nadine Wilcock
    <nadine.wilcock@thenyjournal.com>
De: Mel Fuller <melissa.fuller@thenyjournal.com>
Asunto: Venga ya

Dímelo. Sabes que estás deseándolo. Me lo DEBES.

Mel

Para: Mel Fuller <melissa.fuller@thenyjournal.com>
De: Nadine Wilcock
    <nadine.wilcock@thenyjournal.com>
Asunto: Dios mío, mira que eres pelma

y estás empezando a hartarme. Pero, bueno, te lo diré. Aunque es la última vez.

Bueno, vamos allá.

Tienes razón. Max Friedlander es muy majo. Todos nos equivocamos con él. Te pido perdón. Te debo un Frapuchino.

¿Contenta?

Nad

Para: Nadine Wilcock
    <nadine.wilcock@thenyjournal.com>
De: Mel Fuller <melissa.fuller@thenyjournal.com>
Asunto: Uno grande

con leche desnatada. No te olvides.

Mel

P. D.: ¿No te encantan las arruguitas que se le forman alrededor de los ojos cuando sonríe? Igual que a Robert Redford cuando era joven.

Para: Mel Fuller <melissa.fuller@thenyjournal.com>
De: Nadine Wilcock
  <nadine.wilcock@thenyjournal.com>
Asunto: Ahora me estás

poniendo enferma.

En serio, ¿yo estaba igual cuando empecé a salir con Tony? Porque si es así, no entiendo por qué no me pegasteis un tiro. Esto es repugnante. De verdad que sí. Tienes que parar.

Nad

Para: Mel Fuller <melissa.fuller@thenyjournal.com>
De: Aaron Spender <aaron.spender@thenyjournal.com>
Asunto: Max Friedlander

Sí, lo sé. He oído a todo el mundo hablando del tema junto a la máquina de bebidas. Parece ser que el otro día había que ir a Fresche.

No te preocupes, no me molesta que no me invitaras. No es difícil entender por qué motivo no querías que estuviera allí.

Y no te preocupes pensando que te escribo para intentar recuperarte. Me he dado cuenta, por fin, de que has encontrado a otro.

Te escribo para decirte lo mucho que me alegro por ti. Tu felicidad es lo que siempre he deseado.

Y si le quieres, bien, entonces es lo que necesito oír. Porque para que tú quieras a una persona, Melissa, sé que tiene que ser alguien que valga mucho la pena, realmente digno. Un hombre que te demuestre el respeto que te mereces, alguien que nunca te decepcione.

Melissa, sólo quiero que sepas que habría hecho cualquier cosa en este mundo para ser ese hombre para ti. Lo digo en serio. Si no hubiera sido por Barbara...

Pero ahora no es el momento ni el lugar para pensar en hipótesis.

Sólo quiero que sepas que pienso en ti y que me alegra verte tan radiante de felicidad. Te lo mereces, más que ninguna otra persona que he conocido en la vida.

Aaron

Para: Aaron Spender
   <aaron.spender@thenyjournal.com>
De: Mel Fuller <melissa.fuller@thenyjournal.com>
Asunto: Max Friedlander

Gracias, Aaron. Ha sido un mensaje muy tierno que significa mucho para mí.

Mel

P. D.: Siento tener que sacar el tema, pero sé que fuiste tú quien se llevó la figura de la princesa guerrera Xena que tenía encima del ordenador. El nuevo chico del fax te vio cogerla, Aaron.

Quiero que me la devuelvas. Me da igual lo que hayas hecho con ella. Sólo quiero que me la devuelvas, ¿de acuerdo?

Mel

Para: Mel Fuller <melissa.fuller@thenyjournal.com>
De: Dolly Vargas <dolly.vargas@thenyjournal.com>
Asunto: Tu nuevo galán

Qué típico de ti, querida, exhibir a tu nueva conquista la única noche que yo no puedo asistir a la inauguración. No es justo. ¿Cuándo va a pasarse por aquí y llevarte a almorzar o algo así para que pueda saludarle? Hace tanto tiempo que apenas recuerdo cómo es. Quizá debería pasarme por el Whitney para refrescarme la memoria.

XXXOOO

Dolly

Para: Nadine Wilcock
    <nadine.wilcock@thenyjournal.com>
De: Mel Fuller <melissa.fuller@thenyjournal.com>
Asunto: Foto del desnudo

¡OH, DIOS MÍO!
    ¡Había olvidado por completo el autorretrato de Max Friedlander que se supone que está expuesto en el Whitney!
    ¡¡En el que sale él desnudo!!
    ¿¿QUÉ HAGO?? Me refiero a que no puedo ir a mirarlo, ¿no? ¡Sería patético!

Mel

P. D.: Sólo de pensarlo me entra dolor de cabeza.

Para: Mel Fuller <melissa.fuller@thenyjournal.com>
De: Nadine Wilcock
    <nadine.wilcock@thenyjournal.com>
Asunto: Oh, venga ya

Por supuesto que puedes ir a verlo. ¿Qué es patético, que tú lo mires o que él se haga la foto y la exhiba para que la vea todo el mundo?

Da igual. Coge el bolso y sígueme. Cambiaremos el *spinning* por un poco de cultura, cortesía del Museo Whitney de Arte Americano.

Nad

P. D.: El dolor de cabeza es por el Frapuccino. A mí también me pasa.

Para: Stacy Trent <ODIOBARNEY@freemail.com>
De: John Trent <john.trent@thenychronicle.com>
Asunto: Necesito tu receta

de lenguado relleno de cangrejo. He decidido que, ya que cada vez que intento llevarla a cenar es un desastre absoluto, le prepararé una cena en la intimidad de mi hogar.

O del hogar de la tía de Max Friedlander, mejor dicho.

Quién sabe, a lo mejor incluso me armo de valor y le cuento la verdad sobre mí.

Probablemente no, supongo.

Además, ¿cómo haces esos bocaditos de pan con el tomate encima?

John

Supongo que te refieres a la *bruschetta*. Tuestas rebanadas de una barra de pan, frotas ajo en las rebanadas tostadas. Luego cortas los tomates y…

Oh, por el amor de Dios, John, llama a Zabar's y pídelo, como una persona normal. Luego finges que lo has preparado tú. ¿Te crees que yo sé cocinar? ¡Ja! ¿Mi pollo asado? De Kenny Rogers. ¿Mi lenguado relleno de cangrejo? Del Jefferon Market. ¿Mis patatas fritas cortadas a mano? ¡De una bolsa de congelados!

Ahora ya lo sabes. Pero no se lo digas a Jason. Estropearía la magia.

Stacy

Estimada Dolly:

Ríete todo lo que quieras. Pero a mí no me hace ninguna gracia. Tampoco puedo decir que sus padres me parezcan especialmente responsables por haberle dado una cámara a un niño de cinco años para que juegue con ella en la bañera. Se podría haber electrocutado o algo así.

Además, en esa foto ni siquiera parece él.

Mel

P. D.: TÚ tienes la culpa de que me esté resfriando. Tú me has provocado toda esta ansiedad y me has hecho vulnerable a ese estúpido virus de la gripe que circula por ahí.

Para: Mel Fuller <melissa.fuller@thenyjournal.com>
De: Dolly Vargas <dolly.vargas@thenyjournal.com>
Asunto: Oh, caca

Ya sabes cuánto me gusta tomarte el pelo. Eres como la hermana pequeña retrasada que nunca he tenido.

Era una broma, querida, una broma.

Además, en vez de despotricar contra mí, deberías compadecerme. Estoy perdidamente enamorada de Aaron y él apenas se digna darme la hora. Se queda sentado en su pequeño cubículo y mira el salvapantallas que se ha puesto con una foto de vosotros dos. Qué patético, casi hace que me entren ganas de llorar.

Salvo que desde que me operé los párpados, me resulta físicamente imposible llorar.

Por cierto, ¿qué es esa falda que llevas puesta? Pareces un perrito.

XXXOOO

Dolly

P. D.: ¿Te importaría dejar de toser tan fuerte? Estás empeorando mi resaca.

Para: George Sanchez
    <george.sanchez@thenyjournal.com>
De: Mel Fuller <melissa.fuller@thenyjournal.com>
Asunto: Mi salud

Estimado George:

Te escribo este mensaje desde casa para informarte de que hoy no iré a trabajar porque tengo dolor de garganta, fiebre y mucosidades.

Anoche dejé las páginas encima de tu escritorio y Ronnie tiene mucho material para mañana. Dile que está todo en la carpeta verde de encima de mi mesa.

Si tienes alguna duda, ya sabes dónde encontrarme.

Mel

P. D.: POR FAVOR, dile a Amy Jenkins de Recursos Humanos que hoy no he fichado porque estoy enferma. ¡La última vez que estuve de baja, me lo contabilizó como retraso y consta en mi archivo de la sección de personal!

P. P. D.: ¿Podrías asegurarte de que mi figura de la princesa guerrera Xena vuelve a estar sobre el monitor de mi ordenador? Alguien la cogió pero se supone que tiene que devolverla. Dime si vuelve a estar ahí o no.

Gracias,
Mel

Hola. Os escribo para deciros que tengo un resfriado terrible y que probablemente me muera. Si es así, quiero que sepáis que os dejo todo el dinero que tengo en mi fondo de pensiones. Empleadlo para aseguraros de que Kenny y Richie van a la universidad. Sé que probablemente no querrán estudiar en la universidad, dado que los dos piensan jugar en la NBA cuando sean mayores, pero en caso de que lo del deporte profesional no resulte, por lo menos deberían poder pagarse un semestre o dos con mis 24.324,57 dólares.

Por favor, donad toda mi ropa a Crystal Hope, la nueva esposa de Jer. Creo que no le iría mal.

No sé qué deberíais hacer con mi colección de muñecas Madame Alexander. A lo mejor Robbie y Nelly tienen una niña y podríais dárselas a ella.

Mis únicas otras posesiones terrenales son mis libros. ¿Podríais encargaros, en caso de que falleciera, de que todos ellos vayan a parar a manos de John, el sobrino de mi vecina? En realidad, su nombre verdadero es Max. Te caería bien, mamá. Mis compañeros de trabajo lo conocieron el otro día y les cae bien. Es muy divertido y cariñoso.

Y no, mamá, no nos acostamos juntos.

De todos modos, no me preguntes por qué. Espero que no le dejes leer esto a papá, pero empiezo a preguntarme si es que me pasa algo. Aparte de estar resfriada, claro está. Porque John y yo sólo nos besuqueamos una vez y desde entonces, nada, rien, zippo.

A lo mejor es que beso fatal. Probablemente sea eso. Por eso todos los chicos con los que he salido desde Jer han acabado dejándome. Beso fatal. Soy bajita, tengo la vejiga demasiado pequeña, soy pelirroja y beso fatal.

A ver si aclaramos las cosas; mamá, cuando nací, ¿el médico mencionó en algún momento las palabras «mutación genética»? ¿En algún momento..., no sé, las palabras «rareza biológica»?

Porque eso es lo que creo que soy. Oh, lo sé: Robbie salió bien. Supongo que a él no le falta el cromosoma del beso que es evidente que a mí sí. O eso o Kelly también besa mal y no se ha dado cuenta.

No creo que... ¡AHHH! ¡Llaman a la puerta!

¡Es John! ¡Y estoy horrorosa! Mamá, tengo que dejarte...

Mel

Para: Mel Fuller <melissa.fuller@thenyjournal.com>
De: Don y Beverly Fuller <DonBev@dnr.com>
Asunto: Tu último mensaje tan tonto

¡Melissa Ann Marie Fuller!

¿De qué demonios iba el último mensaje que escribiste? Estás un poco resfriada, querida. No te estás muriendo. Tus muñecas están en su sitio, en la vitrina de tu dormitorio, junto con las medallas del club juvenil y el diploma del instituto de Duane County.

¿Y qué es eso de que un chico piensa que no besas bien? Bueno, si eso es lo que cree, entonces dile que se vaya a tomar aire. Estoy segura de que besas muy bien.

No te preocupes, Melissa, el mar está lleno de peces. Tira ese que has cogido. Tu barco llegará. Eres mucho más

guapa que todas esas chicas que salen en la tele, sobre todo
más que esa que se acostó con el presidente. Te mereces
algo más que un chico que piensa que no besas bien y que
ese otro que se acostó con Barbara Bellerieve. ¡Me he enterado de que lleva fundas en los dientes!

Así que dile a ese chico que desaparezca, te metes en la
cama bien calentita y te pones a mirar la tele, y bebe mucho líquido y sobre todo sopa de pollo con fideos. En seguida te pondrás bien.

Y aunque no debería decirte esto, porque quería que
fuera una sorpresa, te he enviado un regalito que debería
animarte en seguida. Bueno, es un lote de tus galletas ca-
seras preferidas.

¡Así que deja de fruncir el ceño, jovencita!

Te quiere,
Mamá

Para: Nadine Wilcock
    <nadine.wilcock@thenyjournal.com>
De: Mel Fuller <melissa.fuller@thenyjournal.com>
Asunto: Gracias

¡Gracias, gracias, gracias!

John me dijo que había llamado y que le dijiste que
estaba enferma en casa. ¿Sabes qué hizo acto seguido?
La verdad es que no quiero asquearte pero me muero
por contárselo a alguien, así que te he elegido como víctima:

¡Fue a la tienda de exquisiteces de la Segunda Avenida
y me compró sopa de pollo!

¡De verdad! ¡Un cuenco lleno! Y entonces me vino a visitar con la sopa, zumo de naranja, un vídeo y helado (de vainilla, pero supongo que no se le ocurrió nada mejor. Tienes razón, a veces hay que enseñarles).

Y aunque yo debía de estar horrorosa (llevaba el pijama de las vaquitas y unas zapatillas peludas en forma de conejo y, Dios mío, ni te imaginas cómo tenía el pelo) cuando le pregunté si quería quedarse y ver la película conmigo dijo que sí. (*La ventana indiscreta*, ya sé qué estás pensando Nadine, pero estoy segura de que no tiene ni idea de que lo he estado espiando. Además, siempre he tenido la delicadeza de apartar la mirada cuando se desviste. Bueno, aparte de aquella vez, pero era sólo para zanjar el tema de si llevaba boxers o slips.)

Giré el carrito del televisor para ver la película desde el sofá pero él insistió en que guardara cama (de la que quedaba bien claro que había salido para abrir la puerta pues no me había molestado en hacerla ni nada por el estilo, y tenías que haber visto la montaña de pañuelos de papel usados que tenía alrededor) y me obligó a volver a la cama y le dio la vuelta al televisor para que estuviera de cara a la cama.

Acto seguido entró en la cocina, lo cual me avergonzó bastante…, tenías que haber visto la de platos que había en el fregadero, y cuando salió de ella llevaba la sopa y un vaso de zumo enorme en esa bandeja que me compré una vez en el Pier 1, ¿te acuerdas? Lo que pasa es que la había utilizado para llevarme el portátil a la bañera, como esa señora de los anuncios, aquella vez que me quemé con el sol en Jones Beach y George tuvo la jeta de hacerme trabajar desde casa.

Nadine, ¡fue fabuloso! Se tumbó al otro lado de la cama (no debajo de las sábanas sino encima) y vimos la película y me tomé la sopa y, cuando acabé, sacó el helado y nos los comimos directamente del envase con unas cucharas y entonces llegó la parte que daba más miedo, nos olvidamos del helado y parte de él se derritió encima de las sábanas y ahora están todas pringosas pero ¿qué más da?

Luego, cuando acabó la película cambié al Canal Meteorológico y estaban transmitiendo en directo el huracán *Jan*, ¡que ha asolado la costa de Trinidad! Miramos ese canal un rato y luego no sé qué pasó, debí de tomar demasiado Sudafed porque cuando me di cuenta él me dio las buenas noches y me dijo que ya nos veríamos al día siguiente; y cuando volví a despertarme se había marchado y era de noche y había lavado todos los platos.

No sólo los platos de la sopa, el zumo y eso. TODOS los platos que había dejado en el fregadero estaban limpios y secos.

Por un momento pensé que estaba alucinando pero esta mañana seguían allí. Nadine, lavó los platos mientras yo estaba dormida y probablemente roncando, debido a la terrible congestión nasal que tengo.

¿No te parece lo más tierno que has oído en tu vida? ¿EN TODA TU VIDA? Ningún hombre me había lavado jamás los platos.

Bueno, eso es todo. Sólo quería alardear. De todos modos, sigo encontrándome fatal así que no sé cuándo volveré al trabajo.

¿Xena está donde se supone que tiene que estar? ¿Tú qué crees que hizo con ella? Dios mío, qué contenta estoy de que cortásemos. ¡Menudo PLASTA!

Mel

P. D.: El hecho de que yo esté enferma no debe impedirte ir a clase de *spinning*.

Para: Mel Fuller <melissa.fuller@thenyjournal.com>
De: Nadine Wilcock
    <nadine.wilcock@thenyjournal.com>
Asunto: ¿Y bien?

¿Qué llevaba, boxers o slips? No me dejes en suspenso, Fuller.

Nad ;-)

Para: Nadine Wilcock
    <nadine.wilcock@thenyjournal.com>
De: Mel Fuller <melissa.fuller@thenyjournal.com>
Asunto: Vaya

Boxers.
    Unos muy monos, con pelotitas de golf.

Mel ;-)

Para: George Sanchez
    <george.sanchez@thenyjournal.com>
De: Mel Fuller <melissa.fuller@thenyjournal.com>
Asunto: Mi salud

Estimado George:

    Sigo enferma. Hoy no iré y probablemente mañana tampoco.

198

No te enfades, George. Sé que ahora hay mucho trabajo, porque todo el mundo está en los Hamptons, pero ¿qué quieres que haga? Ayer aproveché mi fabuloso seguro médico y fui al médico. ¿Sabes qué me recetó? Guardar cama y fluidos. ¡Guardar cama y fluidos, George! En los Hamptons no lo conseguiría. Bueno, supongo que Dolly podría pero yo no.

Además, estoy segura de que el médico no se refería a ese tipo de «fluidos».

Dile a Ronnie que no me creo ni una palabra sobre lo de George y Winona en Cannes y que mejor que lo confirme con sus representantes antes de publicarlo. Él es demasiado mayor para ella.

Mel

P. D.: No te olvides de decirle a Amy Jenkins que sigo enferma, que no es lo mismo que ser impuntual.
P. P. D.: ¿Mi figura de la princesa guerrera Xena está en su sitio?

Para: Nadine Wilcock
   <nadine.wilcock@thenyjournal.com>
De: Tony Salerno <manjares@fresche.com>
Asunto: Mel

¿Estás conectada otra vez? Hace una hora que intento ponerme en contacto contigo. Y SÉ que no estás hablando con Mel porque acabo de llegar de su casa.

Y no era el único que había ido a visitarla. Adivina quién me ha abierto la puerta.

Sí, has acertado, el señor Perfecto en persona.

De hecho, no debería llamarle así. La verdad es que el tío me cae bien. Es…, no sé…, normal, ¿sabes? No como ese bicho raro de Spender. ¿Te acuerdas de esa vez que tú y yo y Mel y Spender salimos y empezó a meterse con la policía? Me sacó de quicio. Le callé la boca rápidamente cuando le dije que tenía cuatro primos en el cuerpo de policía de Nueva York. Por lo menos este tío no dice gilipolleces como hacía Spender.

Bueno, entregué el material, como querías, y John abrió la puerta y al comienzo me quedé un poco cortado, la verdad. Pensé que había interrumpido algún tipo de encuentro sexual. Pero el tío iba vestido y me dijo que entrara.

Y ahí estaba Mel, con ese pijama blanco tan raro con manchas negras, como una vaca, y estaba en cama pero no parecía muy enferma, la verdad. Estaban viendo una película. Parece ser que desde que está enferma lo hacen muy a menudo. Él trae algo de comida, nada excepcional según mi criterio, pero comestible, de todos modos, y ven películas.

No sé. ¿Eso lo convierte en una relación seria? Por lo que he visto no había habido mucha acción. Me refiero a que había cientos de pañuelos de papel por el suelo, pero estoy convencido de que eran para los mocos de Mel y no para otra cosa, ya me entiendes.

Oye, no te enfades conmigo, sólo hago de mensajero.

Así que yo he dicho: «Aquí tienes comida que te mandan del trabajo y una tarta de melocotón que te he preparado». Y por supuesto Mel se ha puesto como loca porque, como buena golosa que es, sabe que mi tarta de melocotón es un manjar de los dioses, e insistió en que todos tomáramos un poco, así que John nos la sirvió y tuve la impresión de que conocía bien la cocina de Mel, lo cual tiene mucho mérito, porque ya sabes que guarda los tupperware en el horno y tiene esa manía de poner la cerveza en el cajón de las verduras.

Bueno, sirvió las porciones con un montón de helado de vainilla encima que, como ya sabes, estropea la pureza de la textura de la tarta, pero da igual. Nos sentamos en la cama y nos la comimos y tengo que reconocer, aunque sea yo quien lo diga, que es la mejor tarta de melocotón del mundo, a pesar del helado.

Así que intenté mirar la película un rato porque Mel me dijo que me quedara, pero me di cuenta de que aunque ella decía que me quedara, él estaba pensando que cuándo me marcharía, por eso dije que tenía que volver al trabajo y Mel me dio las gracias y dijo que se sentía mejor y que volvería a la oficina el lunes y yo dije que muy bien y John me acompañó a la puerta y se despidió diciendo que se alegraba de volver a verme y que adiós. Prácticamente me cerró la puerta en las narices.

Supongo que no tengo nada que criticar. Yo estaba igual cuando tú y yo empezábamos a salir. Aparte de que nunca te habría dejado que te compraras un pijama como ése. ¿Mel no tiene nada de lencería fina?

Bueno, a pesar del pijama, te digo que este tío está coladito. Mucho más que Spender.

Y supongo que, como de costumbre, Mel no tiene ni idea, ¿verdad? ¿No crees que alguien debería decírselo?

Tony

¿Quién es el que ahora no contesta al teléfono?

Supongo que estás en la sala, deslumbrando a los clientes con tu salmón tártaro con endivias.

De todos modos, gracias por llevarle la comida a Mel. ¿O sea que él ha vuelto a su casa? También estuvo ahí anoche. Creo que tienes razón: está coladito.

Pero bueno, ella está igual.

Y no, no creo que ninguno de los dos necesite nuestra ayuda. A nosotros no nos ayudó nadie, ¿verdad? Y la cosa nos salió bien.

No le dirías a Mel que me salté la clase de *spinning*, ¿verdad?

Nad

P. D.: Sólo debería interesarte la falta de lencería fina de una persona, guapo, y esa persona soy yo. Lo que Mel Fuller se ponga para estar en la cama es asunto suyo. Y fui yo quien le compró ese pijama para su cumpleaños. Me parece mono.

Querida mamá:

¡Muchísimas gracias por las galletas! Están deliciosas, eso si fuera capaz de apreciar los sabores, claro está.

Quiero que sepas que me encuentro mucho mejor, no tanto como para volver al trabajo, por supuesto, pero sí mejor. Todavía sueno lo suficientemente enferma cuando llamo a mi jefe para decirle que no voy a ir al trabajo como para que no sospeche, lo cual está bien.

Bueno, lo del asunto de besar: siento haberte acusado a ti y a papá de no traspasarme buenos genes para besar. Resulta que sí que beso bien, lo que pasa es que John es tímido.

Por supuesto, es difícil besar cuando tienes la nariz completamente congestionada pero supongo que mejoraré con la práctica.

Bueno, gracias de nuevo por las galletas. Luego te llamaré.

Te quiere,
Mel

P. D.: ¡A John también le encantan tus galletas!

Para: Mel Fuller <melissa.fuller@thenyjournal.com>
De: Don y Beverly Fuller <DonBev@dnr.com>
Asunto: Galletas

Melissa, tendrás que perdonarme. De verdad que no quiero entrometerme pero tengo la impresión, y no pienses que tienes que decírmelo si no quieres, pero tengo la impresión de que tú y ese John Max Friedlander os acostáis juntos.

Ya sé que eres mayor y que por supuesto tienes que ser dueña de tus actos pero creo que deberías saber unas cuantas cosas:

No comprará la vaca si consigue la leche gratis.

Es cierto. De verdad que sí. Consigue un anillo en el dedo antes de abrir las piernas, cariño.

Lo sé, lo sé. Sé que hoy en día todas las chicas lo hacen.

Bueno, si tienes que seguir a las masas entonces por lo menos practica sexo seguro, ¿de acuerdo, querida? Prométeselo a tu madre ahora mismo.

Vaya, tengo que dejarte. Papá y yo hemos quedado con los de su equipo de bolos en el Sizzler para cenar.

Te quiere,
Mamá

Para: Don y Beverly <DonBev@dnr.com>
De: Mel Fuller <melissa.fuller@thenyjournal.com>
Asunto: Galletas

Oh, por Dios, mamá, NO me acuesto con él, ¿vale? ¡Sólo estaba hablando de besarnos! ¿Por qué pasas de los besos al sexo?

Bueno, vale, supongo que es la progresión natural, pero aun así… Eso de la vaca es una tontería. ¿Acaso me has visto cara de vaca?

Además, ¿qué me dices de eso de probarse los pantalones antes de comprárselos, eh? Ése es el consejo que papá le dio a Robbie antes de que se marchara a estudiar a la universidad.

¿Y a mí que me toca? ¡La tontería ésa de la vaca!

Bueno, para que te enteres, madre, quizá quiera probarme unos cuantos pantalones. ¿Se te ha pasado por la cabeza en algún momento? Ahí fuera hay muchos pantalones y ¿cómo voy a encontrar los adecuados si no me pruebo los posibles candidatos? Después de un proceso de selección riguroso, claro está.

Y POR SUPUESTO que si decido probarme estos pantalones en concreto, utilizaré todas las precauciones posibles. Por el amor de Dios, ¡estamos en el siglo XXI!

POR FAVOR, no le cuentes nada de todo esto a papá. Te lo ruego.

Mel

Para: Mel Fuller <melissa.fuller@thenyjournal.com>
De: Don y Beverly Fuller <DonBev@dnr.com>
Asunto: Galletas

No hace falta que grites, cielo. Leo tus palabras perfectamente en minúsculas.

Por supuesto que confío en ti y sé que tomarás la decisión adecuada.

Y estoy convencida de que tienes razón con respecto a

los pantalones. Sé que harás lo que más te convenga, como siempre.

Sólo pienso que una buena regla de oro sería no probarse ningún pantalón que no haya mencionado la palabra «A». Conozco muchos pantalones, sobre todo franceses e italianos, que sueltan la palabra «A» a las primeras de cambio, pero creo que los pantalones americanos son un poco más reticentes al respecto. Cuando la pronuncian, suele ir en serio.

Así que ¿quieres hacerme un favor y esperar a oír antes la palabra «A»? Porque te conozco, Melissa, sé lo fácil que es romperte el corazoncito. Yo te consolé cuando lo de Jer, ¿recuerdas?

Por eso te digo que esperes a escuchar la palabra «A», ¿entendido?

He visto en las noticias que el asesino travestido ha agredido a otra mujer, esta vez en el Upper East Side. Espero que cierres bien la puerta por la noche, cielo. Parece que tiene predilección por las mujeres delgaditas, así que más vale que mires por encima del hombro cuando salgas por la noche, querida.

¡Y que no se te olvide tener cuidado con esos boquetes!

Te quiere,
Mamá

P. D.: Y los aparatos de aire acondicionado que se caen.

Para: Nadine Wilcock
    <nadine.wilcock@thenyjournal.com>
De: Mel Fuller <melissa.fuller@thenyjournal.com>
Asunto: Ayuda

Cometí el error de decirle a mi madre que John y yo nos habíamos besado y ahora me mete no sé qué rollos sobre vacas y algo que ella llama la palabra «A».

Pero me ha dado que pensar: ¿cuál es la norma? Me refiero a la de acostarse con alguien. ¿Después de cuántas citas se considera normal acostarse con alguien? Sin parecer una putilla, claro está. ¿Y cuenta como cita si estás enferma y él te trae helado?

Helado de vainilla, para ser exactos.

Mel

Para: Mel Fuller <melissa.fuller@thenyjournal.com>
De: Nadine Wilcock
    <nadine.wilcock@thenyjournal.com>
Asunto: Ayuda

¿Qué significa para ti la palabra putilla? Si quieres que te sea sincera es un término muy subjetivo. Por ejemplo, yo me acosté con Tony en nuestra primera cita, ¿eso me convierte en una putilla?

Vamos por pasos:

Te gusta el tío. Quieres acostarte con él.

Pero te preocupa que si lo haces demasiado pronto, te considere una putilla.

¿De verdad quieres estar con alguien que piensa de un modo tan peyorativo? No, por supuesto que no.

Así que creo que la respuesta a tu pregunta «¿Después de cuántas citas se considera normal acostarse con alguien?» es:

No existe una respuesta correcta.

Es distinta para cada persona.

Ojalá pudiera serte más útil.

Nad

Para: Mel Fuller <melissa.fuller@thenyjournal.com>
De: Tony Salerno <manjares@fresche.com>
Asunto: Sexo

Querida Mel:

Hola. Espero que no te importe pero Nadine me ha hablado del problemilla que tienes, ya sabes, lo de cuándo empezar a mantener relaciones sexuales en una relación. Y creo que tengo la respuesta:

Si te apetece, hazlo.

En serio. Así es como siempre he vivido mi vida y no me puedo quejar. Soy el chef de mi restaurante y voy a casarme con una mujer fabulosa que lleva tanga debajo del traje de Ann Taylor.

Seguro que no me equivoco.

Tony

Para: Mel Fuller <melissa.fuller@thenyjournal.com>
De: Nadine Wilcock
    <nadine.wilcock@thenyjournal.com>
Asunto: Por favor, disculpa

a mi novio. No sé si te he dicho alguna vez que padece un trastorno de aprendizaje.

Nad

Para: Nadine Wilcock
    <nadine.wilcock@thenyjournal.com>
De: Mel Fuller <melissa.fuller@thenyjournal.com>
Asunto: No me importa

que le hables a Tony de mi vida sexual, o falta de ella, pero no se lo estarás contando a los de la oficina, ¿verdad?
    ¿VERDAD?

Mel

Para: Peter Hargrave
    <peter.hargrave@thenyjournal.com>
De: Dolly Vargas <dolly.vargas@thenyjournal.com>
Asunto: Mel Fuller

Por supuesto que debería hacerlo, querido. ¿Qué tiene que perder? No es que vaya a volverse joven con el tiempo: antes de que se dé cuenta la gravedad habrá empezado a tirar de esas partes de su cuerpo que ella quiere que apunten al sol. Y ya sabes lo que dicen sobre que no dejes para mañana lo que puedas hacer hoy.

Por cierto, Aaron me ha dejado plantada el fin de semana. ¿Qué me dices? La casa de Stephen es de ensueño y todo el mundo será muy discreto. Son gente de cine, querido. Seguro que ninguno de ellos tiene ni idea de quién eres.

Ya me dirás algo.

XXXOOO

Dolly

Para: Tim Grabowski
   <timothy.grabowski@thenyjournal.com>
De: Jimmy Chu <james.chu@thenyjournal.com>
Asunto: Mel Fuller

Sí, pero si se acuesta con él y no funciona, tendrá que verlo todos los días, dado que es su vecino. ¿No resultaría incómodo? Sobre todo si ella, o él, empezara a salir con otra persona.

Es una situación que no beneficia a nadie. A no ser que se casen, o algo así, y ¿cuántas posibilidades hay de que eso ocurra?

Jim

Él es demasiado mayor para ella. ¿Cuántos años tiene? ¿Treinta y cinco? ¿Y ella? ¿Veintisiete? Es demasiado joven. Una niña. Debería buscarse a alguien de su edad.

Angie

Sí, pero todos los chicos de la edad de Mel están creando empresas de Internet y consiguen súper modelos cuando les da la gana, así que ¿qué le iban a ver a Mel, que es mona pero no es ninguna súper modelo?

O eso o son los reyes del monopatín.

Así que supongo que no pasa nada porque el tío sea mayor.

Les

Para: Nadine Wilcock
    <nadine.wilcock@thenyjournal.com>
De: George Sanchez
    <george.sanchez@thenyjournal.com>
Asunto: Mel Fuller

De todos modos ¿qué hace todavía soltero un tío de treinta y cinco años? ¿A alguien se le ha ocurrido pensar que
podría ser homosexual? ¿No tendría alguien que decirle
algo a Mel antes de que quede como una idiota con este
asunto de acostarse con él?

George

Para: Mel Fuller <melissa.fuller@thenyjournal.com>
De: Nadine Wilcock
    <nadine.wilcock@thenyjournal.com>
Asunto: Si la gente del trabajo habla de ti

¿Estás de broma? No te hagas ilusiones. Tenemos cosas
mucho más importantes de las que ocuparnos aparte de
tu vida privada.

Nad

Para: Stacy Trent <ODIOBARNEY@freemail.com>
De: John Trent <john.trent@thenychronicle.com>
Asunto: El pollo de Kenny Rogers

No puede ser que algo tan bueno no lo hayas cocinado tú.
Imposible.

John

Para: John Trent <john.trent@thenychronicle.com>
De: Genevieve Randolph Trent
    <grtrent@trentcapital.com>
Asunto: La función benéfica

Sólo recordarte, querido, que me prometiste que asistirías
a la función benéfica conmigo. Y, por supuesto, con tu che-
quecito generoso.

Hace días que no tengo noticias tuyas. Espero que todo
vaya bien.

Mim

P. D.: ¿Te has enterado de lo de tu prima Serena?

Para: Genevieve Randolph Trent
   <grtrent@trentcapital.com>
De: John Trent <john.trent@thenychronicle.com>
Asunto: Por supuesto que no lo he olvidado.

Voy a ser tu acompañante, ¿recuerdas? Incluso he sacado el viejo esmoquin del armario y le he sacudido el polvo.

Nos vemos allí.

John

P. D.: Sí, me he enterado de lo de Serena. La culpa la tienen sus padres por haberla llamado así. ¿Qué esperaban?

Para: Mel Fuller <melissa.fuller@thenyjournal.com>
De: George Sanchez
   <george.sanchez@thenyjournal.com>
Asunto: ¿Qué es eso de que

no vendrás al trabajo hasta el lunes? Me parece que se te ha olvidado una cosa, guapa.

La función benéfica del Lincoln Center para aumentar la concienciación sobre el cáncer. Resulta que es el acto social más importante de la temporada. Según Dolly, todos los peces gordos estarán allí.

Me da igual que te salga sangre por los ojos, Fuller. Tienes que ir.

Mando a Larry para que haga las fotos. Asegúrate de que salgan todos esos ricachones vejestorios, los Astor, los

Kennedy y los Trent. Ya sabes que les encanta salir en el periódico, aunque sea el nuestro.

George

P. D.: Tu estúpida muñeca está otra vez en el ordenador. ¿Qué significado tiene?

Para: Nadine Wilcock
    <nadine.wilcock@thenyjournal.com>
De: George Sanchez
    <george.sanchez@thenyjournal.com>
Asunto: Oye

Deja de despotricar. Si está lo suficientemente bien para plantearse acostarse con un tío, seguro que puede levantarse de la cama y hacer su puñetero trabajo.

George

P. D.: ¿Qué tipo de barco te crees que capitaneo? Esto no es el Vago Exprés, Wilcock.

Para: Mel Fuller <melissa.fuller@thenyjournal.com>
De: jerryvive@freemail.com
Asunto: Mira, yo

he llamado a la puerta hace un rato pero no has respondido por lo que supongo que estabas dormida. No quería despertarte. Lo que pasa es que esta noche tengo que hacer un recado y no podré pasar por ahí hasta tarde. ¿Resistirás? Traeré más helado. Esta vez me aseguraré de que tenga un montón de nueces cubiertas de chocolate para que las vayas pillando una a una.

John

P. D.: El huracán *Jan* avanza a 217 kilómetros por hora hacia Jamaica. El ojo debería pasar por encima esta noche. Parece bastante fiero. Esto debería animarte.

Para: Mel Fuller <melissa.fuller@thenyjournal.com>
De: Nadine Wilcock
    <nadine.wilcock@thenyjournal.com>
Asunto: Anoche

Eh, ¿qué tal fue? Intenté convencer a George de que no te obligara a ir pero se mantuvo inflexible. Dijo que eras la única reportera que conocía capaz de escribir el artículo sin ofender a nadie. Supongo que Dolly no era precisamente muy apreciada en el círculo de las funciones benéficas. Bueno, sin duda era porque se acostaba con los maridos de todas las señoras de la alta sociedad.

Espero que no sufras una recaída o algo así.

Nad

Para: Jason Trent <jason.trent@trentcapital.com>
cc: Stacy Trent <ODIOBARNEY@freemail.com>
De: John Trent <john.trent@thenychronicle.com>
Asunto: ¿Ahora qué hago?

Bueno, anoche, cuando acompañé a Mim a la función benéfica del Lincoln Center, ¿quién os imagináis que se acercó a nosotros con su libretita y su boli sino… Mel?

Sí, eso es. Melissa Fuller, columnista de la Página Diez, del *New York Journal*, quien, la última vez que la había visto, estaba en cama, con un ejemplar de *Cosmo* y casi treinta y nueve de fiebre. Cuando me quise dar cuenta estaba delante de mí, con tacones y minifalda, preguntándole a Mim si pensaba que su labor para aumentar la concienciación sobre el cáncer ayudaría a encontrar la curación algún día.

Entonces me vio, se calló y luego gritó: «¡John!».

Y Mim, ya conocéis a Mim, gira la cabeza y se fija en que es pelirroja y en su acento del Medio Oeste y, acto seguido, le pide a Mel que se siente con nosotros y le ofrece champán.

Creo que no me equivoco si digo que ésta fue la primera vez en la carrera periodística de Mel en que uno de sus sujetos la invita a sentarse y tomar una copa en su mesa. Y sé que es la primera vez que Mim ha concedido a un periodista una entrevista privada.

Y lo único que se me ocurrió fue quedarme allí sentado y darle patadidas debajo de la mesa cada vez que empezaba a decir algo remotamente parecido a «mi nieto», lo cual por supuesto hizo unos diez millones de veces.

Lo cierto es que ahora Mel sabe que pasa algo. No tiene ni idea de qué se trata, por supuesto. Cree que Mim está enamorada de mí. Cree que debería hacerle caso, dado que una vieja forrada como Mim podría pagarme todos los gastos. Aunque me advirtió que todos los hijos de Genevieve Trent acabaron en comunas (tío Charles, tía Sara y tía Elaine) o en la cárcel (tío Peter, tío Joe y papá). Se olvidó de mencionar a los suicidas, tía Claire y tío Frank. Otra prueba más de que el abuelo hizo bien en sobornar al forense.

Menuda familia la nuestra, ¿eh, Jason? Stacy, deberías coger a las niñas y echar a correr, a correr bien lejos mientras puedas.

¿Qué hago? ¿Se lo cuento? ¿O continúo mintiendo como un bellaco?

¿Podríais pegarme un tiro alguno de los dos?

John

Para: John Trent <john.trent@thenychronicle.com>
De: Jason Trent <jason.trent@trentcapital.com>
Asunto: Díselo

Díselo, por favor. Te lo suplico. No sé hasta cuándo seré capaz de soportar esto.

Jason

Para: John Trent <john.trent@thenychronicle.com>
De: Stacy Trent <ODIOBARNEY@freemail.com>
Asunto: No se lo digas

---

hasta que te hayas acostado con ella.

Va en serio. Porque si eres lo suficientemente bueno en la cama, no le importará.

218

Sé que no hago más que pensar en el sexo y que es una decisión tuya, por supuesto, pero eso es lo que yo haría.

Stacy

Para: Stacy Trent <ODIOBARNEY@freemail.com>
De: John Trent <john.trent@thenychronicle.com>
Asunto: Oh, vale, gracias

Debería acostarme con ella. Por supuesto, ¿por qué no se me había ocurrido antes?

¿¿¿TE PASA ALGO???

Aparte del hecho de que estés casada con mi hermano, claro está.

¿Ya no te acuerdas de lo que era estar soltera? No puedes acostarte con cualquiera. Bueno sí que puedes pero nunca funciona. QUIERO QUE ESTA VEZ FUNCIONE.

Por eso es importante que ANTES de que nos acostemos mantengamos una relación de cariño y amor.

¿No es así? ¿No es esto lo que siempre dice Oprah?

John

Para: John Trent <john.trent@thenychronicle.com>
De: Stacy Trent <ODIOBARNEY@freemail.com>
Asunto: ¿Pero no crees

---

que ya mantenéis una relación de cariño y amor? Joder, le llevaste helado y le lavaste los platos, por el amor de

Dios. La chica te debe una. Se abrirá de piernas, no te preocupes.

Stacy

Para: Stacy Trent <ODIOBARNEY@freemail.com>
De: John Trent <john.trent@thenychronicle.com>
Asunto: Disculpa, pero

¿se está gestando en tu interior un descendiente de Satanás o mi sobrino? Pero ¿qué te pasa? «Se abrirá de piernas, no te preocupes.»

Nadie se abre de piernas porque le lleves helado. Si eso fuera cierto, los repartidores de Mr. Softee estarían, en fin...

Bueno, ya me has entendido.

No, quiero hacerlo bien. Pero lo triste del asunto es que todas las mujeres con las que he salido siempre tenían la vista clavada en mi cartera, y me refiero a mujeres que en su mayor parte me había buscado Mim, o sea la flor y nata de la alta sociedad neoyorquina, de quien sería lógico pensar que tenían un montón de dinero en sus cuentas bancarias, por lo que llevármelas a la cama nunca me costó demasiado. Normalmente el problema era sacarlas de la cama.

Sin embargo, Mel no es precisamente del tipo que se acuesta con un hombre a las primeras de cambio. De hecho, es bastante tímida.

No sé qué voy a hacer. Lo de pegarme un tiro iba en serio, ¿sabes? No me importaría que me dispararan una bala entre los ojos, si la muerte fuera rápida y Mel no tuviera que volver a hacerse cargo de *Paco*.

John

Para: John Trent <john.trent@thenychronicle.com>
De: Stacy Trent <ODIOBARNEY@freemail.com>
Asunto: Oh, por el amor de Dios

Ve a por ella.

Llama a la puerta y cuando abra, sácala al vestíbulo y empieza a besarla de forma profunda y apasionada. Luego empújala contra la pared y levántale la blusa desde la cinturilla de la falda y métele la mano debajo del sujetador y…

Stacy

Para: John Trent <john.trent@thenychronicle.com>
De: Jason Trent <jason.trent@trentcapital.com>
Asunto: Tendrás que disculpar

a mi esposa. Ahora mismo está hecha un amasijo de hormonas inquietas. De hecho, he tenido que meterla en la cama con una compresa fría.

Te agradecería que evitaras tratar con ella todo asunto de naturaleza sexual hasta que nazca el bebé. De hecho, hasta seis a ocho semanas después de que haya nacido el bebé. Como estoy seguro que te ha contado, está en su apogeo sexual. Y no obstante, como sin duda sabes, el médico le ha recomendado que dado lo avanzado de su gestación, sería peligroso para el bebé que ella y yo mantuviéramos…

Bueno, ya sabes.

¿Quieres hacer el favor de cerrar el pico y no seguir hablando de tus problemas de sexo con esa chica?

Y ya que hablamos del tema, ¿ya no se lleva eso de invitar a una chica a cenar? ¿Eh? En las películas siempre funciona. Invitas a una chica a una cena romántica, luego a dar un paseo en coche de caballos por Central Park (a no ser que sea del tipo de chicas a quienes eso les parece una cursilada) y si tienes suerte se acostará contigo. ¿Entendido?

Así que llévala a algún sitio bonito. ¿No conoces al tío de Belew's? ¿Acaso no es el mejor restaurante de la ciudad? Llévala allí.

Y esta vez si el dichoso gato se pone enfermo, deja que se muera.

Eso es lo que pienso.

Jason

Para: John Trent <john.trent@thenychronicle.com>
De: Brittany y Haley Trust
    <nosgustabarney@freemail.com>
Asunto: HOLA, TÍO JOHN

¿QUÉ TE PARECE NUESTRA CUENTA DE CORREO ELECTRÓNICO? PAPÁ NOS LA HA CONSEGUIDO PARA QUE DEJEMOS DE UTILIZAR LA DE ÉL.

HEMOS OÍDO A PAPÁ Y A MAMÁ HABLANDO DE TI Y DE LA SEÑORA PELIRROJA. DICEN QUE NO ESTÁS SEGURO DE CÓMO DECIRLE QUE TE GUSTA.

BUENO, EN SEGUNDO CURSO, SI ERES UN NIÑO Y TE GUSTA UNA NIÑA, LE DAS TU MEJOR CROMO DE POKÉMON. O LE TIRAS DEL PELO. PERO SIN HACERLA LLORAR.

O LE PUEDES PEDIR QUE PATINE HACIA ATRÁS CONTIGO. Y ENTONCES LA COGES DE LA MANO PARA QUE NO SE CAIGA.

¡ESPERAMOS QUE TE SIRVA!

TE QUEREMOS,
BRITTANY Y HALEY

Para: John Trent <john.trent@thenychronicle.com>
De: Genevieve Randolph Trent
   <grtrent@trentcapital.com>
Asunto: Ni siquiera

---

voy a preguntar qué demonios pasó en la función benéfica. Sólo puedo dar por supuesto que tú, igual que todos tus primos, has perdido totalmente la chaveta.

Supongo que ésa era la señorita Fuller, de Lansing, Illinois. Por mucho que lo intente no alcanzo a comprender por qué la has ocultado de esa manera. Me pareció encantadora. Supongo que estaba resfriada y que no siempre pronuncia las palabras de ese modo.

Y no obstante está claro que estás enfrascado en algún jueguecito con ella. Por cierto, supongo que te interesará saber que tengo el tobillo amoratado de tantas patadas como me diste.

Siempre has sido un desastre con las mujeres, así que voy a darte un consejo: sea cual sea el jueguecito que te llevas entre manos, no va a funcionar, John. A las chicas no les gustan los juegos. Ni siquiera a las de Lansing, Illinois.

Mim

223

Para: jerryvive@freemail.com
De: Mel Fuller <melissa.fuller@thenyjournal.com>
Asunto: La otra noche

¿Me lo pareció por todos los descongestionantes que tomé antes de salir o realmente fue una cosa rara?

No tenía ni idea de que ibas a estar allí. Debiste de escribirme cuando ya me había marchado. Mi horrible y mezquino jefe me obligó a ir. Yo no quería. Me encontraba fatal. Pero me obligó, así que me puse un poco de rímel, un vestido y fui, con la nariz congestionada, con fiebre y todo eso.

No estuvo tan mal. Por lo menos los langostinos estaban buenos. No es que pudiera saborearlos, pero bueno.

No tenía ni idea de que tuvieras que asistir a ese tipo de eventos. ¿Fuiste a hacer fotos? ¿Dónde llevabas la cámara? No la vi.

Aquella señora Trent era muy amable. ¿Cómo es que la conoces? ¿Le has hecho un retrato o algo así? Es curioso oír decir ciertas cosas de las personas y luego cuando las conoces resulta que son todo lo contrario. Por ejemplo, siempre había oído decir que Genevieve Randolph Trent era una bruja de hielo. Pero estuvo muy amable. ¿Sabes?, si no fuera porque debe de tener unos cien años, yo diría que está encaprichada contigo, porque mientras hablaba no te quitaba los ojos de encima.

Está bien que, teniendo en cuenta lo rica que es, colabore en obras benéficas, ¿sabes? He escrito un montón de artículos sobre gente que no da ni un duro. De hecho, todos los hijos de la señora Trent (¿sabías que tuvo ocho hijos?) son unos vagos redomados que viven en comunas o están en la cárcel. Me dan pena, y ella también, un poco.

Bueno, he vuelto al trabajo porque sencillamente no pueden vivir sin mí, pero me preguntaba si me dejarías invitarte a cenar un día de éstos a modo de agradecimiento por haber cuidado de mí cuando estaba hecha un cromo. Ya me dirás cuándo estás libre... Sé que la señora Trent es la primera de tu lista, teniendo en cuenta que si te casaras con ella, podrías pagar la deuda de todas tus tarjetas de crédito al instante y nunca tendrías que volver a preocuparte de llegar al límite.

Es una sugerencia.

Mel

Para: Mel Fuller <melissa.fuller@thenyjournal.com>
De: jerryvive@freemail.com
Asunto: Cena

No, no eras tú. Realmente la otra noche fue una noche muy rara. Bueno, aparte de ti. Tú nunca estás rara. Me refiero a las circunstancias.

Hace mucho tiempo que conozco a Genevieve Trent. Toda la vida, de hecho. Pero no creo que exista ninguna posibilidad de relación romántica entre nosotros, a pesar de que podría ser una solución para los problemas que tengo con las tarjetas de crédito.

Le caíste muy bien, por cierto. Y el artículo que escribiste sobre la función benéfica es muy conmovedor. Me imagino que todas las organizaciones benéficas de la ciudad deben de estar llamando a la redacción para invitarte a escribir sobre ellas, porque lo haces con elocuencia.

Lo de la cena me parece una idea estupenda. Sólo que

me gustaría que dejaras que te invitara yo. Todavía te debo una, ¿recuerdas? Por salvar a tía Helen.

¿Qué te parece mañana por la noche? Si te apetece, claro está. Haré la reserva, será una sorpresa.

Pero te garantizo que no vamos a ir a Fresche.

John

Para: jerryvive@freemail.com
De: Mel Fuller <melissa.fuller@thenyjournal.com>
Asunto: Cena

Bueno, si insistes. Pero de verdad que no tienes por qué.

La verdad es que si me dejaras cocinar podrías ahorrarte el dinero y pagar la deuda de tus tarjetas de crédito. Es poco corriente, lo sé. Pero es lo que hace la gente normal.

Aunque supongo que está bastante claro que ninguno de los dos somos demasiado normales. Porque a la gente normal no le obsesionan los huracanes y los boquetes de las calles, ¿verdad?

Así que supongo que lo normal queda descartado por lo que a nosotros respecta.

Da igual.

Prométeme que no te gastarás mucho dinero. No soy de ese tipo de chicas a las que les gusta el champán, me conformo con la cerveza.

Mel

Para: David J. Belew <djbelew@belew-restaurant.com>
De: John Trent <john.trent@thenychronicle.com>
Asunto: Cena

Estimado David:

¿Recuerdas que después de que consiguiera que Patty escribiera aquel artículo en la sección de Gastronomía sobre restaurantes en los que es difícil conseguir una reserva y el tuyo fuera el único del que ella dijo que valía la pena esperar tres meses para probar dijiste que tendría mesa siempre que quisiera?

Bueno, pues quiero una. Para dos. Y tienes que reservarla a nombre de Max Friedlander y, cuando aparezca, el personal de sala me tiene que llamar por ese nombre, ¿entendido?

Asegúrate también de tener helado con pedacitos para el postre. Si son pedacitos de chocolate, mejor.

Es todo lo que se me ocurre por ahora. Te llamaré más tarde para confirmar.

John

Para: John Trent <john.trent@thenychronicle.com>
De: David J. Belew <djbelew@belew-restaurant.com>
Asunto: Cena

John, lo siento pero en Belew's, calificado con cuatro estrellas por el ilustre periódico para el que trabajas, galardonado con tres estrellas Michelin, considerado el mejor restaurante de la ciudad de Nueva York según Zagat's y laureado no con uno sino con dos premios Beard, gracias al talento culinario del abajo firmante, no servimos «helado con pedacitos».

No, ni siquiera pedacitos de chocolate.

Por supuesto que me encargaré de que tengas una mesa preparada e incluso daré órdenes a mi personal para que te llamen Max Friedlander, pero me temo que por lo de los pedacitos no paso.

Dave

Para: Mel Fuller <melissa.fuller@thenyjournal.com>
De: Nadine Wilcock
    <nadine.wilcock@thenyjournal.com>
Asunto: Debes de encontrarte mejor

¿O existe otro motivo por el que tararees *I Feel Pretty*?
    Lo cual, por cierto, resulta ligeramente molesto para quienes trabajamos cerca de ti.

Nad

Para: Nadine Wilcock
    <nadine.wilcock@thenyjournal.com
De: Mel Fuller <melissa.fuller@thenyjournal.com>
Asunto: Mi tarareo

¿Qué te parece? Me encuentro mejor Y estoy contenta.
    Lo sé. Parece difícil de creer. Pero es verdad.

¿Quieres saber por qué estoy contenta? Porque esta noche salgo. Tengo una cita. Una cita de verdad. Con un hombre.

¿Que con qué hombre? Pues con Max Friedlander, ¿quién si no?

¿Adónde vamos? Es una sorpresa.

Pero ¿sabes qué? Paga él.

Y aunque sea para darme las gracias por salvarle la vida a su tía –bien pensado, no sé si ella apreciaría mis esfuerzos, teniendo en cuenta la calidad de vida que tiene en estos momentos–, eso no quita para que sea una cita.

Y la señora Friedlander quizá mejore.

Así que sí, supongo que puede decirse que estoy muy contenta.

Pero si mi tarareo te molesta, me callaré, por supuesto.

Mel

Para: Mel Fuller <melissa.fuller@thenyjournal.com>
De: Dolly Vargas <dolly.vargas@thenyjournal.com>
Asunto: ¿Alguien ha dicho cita?

Querida, ¿es cierto? ¿Tú y Max?

Es que estás tan tranquila, cielo, que por eso pregunto. Quiero decir que teniendo en cuenta que es la primera vez que un hombre te pide para salir desde…, bueno, ya sabes. Hablando del rey de Roma… ahí está, enfurruñado junto a la fotocopiadora mientras hablamos. Pobre, pobre Aaron.

Pensaba que por lo menos irías a Bumble and Bumble para que te arreglaran el pelo y te hicieran la manicura. Y la pedicura también si piensas llevar los pies destapados.

Y ¿sabes? Conozco el mejor sitio para depilarte las ingles a la cera, es decir, si crees que hoy es el GRAN día. Siempre queremos estar despampanantes con nuestros conjuntitos de Christian Dior, ¿verdad? He oído decir que la Esfinge se ha puesto de moda. Como sé que no sabes qué es, te lo explicaré: es cuando te depilan a la cera no sólo la línea del biquini sino todo...

Oh, vaya, Peter al teléfono. Luego sigo, te lo prometo.

XXXOOO

Dolly

Para: Mel Fuller <melissa.fuller@thenyjournal.com>
De: Nadine Wilcock
   <nadine.wilcock@thenyjournal.com>
Asunto: Tu cita

Vale, sé que hace mucho tiempo (la vez que visteis una peliculita y tomasteis una porción de pizza no cuenta, ni la noche de Fresche, cuando todos lo inspeccionamos, ni la otra noche que pasasteis en la clínica veterinaria) así que voy a asegurarme de que no te olvidas nada en tu kit para sobrevivir a una cita.

Comprueba que llevas cada uno de estos artículos antes de salir de casa:

1. Barra de labios
2. Polvera
3. Tarjeta de metro (por si tienes que salir por patas)
4. Dinero para el taxi (por si tienes que salir por patas y no hay ninguna parada de metro cerca)

5. Corrector por si te deja colgada y empiezas a llorar y se te corre el rímel

6. Pasaporte (por si te cloroformiza, te mete en un avión con destino a Dubai y te vende a la trata de blancas y necesitas demostrar a las autoridades después de que te escapes que eres ciudadana estadounidense)

7. Pastillas de menta

8. Cepillo de dientes

9. Ropa interior limpia (por si acabas pasando la noche con él)

10. Condones (ídem)

Espero que te ayude.

Nad ;-)

Para: Nadine Wilcock
  <nadine.wilcock@thenyjournal.com>
De: Mel Fuller <melissa.fuller@thenyjournal.com>
Asunto: La lista

Gracias por la lista de cosas que se supone voy a necesitar para mi cita, pero se te olvida una cosa: VIVIMOS AL LADO.

Así que si necesito ropa interior limpia, sólo tengo que cruzar el pasillo.

Y ahora deja ya de hablar del tema. No sé quién me está poniendo más nerviosa, si tú o Dolly.

Sólo es una cena, por el amor de Dios.

Oh, cielos, tengo que marcharme o voy a llegar tarde.

Mel

Para: Mel Fuller <melissa.fuller@thenyjournal.com>
De: Dolly Vargas <dolly.vargas@thenyjournal.com>
Asunto: Una cosita más…

Que no se te olvide usar condón, querida, porque Maxie
tiene una dilatada carrera, ya me entiendes.

Bueno, piénsalo. Todas esas modelos. Es imposible saber dónde han estado, teniendo en cuenta que son unos
sacos de huesos muy apetecibles.

Te dejo.

XXXOOO

Dolly

Para: jerryvive@freemail.com
De: Jason Trent <jason.trent@trentcapital.com>
Asunto: Y bien…

¿Qué tal fue?

Jason

P. D.: Stacy me ha obligado a preguntarte.

que el motivo por el que llevas comunicando desde hace tres horas es porque estás de cháchara con Mel sobre su cita. Bueno, podrías dedicarle un minuto a tu prometido para responder a esta pregunta importante: ¿a quién piensas sentar al lado de mi tía abuela Ida en el banquete? Porque mi madre dice que quien se siente a su lado tiene que asegurarse de que no bebe ni gota de champán. Te acuerdas del incendio que Ida provocó en aquel camping en la última reunión familiar, ¿verdad?

Ya me lo dirás.

Te quiere,
Tony

P. D.: Mi madre dice que si la sientas al lado de Ida, se hace el hara-kiri ahí mismo.

de cháchara con Mel. No he sabido nada de ella desde la última vez que la vi, que fue cuando salió del trabajo para irse a casa y arreglarse para la gran cena con Max. Quiero decir John. ¿Qué pasa con ese nombre? ¿A quién se le ocurre apodarse JOHN? John no es un apodo.

Bueno, estaba conectada buscando regalos para nuestro banquete. ¿Qué te parece gemelos para los hombres y pendientes para las mujeres?

Ahora que lo pienso es un poco raro que no haya tenido noticias de Mel. Han pasado veinticuatro horas. Nunca está veinticuatro horas sin devolver mis llamadas.

Bueno, aparte de cuando la vecina recibió ese golpe en la cabeza.

Oh, Dios mío, ¿no le habrá pasado algo, verdad? ¿Crees que Max/John podría haberla secuestrado? ¿Y venderla para trata de blancas? ¿Crees que tendría que llamar a la policía?

Nad

Para: Nadine Wilcock
 <nadine.wilcock@thenyjournal.com>
De: Tony Salerno <manjares@fresche.com>
Asunto: Creo que tendrías que hacerte mirar la cabeza

Además, el tío que comprara a Mel Fuller a un traficante de mujeres debería pedir que le devolvieran el dinero. Sería una esclava terrible. Todo el día quejándose de que el tío no tiene conexión por cable y de no poder saber las últimas noticias de la vida de Winona Ryder sin el *E! Entertainment News*.

Tony

P. D.: No has respondido a la pregunta de a quién sentarás al lado de tía Ida.

P. P. D.: Mis amigos se partirán el culo si les regalo unos gemelos. ¿Qué te parecen unos cuchillos de cocina Wusthof?

Para: Mel Fuller <melissa.fuller@thenyjournal.com>
De: Nadine Wilcock
    <nadine.wilcock@thenyjournal.com>
Asunto: ¿Dónde estás?

En serio, no quiero entrometerme y sé que sabes cuidarte solita pero te he dejado tres mensajes y todavía no me has llamado. ¿¿¿DÓNDE ESTÁS??? Si sigo sin saber nada de ti voy a llamar a la policía, te lo juro.

Nad

Para: Mel Fuller <melissa.fuller@thenyjournal.com>
De: Recursos Humanos
    <recursos.humanos@thenyjournal.com>
Asunto: Impuntualidad

Estimada **Melissa Fuller**:

Esto es un mensaje automatizado del Departamento de Recursos Humanos del *New York Journal*, el periódico gráfico más importante de la ciudad de Nueva York. Según su superior, el **jefe de redacción George Sanchez**, su jornada laboral en el *Journal* empieza a las **9.00 h**, lo cual supone que hoy ha llegado **83** minutos tarde. Se trata de la vez **49** que se retrasa más de veinte minutos en lo que va de año, **Melissa Fuller**.

La impuntualidad es un asunto serio y caro al que se enfrentan los empresarios de toda la nación. Los trabajadores suelen infravalorar la impuntualidad pero los retrasos constantes pueden ser síntoma de algo más grave, como por ejemplo:

- alcoholismo
- drogadicción
- ludopatía
- maltratos en la pareja
- trastornos del sueño
- depresión clínica

y varias afecciones más. Si padece alguna de las mencionadas, no dude en ponerse en contacto con su representante de Recursos Humanos, **Amy Jenkins**. Su representante de Recursos Humanos estará encantada de inscribirla en el Programa de Ayuda al Personal del *New York Journal*, donde se le asignará un profesional de salud mental que la ayudará a alcanzar todo su potencial.

Melissa Fuller, en el *New York Journal* formamos un equipo. Ganamos como equipo y también perdemos como tal. **Melissa Fuller**, ¿no quiere pertenecer a un equipo ganador? ¡Por favor, esfuércese por llegar puntual al trabajo a partir de ahora!

Atentamente:
Departamento de Recursos Humanos
New York Journal

Por la presente le recordamos que futuros retrasos pueden conllevar la suspensión o el despido.

Este mensaje de correo electrónico es confidencial y no debe ser utilizado por quien no sea el destinatario original del mismo. Si ha recibido este mensaje por error, rogamos se lo comunique al remitente y lo borre del buzón o de cualquier otro dispositivo de almacenamiento.

Para: Nadine Wilcock
 <nadine.wilcock@thenyjournal.com>
De: Tim Grabowski
 <timothy.grabowski@thenyjournal.com>
Asunto: Nuestra querida Mel

Vaya, parece que nuestra querida Mel se lo ha pasado bien, MUY bien con su cita, ¿no? Lo digo porque sé que cuando no voy a trabajar al día siguiente suele ser porque la cita todavía no ha terminado. Guiño, guiño.

Bueno, me parece perfecto. Está claro que Mel se lo merece. Dios mío, ¡pero cuánto me gustaría ser ella! ¿Viste qué brazos tenía ese tío? ¿Y qué muslos? ¿Y qué mata de pelo?

Disculpa. Tengo que ir al lavabo de hombres y remojarme con agua fría.

Tim

¿Dónde demonios está Fuller? Pensaba que ya teníamos esto superado desde que el maldito Friedlander se mudó al apartamento vecino. ¿No iba a encargarse de sacar a pasear al perro?

¿Dónde está?

Te lo juro por Dios, Wilcock, le puedes decir de mi parte que si ese artículo sobre el nuevo reloj de Paloma Picasso con correas intercambiables no está en mi mesa antes de la cinco de la tarde, está despedida.

No sé qué os pensáis que dirijo pero resulta que se llama PERIÓDICO, por si se os ha olvidado.

George

¿No te parece un poquitín…, bueno, de mal gusto, pasarle todo esto por las narices al pobre Aaron? Me refiero a lo de no aparecer por el trabajo al día siguiente de tu gran cita. Estoy segura de que hace tiempo que no pasabas la noche con un hombre, pero esto es una grosería.

Bueno, ya lo he dicho. Ahora pasemos a temas más importantes.

¿Cómo la tiene de grande? Me refiero a la de Max Friedlander. ¿Es de los que la tiene grande en reposo o de los que les crece cuando se anima?

Porque sabes, querida, he oído rumores de que...

Oh, ahí está Peter otra vez. Es que no deja de importunarme. Luego sigo, querida.

XXXOOO

Dolly

Para: John Trent <john.trent@thenychronicle.com>
De: Genevieve Randolph Trent
   <grtrent@trentcapital.com>
Asunto: Tu morosidad

Queridísimo John:

Entiendo que tu nueva vida independiente te parezca fascinante, sobre todo con respecto a los Fuller de Lansing, Illinois, pero quizá recuerdes que tenías una familia, y que les gustaría saber de ti de vez en cuando. Creo que tu hermano ha intentado ponerse en contacto contigo en más de una ocasión estos últimos días y que tú, tal como se dice en el lenguaje vulgar de hoy, «no le has hecho ni puto caso».

Quizá te convenga tener presente, John, una vieja canción de mi época de exploradora:

Haz nuevas amistades
sin olvidar a las viejas.
Unas de plata son
y las otras de oro.

Esto también es aplicable a la familia, ¿sabes?

Mim

P. D.: ¿Sabes que en Illinois hay DOS Lansing? Va en serio. Uno es un pintoresco pueblo de granjeros y el otro parece estar formado por centros comerciales. Tu querida señorita Fuller es del primero. Pensé que te gustaría saberlo.

Para: Nadine Wilcock
    <nadine.wilcock@thenyjournal.com>
De: Mel Fuller <melissa.fuller@thenyjournal.com>
Asunto: Lo siento

Lo siento, lo siento, lo siento.

No pretendía que te asustaras. Como ves, estoy bien.

He recibido otro de esos avisos de Amy Jenkins. ¿Qué demonios le pasa?

¿Sabes si George se ha vuelto loco? ¿Cómo está el tema de los Mountain Dew? ¿La máquina está bien surtida? ¿O es que tiene el mono de la cafeína otra vez?

Quería llamar pero es que no tuve ocasión. Cada vez que se me ocurría, pues… me distraía. ¿Me perdonas?

Mel

Para: Mel Fuller <melissa.fuller@thenyjournal.com>
De: Nadine Wilcock
    <nadine.wilcock@thenyjournal.com>
Asunto: ¡Ya era hora!

No me lo puedo creer. ¿Sabes lo preocupados que nos tenías?

Bueno, vale. ¿Lo preocupada que yo estaba? No vuelvas a asustarme otra vez de ese modo.

Te perdonaré si me cuentas todos los detalles: quiero
una descripción detallada de dónde has estado y de qué
has hecho EXACTAMENTE.

A mí me vas a engañar, «distraída».

Sí. Claro.

Nad

Para: Nadine Wilcock
    <nadine.wilcock@thenyjournal.com>
De: Mel Fuller <melissa.fuller@thenyjournal.com>
Asunto: Él

¿Qué puedo decir?

Oh, Nadine, ¡fue increíble! Recuerdo lo chalada que estabas después de pasar el primer fin de semana con Tony.
Pensé que te habías vuelto loca. Probablemente no esté
bien que lo diga la dama de honor, pero es verdad.

Pero ahora entiendo a la perfección lo que sentías. ¡Es
AMOR! El amor causa ese efecto, ¿verdad? Ahora me doy
cuenta de que, a pesar de la diferencia de edad, Winona

no quiera separarse de Chris Noth. No si siente por él lo mismo que yo siento por John.

¿Por dónde empiezo?

Oh, la cena. Me llevó a Belew's.

¡No, en serio! Lo sé, lo sé. Hay una lista de espera de tres meses para conseguir una reserva pero entramos como si nada, Nadine. Y nos llevaron directamente a una mesa de lo más acogedor en un rinconcito y el champán ya estaba enfriándose en la cubitera. De verdad. Y no era Korbel, Nadine. Era Cristal. CRISTAL. Cuesta como trescientos dólares la botella. Yo dije «¿Te has vuelto loco, John? No vas a poder pagar esto».

Pero él me dijo que no me preocupara, que David Belew le debía un favor.

Bueno, debe de ser un favor muy grande porque la cena fue increíble, ni siquiera tú eres capaz de imaginarlo, Nadine, tú que has estado en Nobu y Daniel a cuenta del periódico. Empezamos con ostras y caviar beluga, luego pasamos al salmón tártaro. Luego nos trajeron confit de foie con higos pochados al oporto, jamón de pato y…

Oh, ni siquiera recuerdo qué más. Lo siento. Te he fallado.

Pero Nadine, estaba todo tan bueno… y con cada plato nos traían un vino distinto y para cuando llegamos al segundo plato, en el que creo que había pichón, ya no le prestaba atención a la comida porque John estaba tan guapo con su traje y no hacía más que inclinarse hacia mí y pronunciar mi nombre y yo decía «¿qué?» y él «¿qué?» y entonces nos echábamos a reír y cuando trajeron los postres nos estábamos besando encima de la mesa y el camarero ni siquiera podía llevarse los platos sucios.

Entonces John dijo: «Vámonos de aquí» y nos marchamos y ni siquiera sé cómo regresamos a nuestro edificio pero llegamos sin parar de besarnos y cuando llegamos a la decimoquinta planta tenía la cremallera del vestido completamente bajada y entonces recordé algo horrible y dije: «¿Qué pasa con *Paco*?».

Y entonces John pronunció las once palabras más hermosas que he oído en mi vida: «He pagado al portero para que sacara a *Paco* esta noche».

Mi vestido se cayó al suelo incluso antes de introducir la llave en la cerradura.

¿Y sabes qué? Cuando he salido esta mañana seguía allí, en el suelo del distribuidor. ¡Alguien lo había encontrado y lo había dejado todo dobladito! ¡Qué vergüenza! ¿Te lo imaginas, Nadine? ¿Y si la señora Friedlander no estuviera en coma en el hospital y hubiera encontrado mi vestido ahí?

Bueno, supongo que si la señora Friedlander no hubiera estado en coma en el hospital, mi vestido no habría estado en el distribuidor. Porque probablemente, si alguien no le hubiera dado un golpe en la cabeza y me hubiera dejado con ese perro que cuidar, nunca habría conocido a John.

Bueno, da igual.

¿Sabes eso de que en los libros siempre hablan de personajes cuyos cuerpos encajan? Ya sabes, como dos piezas perdidas de un rompecabezas o algo así. ¿Que parecen encajar a la perfección?

Así somos John y yo. Es como si estuviéramos hechos el uno para el otro. En serio, Nadine, es como si estuviéramos predestinados o algo así.

Y claro, como encajamos tan bien la primera vez, supongo que lo natural era seguir encajando un montón de veces más.

Motivo por el que supongo que he llegado tan tarde esta mañana.

Pero, oh, Nadine, me da igual que Amy Jenkins me mande cientos de avisos. No me cabe la menor duda de que vale la pena. Hacer el amor con John es como beber una botella de agua fresca después de haber pasado años y años perdida en el desierto.

Mel

P. D.: ¿Por qué está Dolly tirando sujetapapeles contra las paredes de mi cubículo?

Para: Jason Trent <jason.trent@trentcapital.com>
De: John Trent <john.trent@thenychronicle.com>
Asunto: Pues denúnciame

Estaba ocupado, ¿vale? ¿Tienes que ir a gimotearle a Mim cada vez que no sabes nada de mí durante un par de días? Te crees que porque papá está en la cárcel tú eres...

Oh, olvídalo. Ni siquiera puedo enfadarme contigo. Soy condenadamente feliz.

John

P. D.: Lo hemos hecho.

Para: John Trent <john.trent@thenychronicle.com>
De: Jason Trent <jason.trent@trentcapital.com>
Asunto: Resulta que papá

está en un centro de rehabilitación con medidas de seguridad mínimas, rodeado de delincuentes de guante blanco. No se le puede llamar cárcel. No, teniendo en cuenta que cada uno tiene televisor propio. E incluso canales vía satélite.

¿Y a qué te refieres exactamente con eso de «lo hemos hecho»? Espero que no te refieras a lo que creo que te refieres. Para empezar, ¿qué pasa, que todavía vas al instituto? Y para continuar, ¿cómo se te ocurre «hacerlo» con alguien que ni siquiera sabe tu verdadero nombre?

Espero que con ese «lo hemos hecho» te refieras a que comisteis pescado venenoso crudo o algo así.

Jason

Para: John Trent <john.trent@thenychronicle.com>
De: Stacy Trent <ODIOBARNEY@freemail.com>
Asunto: ¿QUE QUÉ?

¿Lo HICISTEIS? ¿LO HICISTEIS? ¿Qué se supone que significa eso? ¿Estás diciendo que hiciste el amor con ella? ¿Se trata de eso?

¿¿¿Y eso es lo único que se te ocurre decir???

Pensaba que habíamos acordado que ibas a estar allí en mi lugar. Pensaba que te había quedado claro que soy una mujer muy necesitada de vivir emociones a través de los demás.

245

Así que ya puedes ir contando, señor, o mando a las gemelas a casa de su tío John para una visita prolongada…

Stacy

Para: Stacy Trent <ODIOBARNEY@freemail.com>
De: John Trent <john.trent@thenychronicle.com>
Asunto: Mi vida amorosa
Archivo adjunto: El regreso de Parker

Stacy, no pienso hablar de mi vida sexual con mi cuñada. Por lo menos no con los detalles que tú quieres. Por cierto, ¿de verdad crees que sería buena idea enviar a las niñas a verme cuando resulta que vivo con dos gatos? Ya sabes que Ashley es alérgica.

De todos modos, ¿qué quieres que te diga? ¿Que fueron las veinticuatro horas más eróticas de mi vida? ¿Que ella es exactamente lo que hace tiempo que busco en una mujer pero que nunca osé tener la esperanza de encontrar? ¿Que es mi alma gemela, mi destino cósmico, mi media naranja? ¿Que estoy contando los minutos que faltan para volver a verla?

Pues eso, ya lo he dicho.

John

P. D.: Si quieres puedes leer el último capítulo de mi libro, que he adjuntado. Hoy no ha habido muchas noticias, por lo que he aprovechado para dedicarme a la novela. A lo mejor así satisfaces tu necesidad de vivir emociones a través de terceros. Ten en cuenta que es una obra de ficción y que todo parecido con una persona, viva o muerta, es mera coincidencia.

P. P. D: ¿Crees que mandarle rosas sería demasiado avasallador?

Archivo adjunto: ✉

EL REGRESO DE PARKER
JOHN TRENT

Capítulo 17

–¿Qué pasa con *Paco*? –preguntó ella ansiosa.

–No te preocupes, nena –masculló Parker–. Le he disparado.

Se le empañaron los ojos azules, el rímel se le corrió. Alzó la vista hacia él con ojos límpidos.

–Oh, Parker –musitó.

–No volverá a molestarte –le aseguró Parker.

Ella le hizo una seña con los labios entreabiertos, encarnados y húmedos.

Parker no era tonto. Bajó la cabeza hasta que sus labios se tocaron.

Ella se tornó blanda y maleable en contacto con él con esa primera comunión de sus bocas. Al llegar a la cuarta planta, casi se había derretido. Al llegar a la sexta, llevaba la cremallera del vestidito negro bajada. Cuando llegaron a la planta décima, el vestido se le deslizaba hombros abajo.

En la planta undécima Parker descubrió que no llevaba sujetador.

Ni bragas, en la planta decimotercera.

Cuando las puertas del ascensor se abrieron en la decimoquinta planta y Parker casi la arrastró al vestíbulo, el vestido cayó al suelo. Ninguno de los dos se dio cuenta.

El interior del apartamento estaba oscuro y fresco, tal como le gustaba a Parker. La cama de ella se encontraba en una zona iluminada por la luz de la luna que se filtraba por las ventanas sin persiana. La tumbó bajo el círculo plateado y retrocedió para contemplarla.

Estaba desnuda como sólo saben estarlo las mujeres más hermosas, con orgullo, desafiante. No intentó taparse con la sábana. La luz de la luna jugueteaba a lo largo de la curva que describía su cintura, por el contorno de sus muslos. Su melena, miles de rizos de color rojizo, formaba un aura alrededor de su cabeza y, mientras le observaba, tenía los ojos en sombras.

Ella no dijo nada. No hacía falta. Él acudió a ella, igual que la marea sigue a la luna.

Y cuando se le acercó, él estaba ya tan desnudo como ella.

Parker había conocido a otras mujeres en el pasado. Muchas mujeres. Pero aquélla…, aquélla era distinta. Ella era distinta. Mientras con las manos separaba sus muslos tersos y esbeltos, tuvo la sensación de estar abriendo las puertas de otro mundo, un mundo del que nunca regresaría.

En cuanto se introdujo en su interior cálido y húmedo supo que se trataba de un mundo que nunca jamás abandonaría.

enamorado, ¿verdad? Oh, John, qué tierno.

POR SUPUESTO que deberías mandarle rosas.

¿Puedo enviarle el capítulo 17 a Mim? ¿POR FAVOR?

Stacy

el capítulo 17 a Mim! ¿Te has vuelto loca o qué? Siento habértelo enviado. Bórralo, ¿entendido?

John

haber tardado tanto en contestarte. He tenido que ir a lavarme la cara con agua fría. Creo que deberías dejar el periodismo y hacer carrera como novelista de obras románticas. ¿Agua después de años en el desierto?

Tengo que reconocer que desde que te conozco, nunca te había visto tan…

Feliz.

Bueno, ¿salió la palabra «A» o no?

Nad

P. D.: El motivo por el que Dolly está tirando sujetapapeles a la pared de tu cubículo es que intenta averiguar si caminas de forma rara debido a la enormidad de la…, hum, adoración que Max Friedlander siente por ti.

Así pues, hagas lo que hagas, procura no levantarte delante de ella.

Para: Nadine Wilcock
  <nadine.wilcock@thenyjournal.com>
De: Mel Fuller <melissa.fuller@thenyjournal.com>
Asunto: La palabra «A»

Pues ahora que lo pienso, la palabra «A» no se mencionó.

¡Dios mío, me quité el vestido en el vestíbulo por un tío que ni siquiera dijo la palabra «A»!

Pégame un tiro. ¿Te importaría pegarme un tiro, por favor?

Mel

P. D.: ¿Y por qué no ha llamado? ¿Has caído en la cuenta de que ni siquiera ha llamado?

Para: Mel Fuller <melissa.fuller@thenyjournal.com>
De: Nadine Wilcock
    <nadine.wilcock@thenyjournal.com>
Asunto: Olvídalo

Hace un rato estabas más feliz de lo que te he visto jamás. ¿Y ahora estás desesperada porque resulta que he mencionado la palabra «A»?

Vaya, si lo llego a saber me muerdo la lengua. No te preocupes por eso, Mel. Está claro que el tío está coladísimo por ti. Sobre todo si estaba dispuesto a pasar veinticuatro horas en la cama contigo. Por Dios, Tony nunca ha hecho nada parecido.

Bueno, siempre lo hago levantarse para que me cocine algo.

No te preocupes, te llamará.

Nad

Para: Mel Fuller <melissa.fuller@thenyjournal.com>
De: Dolly Vargas <dolly.vargas@thenyjournal.com>
Asunto: Espero que no pienses que me inmiscuyo

en tus asuntos personales pero creo que deberías reunirte conmigo en los lavabos de señoras dentro de unos cinco minutos. Tengo lo que necesitas para esa irritación producida por una barba que te ha salido en la mitad inferior del rostro desde la última vez que te vi.

En serio, querida, parece que ciento un dálmatas te hayan lamido la mandíbula. Me cuesta creer que no se te ocurriera ponerte un poco de maquillaje, al menos.

No te preocupes. Un poco de Clinique y no se notará.

Y mientras te aplico la crema, me lo contarás todo, ¿verdad?

XXXOOO

Dolly

Para: Dolly Vargas <dolly.vargas@thenyjournal.com>
De: Mel Fuller <melissa.fuller@thenyjournal.com>
Asunto: Sí, creo que te estás inmiscuyendo

y si piensas que te voy a contar algo, vas apañada.

Gracias por la oferta de Clinique pero llevaré mi irritación con orgullo, como si fuera una medalla al mérito.

Y deja de lanzarme sujetapapeles por encima de tu cubículo. Sé que eres tú, Dolly, y sé lo que quieres y no pienso levantarme.

Mel

Para: Mel Fuller <melissa.fuller@thenyjournal.com>
De: Tim Grabowski
    <timothy.grabowski@thenyjournal.com>
Asunto: ¡Pillina!

Querida Mel, ¿qué has estado haciendo?

Espera. No me respondas. Me ha quedado claro en cuanto te he visto la cara, te brilla como si fuera un faro.

(Tienes que decirle que se afeite más a menudo si pensáis chupetearos con frecuencia. Eres una pelirroja clásica, con la piel muy sensible. De vez en cuando se lo tienes que recordar o vas a ir por ahí como si te hubieras quedado dormida con el mentón bajo una lámpara de calor.)

Y cuando he visto el ramo de rosas rojas sencillamente espectacular que te acaban de traer, pues lo he sabido: nuestra querida Mel ha sido una niña mala, pero que muy mala.

¿Qué has hecho para merecer esa enorme ofrenda floral? Me imagino que algo poco propio de ti.

Felicidades.

Tim

Para: Mel Fuller <melissa.fuller@thenyjournal.com>
De: Nadine Wilcock
   <nadine.wilcock@thenyjournal.com>
Asunto: ¿Lo ves?

Te he dicho que te llamaría. Sólo que ha hecho algo mejor que llamar. Es el ramo de rosas más grande que he visto en mi vida.

Bueno, ¿qué pone en la tarjeta?

Nad

Para: Nadine Wilcock
    <nadine.wilcock@thenyjournal.com>
De: Mel Fuller <melissa.fuller@thenyjournal.com>
Asunto: OH, DIOS MÍO

¡¡¡ME QUIERE!!!
    La tarjeta dice:

Verla fue amarla,
amarla sólo a ella y amarla para siempre

John

¿Lo ha escrito él? Se refiere a mí, ¿no? ¿No crees? ¿La «ella» soy yo?
    Oh, Dios mío, qué emocionada estoy. ¡¡Nunca me habían mandado flores al trabajo, y mucho menos una tarjeta con la palabra «A»!!

Mel

Para: Mel Fuller <melissa.fuller@thenyjournal.com>
De: Nadine Wilcock
    <nadine.wilcock@thenyjournal.com>
Asunto: Dios mío,

no hace falta gran cosa para hacerte feliz, ¿verdad? Claro que la «ella» del poema eres tú. ¿De quién te crees que habla? ¿De su madre?
    Y no, no lo ha escrito Max Friedlander. Es de Robert

Burns. ¿Cómo conseguiste la licenciatura? Menuda cultura la tuya.

Espera, lo retiro. Lo sabes todo sobre Harrison Ford, George Clooney y ese nuevo, ¿cómo se llama?, oh, sí, Hugh Jackman.

No te quedes ahí sentada sonriendo como una idiota. Por el amor de Dios, escríbele una respuesta.

Nad

Para: jerryvive@freemail.com
De: Mel Fuller <melissa.fuller@thenyjournal.com>
Asunto: No tenías que haberme

---

enviado todas esas rosas. De verdad, John, tienes que pensar en tus deudas. Pero son tan bonitas que ni siquiera puedo enfadarme contigo por ser tan derrochador. Me encantan, y la cita también. No se me dan muy bien esas cosas, las citas, me refiero. Pero creo que tengo una para ti.

Si te quisiera menos, podría hablar más sobre el tema.

Es buena, ¿verdad? Es de *Emma*.

¿Qué haces esta noche? Estaba pensando en comprar un poco de pasta fresca y hacer pesto. ¿Quieres venir a eso de las siete?

Un beso,
Mel

Para: Mel Fuller <melissa.fuller@thenyjournal.com>
De: jerryvive@freemail.com
Asunto: ¿Qué te parece ésta?

Te quiero.

Han Solo, *El retorno del Jedi*

John

Para: jerryvive@freemail.com
De: Mel Fuller <melissa.fuller@thenyjournal.com>
Asunto: ¿Qué te parece ésta?

Lo sé.

Princesa Leia, *El retorno del Jedi*

Mel

Para: Tony Salerno <manjares@fresche.com>
De: Nadine Wilcock
   <nadine.wilcock@thenyjournal.com>
Asunto: Mel

Bueno, ha aparecido. Y tenías razón: no la ha vendido a la trata de blancas.

Pero si quieres que te sea sincera, ha hecho algo casi igual de malo: ha hecho que se enamore de él.

¿Qué me pasa, Tony? Me refiero a que nunca la he visto tan feliz y emocionada. Ni siquiera el día en que se propagó el rumor sobre el príncipe Guillermo y Britney Spears. Esto no es nada comparado con eso. Aquel día estaba eufórica; ahora está extasiada.

Y aun así no puedo evitar pensar que todo va a estropearse de algún modo horrible.

¿Por qué? ¿Por qué me siento así? Es un tío majo, ¿no? Tú lo conociste. ¿No te pareció majo?

Creo que ése es el problema. Parece tan majo, tan normal, que todavía no he podido hacer cuadrar a este tío, a este «John» con el Max Friedlander del que tanto hemos oído hablar, el de los pezones erectos con cubitos y los bolsillos llenos de súper modelos.

No entiendo que un tío que pueda ligarse a una súper modelo quiera saber algo de Mel. Sé que suena horrible pero piénsalo. Sabemos que Mel es mona y graciosa y adorable pero ¿un tío que se codea con súper modelos sería capaz de darse cuenta? ¿Acaso los tíos que van con súper modelos no lo hacen por un motivo claro? Ya sabes, para fardar con ellas del brazo.

¿Quieres explicarme por qué un tío que lleva años comiendo sólo postre de repente prefiere carne con patatas?

¿Soy la peor mejor amiga de la faz de la tierra o qué?

Nad

Para: Nadine Wilcock
    <nadine.wilcock@thenyjournal.com>
De: Tony Salerno <manjares@fresche.com>
Asunto: ¿Eres la peor mejor amiga de la faz de la tierra?

Sí, siento decírtelo, pero sí.

Mira, Nadine, ¿sabes cuál es tu problema? Odias a los hombres.

Oh, yo te gusto. Pero seamos claros, en general los hombres te desagradan y no confías en ellos. Piensas que lo único que hacemos es babear detrás de las modelos. Crees que somos tan imbéciles que no vemos más allá de una cara, el pecho o las caderas de una mujer.

Pues te equivocas.

Mira, a pesar de tu aseveración, las súper modelos no son un postre. Son personas, como tú y como yo. Algunas son agradables y otras no tanto, algunas son listas y otras tontas. Yo diría que un tío que es fotógrafo probablemente conozca a muchas súper modelos y a lo mejor conoce a unas cuantas que le gustan y salen unas cuantas veces, o lo que sea.

¿Significa eso que si conoce a una mujer que no es súper modelo y que le gusta, no puede salir con ella? ¿Te crees que se pasa el día comparándola con las súper modelos que ha conocido?

No. Y estoy seguro de que Max Friedlander no hace eso con Mel.

Así que deja al tío en paz. Estoy convencido de que le gusta. Es posible que la quiera de verdad, joder. ¿Se te ha ocurrido en algún momento?

Así que… tranquila.

Tony

P. D.: Mel no es un plato de carne con patatas, tú sí. Mel es más parecida a un sándwich de jamón. Con un poco de ensalada como guarnición y una bolsa de patatas fritas para acompañar.

Para: John Trent <john.trent@thenychronicle.com>
De: Jason Trent <jason.trent@trentcapital.com>
Asunto: Ahora sí que la has cagado

La has cagado de verdad.

¿En qué estás pensando? Va en serio. ¿EN QUÉ ESTÁS PENSANDO? ¿Qué pasa por ese cerebro de mosquito que tienes? ELLA CREE QUE ERES OTRA PERSONA. Ella está convencida de que eres otra persona, ¿y encima vas y te ACUESTAS con ella?

Mi mujer te ha incitado a que lo hicieras, ¿verdad? Estás siguiendo los consejos de mi mujer. Una mujer que, te convendría saber, se comió una tarta de cereza enterita, doce raciones, ayer por la noche. Para cenar. Y me gruñó cuando intenté quitarle la pala de servir.

Esta situación te va a explotar en la cara. ESTÁS COMETIENDO UN GRAVE ERROR. Si esa chica te importa, dile quién eres en realidad. DÍSELO AHORA MISMO.

Tienes suerte de que Mim no sepa nada de todo esto, porque puedes estar seguro de que te desheredaría.

Jason

¿Recuerdas lo que empecé a decir sobre que el hecho de que papá esté en la cárcel no te da derecho a comportarte como mi padre? Pues lo digo en serio. Es mi vida, Jason, y te agradecería que te mantuvieras al margen.

Además, te comportas como si yo no supiera que la he cagado. Lo reconozco. Sé que la he cagado. Y VOY A DE-CÍRSELO. Lo que pasa es que todavía no he encontrado el momento adecuado. En cuanto lo encuentre se lo contaré. Todo.

Entonces todos nos reiremos con ganas de esta situación mientras nos comemos unas hamburguesas en tu casa, junto a la piscina. No la conoces pero, créeme, Mel tiene un gran sentido del humor y un carácter muy afectuoso y comprensivo. Estoy seguro de que todo esto le parecerá muy gracioso.

¿Sabes si alguien está utilizando la cabaña de Vermont? Porque estaba pensando que sería el lugar perfecto para contárselo. Ya sabes, ir allí para pasar el fin de semana y decírselo delante de un acogedor y romántico fuego y con dos copas de vino…

¿Qué te parece?

John

Para: jerryvive@freemail.com
De: Jason Trent <jason.trent@trentcapital.com>
Asunto: ¿Que qué me parece?

Oh, ¿quieres mi consejo? ¿Quieres que deje de comportarme como tu padre pero quieres que te aconseje y encima quieres que te deje mi cabaña de ir a esquiar?

¡Vaya cara que tienes! Eso es todo lo que tengo que decir.

Jason

P. D.: Papá no está en la «cárcel». Está en un centro de rehabilitación con medidas de seguridad mínimas. No me lo hagas repetir otra vez.
P. P. D.: No hay ninguna mujer tan comprensiva como tú dices.

Para: Mel Fuller <melissa.fuller@thenyjournal.com>
De: George Sanchez <george.sanchez@thenyjournal.com>
Asunto: ¿Adónde te crees que vas?

No me mires con esa expresión inocente por encima de la pared del cubículo. Sí, tú. ¿Te crees que no me he dado cuenta del pintalabios y de que te arreglabas el pelo? Te crees que ya te marchas, ¿verdad?

Pues resulta que estás viviendo en un mundo de fantasía. No vas a salir de aquí hasta que no vea el manuscrito de la última ruptura de Drew Barrymore.

¿Entendido?

George

Para: jerryvive@freemail.com
De: Mel Fuller <melissa.fuller@thenyjournal.com>
Asunto: Cena

Hola, John. Me temo que no voy a salir tan temprano como pensaba. ¿Podemos dejar la cena para eso de las nueve?

Un beso,
Mel

Para: Sargento Paul Reese
    <preese@comisaria89.nyc.org>
De: John Trent <john.trent@thenychronicle.com>
Asunto: Manteniendo el contacto

Paul:

Un mensaje para preguntarte si habéis averiguado algo más sobre el caso Friedlander. He estado muy ocupado últimamente, por eso no te he llamado, pero ahora tengo un poco de tiempo y me preguntaba si hay alguna novedad.

¿Sabes? El otro día cuando entré en el edificio el portero no estaba. Cuando miré por ahí, vi que él y el resto del personal de mantenimiento estaban en el apartamento del encargado viendo el partido.

Es comprensible, claro, ya que son las eliminatorias y tal, pero me dio que pensar: ¿había partido la noche en que atacaron a la señora Friedlander?

Investigué un poco y descubrí que sí, más o menos a la hora en que los médicos dicen que es probable que la agredieran.

Sé que no es gran cosa pero por lo menos explica que alguien entrara en el edificio sin ser visto.

Ya me dirás si tenéis más información.

John

Para: John Trent <john.trent@thenychronicle.com>
De: Sargento Paul Reese <preese@comisaria89.nyc.org>
Asunto: Debería darte vergüenza

Estás mostrando muchísimo interés en las circunstancias que rodean la agresión de esta anciana. ¿Algún motivo en concreto?

¿Y qué quieres decir con eso de que estuviste «en el edificio» el otro día? ¿Todo esto tiene algo que ver con la guapa vecina de la anciana? Más te vale que no. Al fiscal del distrito no le gusta que te metas en nuestros casos, como creo que recordarás de la última vez que se te ocurrió hacer de aprendiz de sabueso.

Aunque como eso tuvo como consecuencia una condena favorable, quizá no sean muy estrictos contigo…

Como respuesta a tu pregunta te diré que no, no tenemos nada nuevo sobre el caso Friedlander. Sin embargo, sí que tenemos un sospechoso para el caso del asesino travestido. Seguro que no lo sabías, ¿verdad? Porque lo mantenemos en secreto y confío en que tú harás lo mismo. Ya sé que dicen que no se puede confiar en un reportero pero he descubierto que tú eres menos informal que la mayoría.

Bueno, aquí tienes la ficha:

Joven hallado inconsciente en el baño de su casa. No entraré en detalles sobre por qué estaba inconsciente. Dejaré que tu imaginación morbosa lo averigüe. Sólo te diré que había un par de medias y un gancho en la parte posterior de la puerta del baño. Y teniendo en cuenta la ropa que llevaba, varias prendas interiores femeninas, no creo que pensara en el suicidio, aunque sus padres decidan pensar eso.

Bueno, el tipo de Urgencias se fija en el curioso vestuario y observa que algunas prendas encajan con la descripción de algunas que faltaban en una o dos casas de las víctimas del asesino travestido.

Ya ves que no es gran cosa, pero es todo lo que tenemos por ahora.

Entonces quizá te preguntes por qué no hemos interrogado al joven. Pues porque sigue en el hospital después de su aventurita en el baño, bajo «vigilancia por actitud suicida».

Pero en cuanto esa laringe magullada que tiene esté lo suficientemente bien para permitirle hablar, el joven vendrá a la comisaría y, si conseguimos que hable, averiguaremos si tu ancianita fue una de sus víctimas más afortunadas.

Bueno, ¿qué te parece esta labor detectivesca?

Paul

Te apuesto una caja de donuts de Krispy Kremes a que la agresión a la señora Friedlander fue obra de un imitador... y no demasiado bueno.

Supongamos que este joven a quien tenéis el ojo echado es el asesino: echa un vistazo al resto de las víctimas. Todas vivían en edificios sin ascensor. No había ningún portero. Todas eran considerablemente más jóvenes que la señora Friedlander. Y en todos los casos les robaron algo.

La verdad es que no sabemos si falta alguna prenda de vestir de la señora Friedlander pero está claro que su bolso estaba intacto, igual que el dinero de su interior. Y sabemos que el asesino travestido siempre se lleva el dinero que encuentra por ahí, incluso las monedas para la lavandería de la víctima número 2.

Pero la señora Friedlander tenía más de doscientos dólares en el billetero, que estaba a la vista.

Te digo que cuantas más vueltas le doy, más convencido estoy de que todo este asunto apunta a alguien que la conocía. Alguien a quien esperaba, por eso no había cerrado la puerta con llave. Y alguien que sabía en qué apartamento vivía, por lo que no le hacía falta preguntar al portero... Y quizá incluso conociera las costumbres del portero como para saber que si había partido él no mostraría demasiado interés en ocupar su puesto.

¿Qué me dices de todo esto?

John

Para: John Trent <john.trent@thenychronicle.com>
De: Sargento Paul Reese <preese@comisaria89.nyc.org>
Asunto: Preferiblemente glaseados

Y suelo tomármelos con un buen vaso de leche.

Paul

Para: Max Friedlander <photoguy@stopthepresses.com>
De: John Trent <john.trent@thenychronicle.com>
Asunto: Tu tía

Max, ¿tienes idea de que tu tía tuviera enemigos? ¿Alguien que ella conociera que quisiera verla muerta?

Sé que supone un gran esfuerzo para ti pensar en otra cosa que en ti mismo; pero te pido que lo intentes, por mí.

Ya sabes cómo localizarme.

John

Para: John Trent <john.trent@thenychronicle.com>
De: Max Friedlander <photoguy@stopthepresses.com>
Asunto: Tía Helen

Hace semanas que no tengo noticias tuyas y cuando por fin te dignas a escribir, ¿es para hacerme una pregunta absurda sobre mi tía? ¿Qué te pasa, tío? Desde que empezaste a sacar a pasear a ese dichoso perro, te comportas de forma rara conmigo.

¿Enemigos? Por supuesto que tenía enemigos. Esa anciana era una arpía sobre ruedas. Quienes la conocían la odiaban, con la excepción de esa tía rara amante de los animales que tiene por vecina. Tía Helen siempre estaba haciendo campaña por alguna causa poco bien vista. Si no era Salvar a las Palomas, era Acabemos con Starbucks. Créeme, si yo hubiera sido una de esas personas a las que les gusta sentarse en el parque y tomar café, habría ido a por ella.

Además era tacaña. MUY tacaña. Si le pedías un préstamo, unos roñosos quinientos dólares, era como la segunda guerra mundial otra vez, tú eras Londres y ella la Luftwaffe. Eso teniendo en cuenta que tiene una fortuna valorada en doce millones.

Mira, Trent, no tengo tiempo para estas cosas. Aquí la situación no va tan bien como esperaba. Vivica está resultando ser mucho más pajaril de lo que creía. Gasta el dinero como si fuera suavizante o algo así. Si el dinero fuera de ella no me importaría, pero no es así. Se ha dejado la tarjeta del banco. Yo me pregunto, ¿cómo es posible «olvidarse» la tarjeta del banco cuando se va de vacaciones?

No me importaría si se tratara de invitarla a un sándwich de vez en cuando, pero no deja de insistir en que necesita zapatos nuevos, pantalones cortos nuevos, bañadores nuevos. Ya tiene diecinueve bikinis con pareos a juego. Yo me pregunto, ¿cuántos bañadores necesita una mujer? Y más teniendo en cuenta que el conserje y yo somos los únicos que la ven.

Tengo que dejarte. Se ha empeñado en que vayamos a Gucci. ¡GUCCI! ¡Dios mío!

Max

Para: Max Friedlander <photoguy@stopthepresses.com>
De: Sebastian Leandro <sleandro@hotphotos.com>
Asunto: Tu mensaje

Max:

Recibí tu mensaje. Lo siento pero no estaba. ¿Desde dónde llamabas? ¿La casa de Hemingway o algo así? He oído decir que ahí vive un grupo de gatos callejeros, lo cual explicaría todos esos maullidos que se oían de fondo cuando telefoneaste.

Mira, tío, no tengo mucho trabajo que digamos. Ya te dije que no desaparecieras, o como llames a esas largas vacaciones que te has tomado. Una semana aquí o allá es una cosa pero esto se ha convertido en un año sabático. Desaparecer de la faz de la tierra como has hecho perjudica más a una carrera que cualquier otra cosa.

Pero, bueno, la cosa no está tan mal. Si puedes quedarte ahí unas cuantas semanas más, saldrán los catálogos de verano y moda para cruceros de J. Crew y Victoria's Secret. Están pensando en Corfú y Marruecos respectivamente. No pagan mucho, lo sé, pero más vale eso que nada.

Que no te entre el pánico. Los catálogos de bañadores están a la vuelta de la esquina.

Llámame y hablamos.

Sebastian

No lo entiendes. Necesito trabajo. Cualquier trabajo. Tengo que salir de Cayo Oeste. Vivica se ha vuelto loca. ESO es lo que oíste cuando llamaste. No eran gatos. Era ella. Estaba llorando.

Y créeme, cuando Vivica llora, NO se parece en nada a una súper modelo. A ninguna maniquí, de hecho. Aparte de esos maniquíes que utilizan en las películas de terror justo antes de que a alguien le corten la cabeza con una sierra voladora, o algo así.

Bueno, ha agotado todas mis tarjetas de crédito. Sin mi conocimiento ha comprado todas las esculturas de madera recuperada del mar que ha encontrado y las ha enviado a Nueva York. Va en serio. Cree que tiene «mucho ojo» para las tendencias futuras y que éstas van a ser las esculturas de madera flotante. Ya ha comprado veintisiete esculturas de delfines de madera. DE TAMAÑO REAL.

¿Necesitas que añada algo más?

BÚSCAME UN TRABAJO. Aceptaré CUALQUIER COSA.

Max

QUERIDA LENORE:

¡HOLA! SÉ QUE DICE QUE ESTO ES DE MAX PERO EN REALIDAD SOY YO, VIVICA. UTILIZO EL ORDENADOR DE MAX PORQUE ÉL NO ESTÁ. NO SÉ DÓNDE ESTÁ. EN ALGÚN BAR, PROBABLEMENTE. AHÍ ES DONDE SE PASA EL DÍA. LENORE, ¡QUÉ EGOÍSTA ES! ME GRITÓ POR LO DE LAS ESCULTURAS DE MADERA FLOTANTE. NO MUESTRA NINGÚN TIPO DE APRECIACIÓN POR EL ARTE. ES COMO TÚ DIJISTE: UN BURGUÉS TOTAL.

BUENO, YA ME ADVERTISTE.

HE INTENTADO LLAMARTE PERO SIEMPRE ESTÁS FUERA. DEIRDRE ME DIJO QUE PROBARA CON EL CORREO ELECTRÓNICO. ESPERO QUE RECIBAS ESTE MENSAJE. NO SÉ QUÉ HACER. SUPONGO QUE DEBERÍA VOLVER A CASA, LO QUE PASA ES QUE ME DEJÉ LA TARJETA DEL BANCO. DE HECHO, ME DEJÉ EL BILLETERO. NI SIQUIERA TENGO TARJETA DE CRÉDITO, Y POR ESO HE UTILIZADO LA DE MAX. PERO NO LA HABRÍA UTILIZADO SI HUBIERA SABIDO LO EGOÍSTA QUE ES.

POR FAVOR, ¿PODRÍAS HACER QUE DEIRDRE FUERA A MI APARTAMENTO Y COGIERA MI BILLETERO Y ME LO ENVIARA A THE PARADISE INN, EN CAYO OESTE? YA PUESTOS, PODRÍA MANDARME UN POCO DE LOCIÓN CORPORAL DE KHIEL'S PORQUE ME ESTOY PELANDO.

BUENO, ESO ES TODO. SI RECIBES ESTE MENSA-
JE, LLÁMAME. NECESITO HABLAR CON ALGUIEN.
MAX ESTÁ TODO EL DÍA BORRACHO Y CUANDO NO
LO ESTÁ, SE ECHA A DORMIR.

CON CARIÑO,
VIVICA

Para: jerryvive@freemail.com
De: Jason Trent <jason.trent@trentcapital.com>
Asunto: La cabaña

De acuerdo, tienes el visto bueno. Si quieres la cabaña para
el próximo fin de semana, es tuya… con una condición:
TIENES QUE DECÍRSELO

En serio, John, quizá pienses que esta chica es especial,
y probablemente lo sea, pero a NINGUNA mujer le gusta
que le mientan, ni siquiera por una buena causa, y no estoy
convencido de que la tuya lo sea. De hecho, sé que no lo es.
Venga ya, mira que engañar a una anciana y a sus vecinos…

Admirable, John, muy admirable.

Bueno, le diré a Higgins que te deje las llaves de la cabaña en la oficina mañana por la mañana.

Esta noche vamos a cenar a casa de Mim, así que ya ha-
blaremos más tarde.

Jason

P. D.: Una de las cosas que sé que funciona muy bien con
las mujeres, cuando tienes que decirles algo que no crees
que vaya a gustarles, es acompañar tu confesión con un

par de pendientes de diamantes de 75 quilates con engarce de platino, a poder ser de Tiffany's (el hecho de ver esa caja color turquesa obra milagros en la mayoría de las mujeres). Soy consciente de que esto escapa al presupuesto de un reportero de sucesos pero supongo que también vas a contarle que perteneces a la familia Trent, de los Trent de Park Avenue.

Vas a decirle eso, ¿verdad? Porque creo que algo ayudará. Eso y los pendientes.

Para: Jason Trent <jason.trent@trentcapital.com>
De: jerryvive@freemail.com
Asunto: La cabaña

Bueno, a veces resultas un idiota presuntuoso, pero al menos eres generoso. Gracias por las llaves.

Por supuesto tomaré tu consejo en consideración. No obstante, no creo que Mel sea el tipo de mujer que se deja influir por unos pendientes, sean de Tiffany's o no.

De todos modos, gracias por la sugerencia.

Tengo que dejarte. Anoche me preparó una cena y hoy me toca a mí. Menos mal que Zabar's tiene una sección de comida preparada.

John

Para: Mel Fuller <melissa.fuller@thenyjournal.com>
De: Don y Beverly Fuller <DonBev@dnr.com>
Asunto: ¿Te acuerdas de nosotros?

¡Hola, cariño! Hace tiempo que no sé nada de ti. No has contestado ninguno de mis mensajes. Supongo que estás bien y que has estado muy ocupada con el asunto de Lisa Marie Presley. No entiendo a esa chica. Nunca alcanzaré a comprender por qué demonios se casó con Michael Jackson. ¿Crees que él le pasa una pensión? ¿Podrías averiguarlo y decírmelo?

Hablando de matrimonios, papá y yo acabamos de venir de la boda de OTRO de tus compañeros de clase. Te acuerdas de Donny Richardson, ¿verdad? Bueno, ahora es quiropráctico y le va MUY BIEN, que yo sepa. Se casó con una chica encantadora que conoció en una carrera de coches. Quizá podrías plantearte ir a alguna carrera de coches, Mellie, porque he oído decir que muchos hombres solteros asisten a esos eventos.

Bueno, la boda ha sido preciosa y el banquete se ha celebrado en el Fireside Inn. ¿Te acuerdas? Es donde tú, tu hermano y tu padre me llevabais siempre a tomar el *brunch* el día de la Madre. ¡La novia estaba preciosa y Donny muy guapo! ¡Apenas se le notan las cicatrices del accidente que tuvo con la segadora hace un montón de años! ¡Se ha recuperado por completo!

¿Qué tal van las cosas con ese joven del que me hablaste la última vez? Max, creo que se llamaba. ¿O era John? Espero que os lo estéis tomando con calma. He escuchado en el consultorio radiofónico que las parejas que esperan a casarse para mantener relaciones sexuales tienen un veinte por ciento menos de posibilidades de divorciarse que las parejas que no.

Hablando de divorcios, ¿has oído los rumores de que el príncipe Andrés y Fergie vuelven a estar juntos? Espero que superen sus diferencias. Él parece encontrarse muy solo, al menos cuando lo he visto en Wimbledon o por ahí.

¡Escribe cuando tengas un rato!

Te quiere,
Mamá

Para: Don y Beverly Fuller <DonBev@dnr.com>
De: Mel Fuller <melissa.fuller@thenyjournal.com>
Asunto: ¡Hola!

¡Hola, mamá! Siento no haber llamado ni escrito desde hace tiempo. La verdad es que he estado muy liada.

Las cosas me están yendo de maravilla. Muy, muy bien. De hecho, mejor de lo que me han ido jamás. Es por el hombre del que te hablé, John.

Oh, mamá, ¡cuántas ganas tengo de que lo conozcas! Estoy tentada de llevarlo a casa en Navidad, si logro convencerle. Te encantará. Es divertido, amable, cariñoso, listo y guapo y alto y todas esas cosas, te dará un PATATÚS cuando lo veas. Es mucho mejor de lo que Donny Richardson llegaría a ser jamás. Incluso le caerá bien a papá, estoy segura. Porque John lo sabe todo de deportes, motores y batallas de la guerra de Secesión y todas esas cosas que le gustan a papá.

Qué contenta estoy de haber venido a vivir a Nueva York porque, de lo contrario, nunca lo habría conocido. Oh, mamá, es fabuloso y nos lo pasamos muy bien juntos y esta semana he llegado tarde al trabajo todos los días por él, y he acumulado ocho avisos por impuntualidad más en mi archivo personal, pero me da igual. Es fantástico estar con alguien con quien no hace falta andarse con jueguecitos, que es absolutamente sincero contigo y que no teme pronunciar la palabra «A».

Eso es, ¡la palabra «A»! ¡Me quiere, mamá! ¡Me lo dice todos los días, unas diez veces! No es como ninguno de esos otros perdedores con los que he salido desde que vine a vivir aquí. ME QUIERE. Y yo a él. Y soy tan feliz que a veces pienso que voy a estallar.

Bueno, ahora tengo que dejarte. Me está preparando la cena. Por cierto, le gusta cómo cocino. ¡En serio! El otro día preparé pasta y le encantó. Utilicé tu receta para la salsa. Bueno, con un poco de ayuda del departamento de comida preparada de Zabar's. Pero ¡ojos que no ven, corazón que no siente!

Os quiere,
Mel

Para: Mel Fuller <melissa.fuller@thenyjournal.com>
De: Don y Beverly Fuller <DonBev@dnr.com>
Asunto: Papá y yo nos

---

alegramos mucho por ti, cariño. Es fabuloso que hayas conocido a este hombre tan encantador. Espero que lo paséis muy bien juntos, cocinando el uno para el otro y dando paseos quizá por Central Park (aunque espero que no vayáis por ahí de noche. He oído todo tipo de cosas sobre esos jóvenes desenfrenados).

Sólo quiero que recuerdes que por ahí hay hombres (y no digo que tu John sea uno de ellos) que sólo quieren una cosa y que son capaces de DECIRLE a una chica que la quieren con tal de acostarse con ella.

Es lo único que quiero decir. No que este joven que te gusta vaya a hacer tal cosa. Sólo sé que hay hombres que lo hacen. Lo sé, Melissa, porque, bueno, no se lo digas a tu padre pero...

A mí me pasó.

Por suerte me di cuenta a tiempo de que el joven era uno de ésos. Pero Melissa, estuve a punto. Muy, muy a punto de entregar mi tesoro más preciado a un hombre que, a todas luces, no se lo merecía.

Lo que intento decir, Melissa, es que consigas un anillo antes de entregar nada a nadie. ¿Le prometes a mamá que lo harás?

Pásatelo bien, pero no demasiado bien.

Te quiere,
Mamá

P. D.: Por cierto, si tienes una foto de ese joven, Robbie dice que tiene un amigo en el FBI que la pasará por el ordenador para ver si lo buscan por algún delito federal. No es nada malo, Melissa, es mejor asegurarse.

Para: Nadine Wilcock
    <nadine.wilcock@thenyjournal.com>
De: Mel Fuller <melissa.fuller@thenyjournal.com>
Asunto: Mi madre

¿Podrías recordarme por favor que no le vuelva a contar nada a mi madre?

Mel

Para: Mel Fuller <melissa.fuller@thenyjournal.com>
De: Nadine Wilcock
    <nadine.wilcock@thenyjournal.com>
Asunto: ¿Le has contado algo a tu madre?

¿Estás loca? Yo procuro no contarle nada a la mía. De todos modos, escribo un diario para que lo descubra todo en caso de que yo muera antes que ella.

Me apuesto algo a que te ha dicho que consigas un anillo antes de acostarte con John, ¿me equivoco?

¿Le has dicho que ya era demasiado tarde? No, por supuesto que no. Porque en ese caso le daría un ataque al corazón y sería POR TU CULPA.

Mira que eres tonta.

¿Vas a retomar las clases de *spinning* algún día? Es que ir sola es muy aburrido.

Nad ;-)

Para: Nadine Wilcock
    <nadine.wilcock@thenyjournal.com>
De: Mel Fuller <melissa.fuller@thenyjournal.com>
Asunto: *Spinning*

Oh, Nadine, me encantaría volver a ir a clase de *spinning* contigo. Pero es que con John y con todo el trabajo que George no para de encargarme, no encuentro ni un solo momento para dedicarme a mí misma.

Lo siento.

No me odias, ¿verdad? Por favor, no me odies. Por lo menos nos vemos a la hora del almuerzo...

Mel

Para: Mel Fuller <melissa.fuller@thenyjournal.com>
De: Nadine Wilcock
    <nadine.wilcock@thenyjournal.com>
Asunto: ¿Odiarte?

ESTÁS como una cabra.

Por supuesto que no te odio.

Lo que pasa es que..., y no quiero parecer tu madre..., ¿no crees que la cosa está yendo demasiado... rápido? Es decir, tú y él no habéis pasado ni una sola noche separados desde que... ya sabes.

¿Y qué sabes de este tío? ¿De él en concreto? Aparte de su tía, ¿qué sabes de él? ¿Adónde va cada mañana cuando tú vienes al trabajo? ¿Se queda sentado en el apartamento de su tía? ¿Te ha hecho alguna foto? Lo lógico sería que, ya que es fotógrafo, hubiera querido hacértelas. ¿Te ha llevado a ver su estudio, si es que lo tiene? ¿Dónde vive cuando no está en casa de su tía? ¿Has visto su casa, SU casa, no la de su tía? ¿Seguro que tiene casa?

Me dijiste que ya no le quedaba crédito en las tarjetas. ¿No debería trabajar para pagarlo? ¿Ha ido a alguna sesión desde que lo conoces? Es decir, ¿tiene algún trabajo que tú sepas?

Es que me siento…, no sé. Son cosas que deberías saber antes de lanzarte a la piscina con él.

Nad

Para: Tony Salerno <manjares@fresche.com>
De: Nadine Wilcock
    <nadine.wilcock@thenyjournal.com>
Asunto: Ayuda

Creo que acabo de hacer algo malo. Le he sugerido a Mel que hay muchas cosas sobre Max Friedlander que no sabe, por ejemplo, dónde vive cuando no está de okupa en casa de su tía, y que antes de lanzarse a la piscina con él, por lo menos debería saber ciertas cosas.

Lo cierto es que se me ha olvidado que ya se ha lanzado a la piscina.

Ahora no me habla. Por lo menos, ésa es la impresión que tengo. Se ha encerrado en la sala de redacción con DOLLY, nada más y nada menos.

Soy una mala persona, ¿verdad?

Nad

Para: Nadine Wilcock
   <nadine.wilcock@thenyjournal.com>
De: Tony Salerno <manjares@fresche.com>
Asunto: Mel

No, no eres una mala persona. Y estoy seguro de que no se ha enfadado contigo. Lo único que pasa es que está enamorada. No quiere pensar en nada más.

¿Por qué no le preguntas si ella y John quieren venir a cenar con nosotros esta noche? Diles que prepararé algo especial. Acabo de recibir una pasta a la tinta de calamar buenísima.

Ya me dirás algo.

Tony

Para: Mel Fuller <melissa.fuller@thenyjournal.com>
De: Dolly Vargas <dolly.vargas@thenyjournal.com>
Asunto: Nadine

Es que está CELOSA, querida. Eso es todo. Piénsalo, ¿has visto al canijo ese con el que se va a casar? Un cocinero. Eso es lo que es. Un cocinero con pretensiones que resulta ser propietario de un restaurante que, por algún motivo inexplicable, funciona de maravilla.

¿Qué digo, inexplicable? Es completamente explicable: ¡su prometida es la crítica de gastronomía del *New York Journal*!

No te PREOCUPES. Max Friedlander es un artista de mucho éxito y muy buscado. ¿Qué pasa si hace meses que no trabaja? Volverá a la carga en un abrir y cerrar de ojos.

Así que sécate los ojitos y mantén bien alto el mentón irritado. Estoy segura de que todo irá bien.

Y si no, siempre puedes recurrir al Prozac, ¿verdad, querida?

XXXOOO

Dolly

Para: Dolly Vargas <dolly.vargas@thenyjournal.com>
De: Mel Fuller <melissa.fuller@thenyjournal.com>
Asunto: Nadine

Dolly, más vale que te andes con cuidado. Resulta que estás hablando de mi mejor amiga. Nadine NO está celosa. Lo que hace es preocuparse por mí.

Y Tony es mucho más que un cocinero con pretensiones. Es el chef con más talento de todo Manhattan.

Pero gracias por decir cosas buenas sobre John.

Mel

Para: Mel Fuller <melissa.fuller@thenyjournal.com>
De: jerryvive@freemail.com
Asunto: El próximo fin de semana

Oye, ¿qué haces este fin de semana? ¿Crees que podrías salir temprano el viernes? Estoy pensando en alquilar un coche y subir a una cabaña de esquí en Vermont que me ha dejado un amigo. Sé que en esta época del año no hay nieve pero te juro que es precioso incluso sin nieve. Y la cabaña tiene todas las comodidades, incluyendo una chimenea enorme, jacuzzi y, sí, incluso antena parabólica para el televisor de pantalla panorámica.

Sabía que con esto te convencería. ¿Qué me dices?

Te quiere,
John

Para: jerryvive@freemail.com
De: Mel Fuller <melissa.fuller@thenyjournal.com>
Asunto: El próximo fin de semana

Me encantaría ir a Vermont contigo. A lo mejor podrías traer tu equipo de fotografía y hacer algunas fotos mientras estamos allí. Porque nunca te he visto en acción, ¿sabes? Me refiero a una cámara. Tú lees mi columna todos los días pero yo no he visto ni una sola foto tuya. Bueno, aparte del número dedicado a bañadores de *Sports Illustrated* del año pasado…

Y antes de que nos marchemos, quizá podríamos pasar por tu apartamento, así tendría ocasión de verlo. Es que nunca me lo has enseñado. No tengo ni idea de dónde vives cuando no estás en casa de tu tía, o qué tipo de cosas tienes, me refiero a tu gusto con los muebles y esas cosas.

Me gustaría saberlo, en serio.

Mel

Para: Mel Fuller <melissa.fuller@thenyjournal.com>
De: jerryvive@freemail.com
Asunto: El próximo fin de semana

Hum, por supuesto que podemos pasar por mi apartamento cuando quieras. No obstante, me temo que va a decepcionarte porque el mobiliario es sobre todo de Ikea y una combinación de cajas de plástico.

Con respecto a lo de llevar mi equipo fotográfico a Vermont, creo que eso sería como no poder desconectar del trabajo, ¿no crees? Ya lo decidiremos sobre la marcha.

¿A qué se debe ese interés repentino por la decoración de mi casa? ¿Estás pensando en pedirme que me vaya a vivir contigo? Es un poco tarde para eso, ¿no crees?, teniendo en cuenta que todas mis camisas limpias están en tu armario. A lo mejor es que no te has dado cuenta. Bueno, pues están ahí.

Y no pienso sacarlas. A no ser que te dignes dejarme algún cajón libre.

Te quiere,
John

Para: Nadine Wilcock
    <nadine.wilcock@thenyjournal.com>
De: Mel Fuller <melissa.fuller@thenyjournal.com>
Asunto: Te equivocas

Le he pedido a John si podía ver su casa y me ha dicho que sí, y que está decorada con cajas de plástico y muebles de Ikea, lo cual significa que existe, así que ya ves que SÍ que tiene casa y aunque no he acabado de aclarar lo del tema del trabajo, lo conseguiré, porque nos vamos fuera el fin de semana y vamos a pasar catorce horas metidos en un coche y estoy decidida a averiguar lo que haga falta sobre su trabajo.

Que lo sepas.

Mel

Para: Mel Fuller <melissa.fuller@thenyjournal.com>
De: Nadine Wilcock
    <nadine.wilcock@thenyjournal.com>
Asunto: Me equivoqué

Mel, siento haber dicho todas esas cosas. No tenía ningún derecho. Lo siento mucho, muchísimo, de verdad.

¿Puedo compensarte invitándoos a ti y a John a cenar? Tony dice que tiene pasta a la tinta de calamar. ¿Vendréis?

Nad

Para: Nadine Wilcock
    <nadine.wilcock@thenyjournal.com>
De: Mel Fuller <melissa.fuller@thenyjournal.com>
Asunto: Bueno…

Aunque estoy muy enfadada contigo, acepto tu invitación, sólo para que veas lo EQUIVOCADA que estabas por haber pensado todas esas cosas horribles sobre John. Nos vemos a las siete.

Mel

Para: John Trent <john.trent@thenychronicle.com>
De: Sargento Paul Reese <preese@comisaria89.nyc.org>
Asunto: El asesino travestido

Vale. No digo que tuvieras razón sobre lo de que la anciana conocía a su agresor pero sí en lo siguiente: fue un imitador.

Yo no te he dicho nada de esto, ¿entendido? Pero ¿recuerdas a ese joven del que te hablé? ¿Al que sus padres encontraron colgado de un gancho en el baño con ropa interior femenina?

Investigamos un poco y ¿qué crees que descubrimos? Parece ser que el chico trabaja para una de esas empresas de reparto de Internet. Ya sabes, lo que quieras, a cualquier hora del día. Entras en Internet, haces el pedido y te lo traen.

Y mediante una investigación discreta en el lugar de trabajo del chico, descubrimos que había estado en los siete edificios en los que se había producido un asesinato del travestido. Obtuvimos un listado que lo sitúa en cada una de esas escenas del crimen exactamente a la hora en que se produjeron los asesinatos. Las mató cuando se suponía que estaba repartiendo helados y vídeos.

Y ahora viene lo peor: el chico no se saltó ni una sola entrega. Ni una sola. Las mataba y llevaba el siguiente pedido a la dirección correspondiente.

¿Y crees que alguien de su trabajo cayó en la cuenta? Es decir, ¿que la gente se moría en las casas a las que el chico llevaba algo? Pues no.

¿Y qué dicen de su empleado modélico? «Es muy tranquilo, muy tímido. Es IMPOSIBLE que hiciera algo tan atroz como asesinar a siete mujeres por la lencería y por las monedas para la lavandería.»

Esta noche lo vamos a detener. Ayer salió de la sala de chiflados por el supuesto intento de «suicidio».

Pero aquí viene la parte que te interesa: el chico nunca ha hecho una entrega en el edificio de Friedlander. No consta que ningún inquilino de ese edificio llamara a la empresa en la que trabajaba.

Pensé que te interesaría saberlo.

Paul

Para: John Trent <john.trent@thenychronicle.com>
De: Genevieve Randolph Trent
    <grtrent@trentcapital.com>
Asunto: Estoy muy decepcionada

---

contigo, John. Tuvimos otra reunión familiar el otro día y tú tampoco viniste. Debo decir que me molesta cada vez más tu desdén continuo hacia nosotros. Una cosa es que te niegues a aceptar nuestra ayuda financiera y otra muy distinta es que nos elimines de tu vida por completo.

Stacy me ha dado a entender que tú y esa chica Fuller sois «el tema». Debo decir que me sorprendió sobremanera saberlo puesto que sólo la he visto una vez y, para serte sincera, en unas circunstancias muy poco normales. De hecho, no me queda claro que ella supiera que tú y yo somos parientes.

Tu hermano y su mujer, quien, por cierto, está como un tonel –estoy convencida de que el médico se ha equivocado al estimar la fecha del parto y no me extrañaría que diera a luz en cualquier momento–, se muestran reticentes a hablar del asunto conmigo, pero estoy segura de que estás tramando algo, John.

Y Haley y Brittany tenían cosas muy interesantes que decir sobre tu boda con cierta señora pelirroja, en la que suponen que serán las damas de honor, por lo que ya están planeando su vestuario para la ocasión.

¿Es cierto, John? ¿Estás pensando en casarte con esa chica, a quien ni siquiera has presentado formalmente a tu familia?

Si es así debo decir que nunca esperé ese comportamiento de ti. De algunos de tus primos, quizá, pero no de ti, John.

Confío en que tomes las medidas necesarias para arreglar este asunto de inmediato. Dime una fecha en que los dos estéis libres y organizaré una cena familiar informal. Sería un gran placer para mí presentar a la señorita Fuller al resto de los Trent..., los que están en libertad condicional, claro está.

No confundas mi displicencia con falta de interés, John. Me importas mucho. De hecho, me importas tanto que estoy dispuesta a pasar por alto tu comportamiento más que extraño con respecto al asunto.

Pero todo tiene un límite, hijo mío.

Sinceramente tuya,
Mim

Para: Genevieve Randolph Trent
   <grtrent@trentcapital.com>
De: John Trent <john.trent@thenychronicle.com>
Asunto: No te preocupes

Mim:

Dame una semana, ¿de acuerdo? Sólo una semana más y podrás conocerla como mandan los cánones. Es que antes tengo que contarle una cosilla.

¿Puedes tener un poquito de paciencia? Te prometo que valdrá la pena.

John

Para: Sebastian Leandro <sleandro@hotphotos.com>
De: Max Friedlander <photoguy@stopthepresses.com>
Asunto: ¿Ha habido suerte?

No he tenido noticias tuyas. ¿Tienes algo para mí? ¿Lo que sea?

Mira, por si no quedó claro: NECESITO TRABAJO. Ahora mismo estoy muy bajo de fondos. Vivica me ha exprimido hasta dejarme seco...

Y ahora, más que nunca, tengo que salir de aquí.

Está empezando a hablar de compromiso, Sebastian. Matrimonio. Niños. Se ha vuelto completamente bovina conmigo.

Es que no lo entiendo. Vengo a Cayo Oeste con una de las grandes súper modelos del país y, sin saber cómo, aca-

bo arruinado y explicando mi opinión sobre la superpo-
blación.

Tienes que encontrar algo para mí, tío, cuento contigo.

Max

Para: Max Friedlander <photoguy@stopthepresses.com>
De: Sebastian Leandro <sleandro@hotphotos.com>
Asunto: Mira, tío

Resulta que te marchas en la época de más trabajo. Y no te
culpo. Está claro que era por Vivica, yo habría hecho lo
mismo.

Pero en este negocio no puedes desaparecer tres meses
y pretender encontrarlo todo como estaba cuando lo dejaste.
Aparecen nuevos talentos. Hay unos jovencitos muy ávi-
dos de dinero por ahí que además son buenos. Muy buenos.

Y no cobran tanto como tú, tío.

Pero eso no quiere decir que no lo intente. Te ENCON-
TRARÉ algo. Pero tienes que darme tiempo.

Me pondré en contacto contigo en cuanto pueda, te lo
juro.

Sebastian

Para: Sebastian Leandro <sleandro@hotphothos.com>
De: Max Friedlander <photoguy@stopthepresses.com>
Asunto: ¿¿¿Me estás diciendo

que he pasado de ser uno de los mejores fotógrafos del país a NADA??? ¿En poco más de noventa días? ¿Pretendes que me lo crea?

Gracias. Gracias por nada.

Max

Para: Lenore Fleming <lfleming@sophisticate.com>
De: Max Friedlander <photoguy@stopthepresses.com>
Asunto: SOS

¡LENORE!

SOY YO OTRA VEZ, VIVICA.

GRACIAS POR LA CARTERA. LA TENGO. HE DECIDIDO NO MARCHARME DE INMEDIATO. QUERÍA DARLE OTRA OPORTUNIDAD A MAX, ¿SABES? PENSÉ QUE A LO MEJOR SE DISCULPABA. PORQUE SÉ QUE ESTÁ PROFUNDAMENTE ENAMORADO DE MÍ.

PERO ¡NO LO HA HECHO! ¡ME REFIERO A DISCULPARSE! EN REALIDAD SE HA VUELTO MÁS MEZQUINO. NO TE CREERÁS LO QUE ME DIJO EL OTRO DÍA. ME DIJO QUE NO QUIERE CASARSE CONMIGO Y QUE NUNCA HA QUERIDO. DICE QUE NO QUIERE TENER HIJOS CONMIGO ¡NI SIQUIERA PASAR LAS NAVIDADES CONMIGO!

LENORE, ¿QUÉ DEBO HACER? NO HAGO MÁS QUE

LLORAR. NO ME PUEDO CREER QUE ME HAGA ESTO. NO ME PUEDO CREER QUE SE PASE TRES MESES CONMIGO EN CAYO OESTE Y LUEGO DIGA QUE NO QUIERE PASAR EL RESTO DE MI VIDA CONMIGO. NUNCA ME HE SENTIDO TAN UTILIZADA.

LENORE, TIENES QUE AYUDARME. SÉ QUE TIENES MUCHA EXPERIENCIA CON LOS HOMBRES. AL FIN Y AL CABO, CON TU EDAD… CASI 30. DEBES DE SABER ALGÚN MÉTODO PARA CONSEGUIR QUE ME QUIERA.

AYÚDAME, POR FAVOR.

VIVICA

Para: Nadine Wilcock
    <nadine.wilcock@thenyjournal.com>
De: Mel Fuller <melissa.fuller@thenyjournal.com>
Asunto: No sé vosotros

---

pero ayer me lo pasé de miedo. ¿Te lo pasaste bien? Todo fue a la perfección: la pasta a la tinta de calamar estaba deliciosa y parece que los chicos se llevan muy bien, ¿no te pareció que se llevaban bien? No es que yo esté informada sobre el baloncesto universitario pero la conversación que mantuvieron estuvo muy animada.

¿Te das cuenta ahora de lo equivocada que estabas con respecto a él? Me refiero a John. No he sacado el tema de los cubitos de hielo para los pezones pero ¿no crees que eso es lo que esperan los lectores del especial bañadores de *Sports Illustrated*? Me refiero a que supongo que forma parte del trabajo.

Lo único que digo es que deberíamos repetirlo y pronto. Pero no este fin de semana, porque este fin de semana nos vamos a la cabaña de esquí que un amigo le ha dejado a John.

Y no quiero gafar nada pero anoche me ofrecí a dar de comer a *Tweedledum* y *Señor Peepers* mientras John sacaba a pasear a *Paco* y resulta que vi una bolsa de Tiffany's sobresaliendo del bolso de viaje de John. El que va a llevarse para el fin de semana.

Eso es. Una bolsa de Tiffany's.

Lo sé, lo sé. No me estoy haciendo ilusiones. Podría ser cualquier cosa. Podría ser la bolsa en la que lleva los calcetines cuando va de viaje. ¿Quién sabe?

Pero y si…, ya sabes.

Podría ser. La verdad es que podría ser.

Es lo único que tengo que decir.

Mel

Para: Mel Fuller <melissa.fuller@thenyjournal.com>
De: Nadine Wilcock
    <nadine.wilcock@thenyjournal.com>
Asunto: ¿Lo dices en serio?

¿De verdad crees que te va a pedir que te cases con él? Melissa, no hace más que un par de meses que salís juntos. Menos, incluso. No quiero ser aguafiestas pero no creo que debas hacerte esas ilusiones. Me apuesto algo a que si hubieras mirado en esa bolsa habrías encontrado calcetines. Los hombres son así de raros.

Nad

Para: Nadine Wilcock
   <nadine.wilcock@thenyjournal.com>
De: Mel Fuller <melissa.fuller@thenyjournal.com>
Asunto: Tendría que haber mirado, ¿verdad?

Es que no podía. Me pareció… que mirar no era lo correcto.

No es que crea que eso es lo que hay en la bolsa. Me refiero a un anillo. Seguro que no. Estoy convencida de que son calcetines.

Pero ¿y si no?

Es lo único que digo. Una mujer tiene derecho a soñar, ¿no?

Mel

Para: Mel Fuller <melissa.fuller@thenyjournal.com>
De: Nadine Wilcock
   <nadine.wilcock@thenyjournal.com>
Asunto: O sea que supongo que si es un anillo

tienes intención de decir que sí, ¿verdad?

No es que crea que no debas. Sólo que…

Sólo que esperar no tiene nada de malo. La verdad, por lo menos deberías esperar a que su tía salga del coma o se muera, por consideración. Lo que suceda primero.

¿No crees?

Nad

Para: Nadine Wilcock
   <nadine.wilcock@thenyjournal.com>
De: Mel Fuller <melissa.fuller@thenyjournal.com>
Asunto: Supongo

que tienes razón. Sobre lo de esperar a ver qué pasa con la
señora Friedlander. Sería poco considerado ir por ahí anun-
ciando nuestro compromiso mientras ella sigue en coma.

Dios mío, ni siquiera sé de qué estoy hablando. En esa
bolsa no hay ningún anillo. Estoy segura de que son calcetines. Tienen que ser calcetines.

¿Verdad?

Mel

Para: Tony Salerno <manjares@fresche.com>
De: Nadine Wilcock
   <nadine.wilcock@thenyjournal.com>
Asunto: Mel

Bueno, se acabó. Le va a pedir que se case con él. Este fin
de semana, por lo que parece, en la cabaña romántica que
ha pedido prestada para la ocasión.

No digo que me parezca mal. El tío me cae bien. De
verdad que sí. Sólo que… No sé. No logro deshacerme de la
extraña sensación que me produce todo esto. ¿Qué me
pasa?

Nad

Para: Nadine Wilcock
    <nadine.wilcock@thenyjournal.com>
De: Tony Salerno <manjares@fresche.com>
Asunto: Qué te pasa

No te pasa nada. Lo único que quieres es que tu amiga sea feliz.

Y no te culpo. Yo también quiero que Mel sea feliz. Se merece ser feliz y no sólo porque Freddie Prinze Jr. salga con Sarah Michelle Gellar o con quien sea.

Pero para ser felices a veces dos personas tienen que asumir riesgos. Es cierto que esos riesgos pueden hacerles correr el peligro de resultar heridas. Creo que eso es lo que te preocupa en el caso de Mel. Acaba de conocer a este tío. Tiene una fama un tanto reprochable. Liarse con él supone un gran riesgo.

Pero creo que para ella vale la pena. Así que no tienes más que mantenerte al margen y permitir que tome sus propias decisiones y dejar de obsesionarte con el tema. De todos modos, ¿quién consideras que es bueno para ella? ¿Yo? Pues resulta que ya estoy comprometido.

Y ya sabes qué pasó cuando intentamos emparejar a Mel con mi hermano Sal...

Oye, si los dos quieren y deciden casarse podríamos celebrar una doble boda. ¿Qué te parece?

Es broma.

Tony

Para: Mel Fuller <melissa.fuller@thenyjournal.com>
De: jerryvive@freemail.com
Asunto: Vermont

Bueno, ¿has preparado la ropa interior larga? Me han dicho que ahí arriba hace frío por la noche.

Voy a recoger el coche a las siete para que podamos estar en camino a las ocho. ¿Crees que estarás levantada y lista para esa hora? Sé que será todo un reto para ti. Por suerte, yo, a diferencia de otras personas, nunca te reprocharé tus continuas impuntualidades.

Voy a alquilar un vehículo grande con la esperanza de que *Paco* quepa en el asiento trasero. ¿Crees que tenemos alguna posibilidad de que no saque la cabeza por la ventanilla y babee a todo el que pase? ¿Y crees que multan por ese tipo de cosas? ¿Lanzar babas de perro a los inocentes transeúntes?

John

Para: jerryvive@freemail.com
De: Mel Fuller <melissa.fuller@thenyjournal.com>
Asunto: Vermont

Puedo estar lista a las ocho. ¿Por quién me has tomado? ¿Por una perezosa?

Creo que *Paco* irá bien en el asiento trasero. Quienes me preocupan son *Tweedledum* y *Señor Peepers*. Sé que Ralph ha dicho que les daría de comer pero dudo que se quede a acariciarlos o algo así. Porque lo que más le molesta es llevar pelos de animales en el uniforme de portero. Tal vez deberíamos ofrecernos a pagarle la tintorería cuando volvamos.

Lo de la ropa interior larga es una broma, ¿verdad?

Mel

Para: Mel Fuller <melissa.fuller@thenyjournal.com>
De: Dolly Vargas <dolly.vargas@thenyjournal.com>
Asunto: Vermont

Querida, me he enterado de que te vas al norte a pasar el fin de semana. Es como en la película *St. Elmo: punto de encuentro*. ¿Vas a llevar la colonia Love's Baby Soft y un jersey de cuello alto gordo?

En serio, sólo quería darte unos cuantos consejillos antes de que te marches, porque eres un poco inocente con este tipo de cosas.

1. NO le permitas que alquile el coche a tu nombre. Entonces no tendrás más remedio que conducir si te lo pide. Y no hay nada más hortera que una mujer al volante con un hombre en el asiento del pasajero. Pertenencia al movimiento feminista = soltería de por vida.

2. NO te ofrezcas a salir a buscar un tronco para la chimenea al montón de leña. He descubierto que en los montones de leña abundan las arañas. Deja que sea él quien vaya a buscar la leña.

3. OFRÉCETE a preparar el desayuno y que sea consistente, preferiblemente con salchichas. Por algún motivo, a los hombres les encanta ingerir alimentos empapados

de grasas saturadas cuando están en la montaña. Mostrará su agradecimiento hacia ti de la forma adecuada.

4. LLEVA tus propios CD. De lo contrario, te pasarás todo el fin de semana escuchando a los Grateful Dead y a War, por no hablar de los Blood, Sweat and Tears.

5. LLEVA tapones para los oídos. Los hombres que normalmente no roncan son propensos a hacerlo en la montaña, debido a varios alergenos que no existen en la ciudad.

6. NO dejes que se duche antes que tú. En las cabañas hay muy poca agua caliente y la acabará y no te dejará ni gota. Insiste en ser la primera en bañarte.

7. NO olvides llevar aceites de masaje comestibles. En los pueblos perdidos de las montañas no venden esas cosas, y si se te olvidan, se acabó lo que se daba.

Espero que te sirva, querida. Y no lo olvides: ¡diviértete!

XXXOOO

Dolly

Para: Nadine Wilcock
    <nadine.wilcock@thenyjournal.com>; Tim
    Grabowski <timothy.grabowski@thenyjournal.com>
De: Mel Fuller <melissa.fuller@thenyjournal.com>
Asunto: Vamos a ver…

¿Quién le ha dicho a Dolly que me marcho con John? Tenéis que CALLAROS de una vez. No lo soporto más. DEJAD DE CONTARLE A DOLLY COSAS SOBRE JOHN Y YO.

De verdad, no tiene ninguna gracia. No hace falta que sepa todo lo que hago. Por lo menos, no lo que yo no le cuento personalmente.

Mel

Para: Jason Trent <jason.trent@trentcapital.com>
De: John Trent <john.trent@thenychronicle.com>
Asunto: Bueno, ya está

Nos vamos por la mañana. Y voy a hacerlo. Te juro que voy a hacerlo. Llamé a Chuck al pabellón y le dije que fuera a comprobar que el jacuzzi estuviera en condiciones, que metiera unas cuantas botellas de champán en la nevera y que empezara a descongelar unos cuantos filetes de venado.

Creo que estoy preparado.

Deséame suerte.

John

Para: John Trent <john.trent@thenychronicle.com>
De: Jason Trent <jason.trent@trentcapital.com>
Asunto: Mira que eres

tonto, lo sabes, ¿verdad? ¿Cómo es posible que aceptaras meterte en una situación como ésta, o dejar que se prolongara tanto? No sé.

Pero te desearé suerte porque, tío, la vas a necesitar.

Jason

Para: Lenore Fleming <lfleming@sophisticate.com>
De: Max Friedlander <photoguy@stopthepresses.com>
Asunto: SOS

¡¡¡LENORE!!!

SE ACABÓ. NO ME LO PUEDO CREER. NO ME LO PUEDO CREER. APENAS SOY CAPAZ DE TECLEAR CON TODO LO QUE ESTOY LLORANDO.

HOY HE VUELTO A CASA DE LA PISCINA Y ¿QUÉ CREES QUE ME HE ENCONTRADO?

¡ESTABA CON OTRA MUJER, LENORE! EN NUESTRA CAMA. ¡¡¡CON LA CAMARERA DE HABITACIONES!!! ¡¡¡LA CAMARERA!!!

¡¡NI SIQUIERA ES TAN GUAPA!! ¡¡UTILIZA PERFILADOR DE OJOS LÍQUIDO Y LLEVABA UNAS SANDALIAS DE MANOLO BLAHNIK DE LA TEMPORADA PASADA!! PERO ¡¡NI SIQUIERA ERAN AUTÉNTICAS SINO FALSIFICACIONES BARATAS!!

BUENO, ESTO ES DEMASIADO. SE ACABÓ. TIENES QUE CONSEGUIRME UN BILLETE EN EL PRÓXIMO VUELO A NUEVA YORK.

LO SÉ. SÉ QUÉ VAS A DECIR: TENGO QUE HACER ALGO PARA VENGARME DE ÉL O NUNCA ME QUEDARÉ TRANQUILA.

PERO ¿QUÉ HAGO? NO PUEDO MANDARLE UN RAMO DE ROSAS MARCHITAS, COMO HACEN LOS HOMBRES CUANDO LOS DEJO. ESO ES COSA DE HOMBRES. ESTABA PENSANDO EN ENVIARLE UN SUSPENSORIO METÁLICO, COMO EL QUE NAOMI LE MANDÓ A JOHN. PERO AQUÍ NI SIQUIERA VENDEN SUSPENSORIOS DE METAL.

TENGO QUE VENGARME DE ÉL DE ALGUNA MA-

NERA, LO SÉ. TENGO QUE DARLE DONDE MÁS LE DUELA.

OH, UN MOMENTO. SE ME HA OCURRIDO UNA IDEA.

DESÉAME SUERTE.

VIVICA

Para: Mel Fuller <melissa.fuller@thenyjournal.com>
De: Max Friedlander <photoguy@stopthepresses.com>
Asunto: HOLA

NO ME CONOCES PERO ME LLAMO VIVICA Y CREO QUE DEBERÍAS SABER QUE EL TIPO QUE HA ESTADO SACANDO A PASEAR AL PERRO DE LA TÍA DE MAX NO ES MAX, SINO SU AMIGO JOHN, QUE LE DEBÍA UN FAVOR A MAX POR HABERLE SACADO DE UN APURO EN LAS VEGAS CUANDO ESTUVO A PUNTO DE CASARSE CON UNA BAILARINA PELIRROJA LLAMADA HEIDI. JOHN FINGE SER MAX PORQUE MAX NO PUEDE REGRESAR A NUEVA YORK A PASEAR AL PERRO DE SU TÍA PORQUE ESTÁ AQUÍ, EN CAYO OESTE CONMIGO. PERO NO QUERÍA QUE SU TÍA CREYERA QUE NO PENSABA EN ELLA, ASÍ QUE HIZO QUE JOHN LE SUSTITUYERA.

Y CREO QUE SI LA TÍA DE MAX SE RECUPERA ALGÚN DÍA, DEBERÍAS CONTARLE QUÉ HA HECHO MAX. ESTÁ CLARO QUE DEBERÍA BORRARLO DE SU TESTAMENTO PORQUE NO SE MERECE SU DINERO.

ADEMÁS, DEBES SABER QUE MAX FRIEDLANDER

ES UNA PERSONA HORRIBLE Y CUALQUIERA QUE SEA
SU AMIGO PROBABLEMENTE TAMBIÉN LO SEA.

TODOS LOS HOMBRES SON UNOS CERDOS Y ESPE-
RO QUE SE MUERAN Y QUE LOS MONOS SE HAGAN
CON EL PODER COMO EN *EL PLANETA DE LOS SIMIOS*
PORQUE LAS COSAS IRÍAN MUCHO MEJOR.

ESO ES TODO.

VIVICA

Para: Mel Fuller <melissa.fuller@thenyjournal.com>;
    Nadine Wilcock
    <nadine.wilcock@thenyjournal.com>; Dolly Vargas
    <dolly.vargas@thenyjournal.com>
De: George Sanchez
    <george.sanchez@thenyjournal.com>
Asunto: ¿A alguien le importaría decirme

---

a qué se debían todos esos gritos hace un momento? ¿Y por
qué no estáis ninguna en vuestra mesa? Os juro por Dios
que si estáis todas otra vez en el lavabo, voy a entrar ahí y
os voy a sacar a rastras. Me da igual. ES IMPOSIBLE QUE
TODAS TENGÁIS GANAS A LA VEZ. Esto no es un cam-
pamento de animadoras. ¿Me habéis tomado por imbécil?

¿Alguna de vosotras es capaz de comprender que hay
un momento para cotorrear y otro para trabajar y que cuando hay que sacar un periódico a la calle es el momento de
TRABAJAR?

¡VOLVED A VUESTRAS MESAS Y NO OS MOVÁIS DE
AHÍ!

George

Para: Mel Fuller <melissa.fuller@thenyjournal.com>
De: Nadine Wilcock
   <nadine.wilcock@thenyjournal.com>
Asunto: Mel, llámale

Llámale y pregúntaselo. Estoy segura de que se trata de alguna broma tonta de una ex novia o algo así. Lo puedes aclarar todo con una sola llamada de teléfono.

Llámale. Probablemente todo esto tenga una explicación de lo más racional.

Nad

Para: Nadine Wilcock
   <nadine.wilcock@thenyjournal.com>
De: Mel Fuller <melissa.fuller@thenyjournal.com>
Asunto: No

No lo entiendes. Acabo de repasar los mensajes de correo que he recibido a lo largo de los últimos meses porque me pareció que la dirección del remitente de ésta me resultaba familiar, pero sabía que no era la de John, porque la de él es jerryvive@freemail.com. Y mira, mira lo que he encontrado. Su primer mensaje. Fíjate en la dirección del remitente:

>Para: Mel Fuller <melissa.fuller@thenyjournal.com>
>De: Max Friedlander <photoguy@stopthepresses.com>
>Asunto: Mi tía
>

>Estimada señorita Fuller:

>

>Estoy consternado. Profundamente consternado y horrorizado al saber lo que le ha sucedido a mi tía Helen. Como seguramente sabe, ella es mi único familiar vivo. Nunca podré agradecerle lo suficiente los esfuerzos que ha hecho para ponerse en contacto conmigo e informarme de esta tragedia.

>

>Aunque ahora mismo estoy en África (¿ha oído hablar de la sequía en Etiopía?) haciendo unas fotos para la ONG Save the Children, iniciaré los preparativos para regresar a Nueva York de inmediato. Si mi tía recobrara la conciencia antes de mi llegada, por favor, asegúrele que estoy en camino.

>

>Gracias de nuevo, señorita Fuller. Obviamente en su caso no se cumple todo lo que dicen sobre que los neoyorquinos son fríos e insensibles. Que Dios la bendiga.

>

>Atentamente:

>Maxwell Friedlander

Es la misma dirección del mensaje que acabo de recibir de Vivica. Y léelo. Ni siquiera parece ESCRITO por John. John no ha escrito eso. ¡Nadine, creo que es posible que esa tal Vivica esté diciendo la verdad!

Oh, Dios mío, ¿qué hago? No puedo llamarle. ¿Qué le digo?

Mel

Para: Mel Fuller <melissa.fuller@thenyjournal.com>
De: Nadine Wilcock
    <nadine.wilcock@thenyjournal.com>
Asunto: ¿Qué le dices?

No me puedo creer que me preguntes esto. Vas a decirle:
«Oye, tío, ¿qué demonios está pasando aquí? Si crees que
me voy a Vermont contigo después de esto, estás apañado,
que lo sepas. ¿Quién coño es Vivica?».

Cielos, Mel, no eres una cobarde, ¿por qué te comportas así? ¡¡¡LLÁMALE!!!

Nad

Para: Mel Fuller <melissa.fuller@thenyjournal.com>
De: Dolly Vargas <dolly.vargas@thenyjournal.com>
Asunto: Querida

Me imagino lo disgustada que estás y quiero que sepas que
estoy contigo al 150 por ciento. Los hombres son tan in-
fantiles, ¿verdad?

Y porque me preocupo por ti en tus momentos de
necesidad, he hecho unas cuantas llamadas y al final he
conseguido ponerme en contacto con el agente de Max
Friedlander.

Cielo, siento tener que ser quien te lo cuenta, pero Sebastian dice que ¡Max está en Cayo Oeste desde hace unos
meses con la súper modelo Vivica!

Por supuesto, yo le dije: «Pero Sebastian, querido, eso
es imposible. Max ha estado aquí sacando a pasear al pe-

rro de su tía y cortejando a mi amiga Melissa». Sebastian, que es un sol, respondió: «Dolly, querida, ya no estamos en los años noventa. Deja de tomar *crack*. Max me llama tres veces al día para exigirme que le encuentre trabajo dado que Vivica lo ha arruinado».

O sea que ya sabes. No sé quién es ese tal John, pero está claro que no es Max Friedlander.

Oh, cuánto siento no haber estado la noche que lo llevaste a Fresche para que lo inspeccionáramos. Te habría dicho en seguida que no era Max.

Me siento culpable.

¿El Prozac que te he pasado en el lavabo te ha empezado a hacer efecto?

XXXOOO

Dolly

Para: John Trent <john.trent@thenychronicle.com>
De: Max Friedlander <photoguy@stopthepresses.com>
Asunto: Eres hombre muerto

¿Qué te pasa? ¿Qué coño te pasa? ¿Te has liado con la vecina de mi tía? ¿La periodista del *Journal*? ¿Y CON MI NOMBRE?

¿Te has vuelto loco? Te dije que sacaras a pasear al perro de tía Helen. Eso es todo. Que pasearas al perro.

Así que ¿por qué recibo esas llamadas de mi agente diciendo que la tal Dolly Vargas, la que conozco del *Journal*, ha llamado y ha hecho un montón de preguntas sobre mí? En concreto, cómo es posible que esté en Nueva York, saliendo con su amiga Melissa, si se supone que estoy en Cayo Oeste trabajándome a Vivica.

Te has pasado, tío. Te has pasado un montón. No tengo bastante con lo que hay aquí que encima tú empeoras la situación. Vivica me pilló tirándome a la camarera, lo cual no fue culpa mía: la mujer no me quitaba las manos de encima, y ahora Vivica se ha largado.

Lo cual tengo que reconocer que es un alivio, al menos para mi economía. Pero está claro lo que va a hacer en cuanto regrese a Nueva York. Estropearme la tapadera, seguro.

Te has pasado. Te has pasado un montón. ¿Por qué no te has limitado a hacer lo que te pedí y nada más? Ahora si mi tía se recupera, sabrá que no corrí a ocuparme de sus dichosos animales domésticos.

Menuda putada, tío. Menuda putada.

Max

Para: Jason Trent <jason.trent@trentcapital.com>
De: John Trent <john.trent@thenychronicle.com>
Asunto: Ayuda

Me parece que estoy metido en un buen lío.

John

Para: John Trent <john.trent@thenychronicle.com>
De: Jason Trent <jason.trent@trentcapital.com>
Asunto: ¿Qué quieres decir?

¿Ayuda? ¿Qué ayuda? ¿Cómo es posible que estés metido en un buen lío? Pensaba que te habías ido a Vermont. ¿Por qué estás todavía aquí?

Stacy dice que le escribas. El cerebro se le está atrofiando de tanto ver los programas diurnos de la tele.

Jason

Para: Mel Fuller <melissa.fuller@thenyjournal.com>
De: jerryvive@freemail.com
Asunto: Sé

que estás en casa, veo que la luz de tu cuarto está encendida. ¿Por qué no abres la puerta? ¿Por qué no contestas al teléfono?

Mel, sé que algo va mal y me parece que sé de qué se trata, pero a no ser que me dejes hablar contigo, ¿cómo voy a explicártelo?

Porque puedo, puedo explicártelo si me das la oportunidad. Por favor, por favor, abre la puerta.

John

Para: Tony Salerno <manjares@fresche.com>
De: Nadine Wilcock <nadine.wilcock@thenyjournal>
Asunto: Bueno, ha ocurrido

Yo sabía que algo pasaría. SABÍA que este tío era demasiado bonito para ser verdad. Y todo ese asunto de John. Ya te dije que era raro tener un apodo como John, ¿verdad?

Bueno, tenía razón. No me satisface tener razón pero la tengo. John no es su apodo, es su VERDADERO nombre. Es todo lo que sabemos por ahora, aparte de saber cómo NO se llama: no se llama Max Friedlander. Al parecer, el verdadero Max pagó a este tío para que SE HICIERA PASAR por él o algo así, para que él (el verdadero Max) pudiera estar en Cayo Oeste con Vivica, la súper modelo, en vez de coger un avión para regresar a Nueva York y sacar a pasear al perro de su tía.

Pobre Mel. Pobre, pobrecita Mel.

¿Por qué he tenido que tener razón? Pagaría lo que fuera por no haber tenido razón. Renunciaría a mi recién conseguida talla 40 a cambio de estar equivocada. De verdad.

Nad :-(

Para: Nadine Wilcock <nadine.wilcock@thenyjournal>
De: Tony Salerno <manjares@fresche.com>
Asunto: Vamos a ver

si lo he entendido bien.

El tío con el que Mel ha estado saliendo fingía ser Max Friedlander, un tipo que nunca te cayó bien porque habías oído ciertas cosas de él, y ahora de repente resulta que

NO es Max Friedlander. Y en vez de sentirte aliviada porque no es el perro que creías que era, te enfadas porque mintió.

No entiendo a las mujeres. La verdad es que no. Reconozco que el tío no ha sido muy sensato, pero al menos no puso cubitos en los pezones de ninguna chica.

Tony

Para: Tony Salerno <manjares@fresche.com>
De: Nadine Wilcock <nadine.wilcock@thenyjournal>
Asunto: ¿No lo entiendes?

Mintió. Le mintió. ¿Cómo va a creerse lo que él le diga cuando ni siquiera le dijo cuál era su verdadero nombre?

¿Qué te pasa? ¿De qué lado estás?

Nad

Para: jerryvive@freemail.com
De: Tony Salerno <manjares@fresche.com>
Asunto: La has cagado

Tío, ¿recuerdas que me diste tu dirección de correo electrónico y me dijiste que te mandara la receta de mis rigatoni bolognese para sorprender a Mel?

Pues me parece que no la vas a necesitar porque, por lo que he oído, has caído en desgracia, de pleno.

¿Cuál era el trato? ¿Max Friedlander te pagó para que

le dijeras a Mel que eras él o algo así? Porque eso es lo que dicen las chicas.

No sé qué pasa contigo pero mejor que empieces a levantar una barricada porque vas a recibir fuego de artillería pesada. O eso, o desaparece, tío. En serio, pon pies en polvorosa porque la guerra va a empezar de un momento a otro.

He pensado que valía la pena avisarte.

Tony

Para: Max Friedlander <photoguy@stopthepresses.com>
De: John Trent <john.trent@thenychronicle.com>
Asunto: No, TÚ eres hombre muerto

¿Qué intentas hacerme? ¿Estás LOCO? ¿Cómo se ha enterado Mel de todo esto?

John

Para: John Trent <john.trent@thenychronicle.com>
De: Stacy Trent <ODIOBARNEY@freemail.com>
Asunto: ¿¿¿QUÉ PASA???

¿Por qué nadie me cuenta nada? Jason dice que pasa algo. ¿De qué se trata? ¿No se suponía que estabas en Vermont?
   Malditos calambres…

Stacy

311

Me debías una, ¿recuerdas?

De todos modos, no es culpa mía. Fue Vivica. Fue ella. Parece ser que le mandó un mensaje de correo electrónico a tu chica. Veo el mensaje en la carpeta de elementos enviados. ¿Quieres verlo? Aquí está y debo decir que es un ejemplo brillante de las deficiencias de nuestra escuela pública:

<NO ME CONOCES PERO ME LLAMO VIVICA Y CREO QUE DEBERÍAS SABER QUE EL TIPO QUE HA ESTADO SACANDO A PASEAR AL PERRO DE LA TÍA DE MAX NO ES MAX, SINO SU AMIGO JOHN, QUE LE DEBÍA UN FAVOR A MAX POR HABERLE SACADO DE UN APURO EN LAS VEGAS CUANDO ESTUVO A PUNTO DE CASARSE CON UNA BAILARINA PELIRROJA LLAMADA HEIDI. JOHN FINGE SER MAX PORQUE MAX NO PUEDE REGRESAR A NUEVA YORK A PASEAR AL PERRO DE SU TÍA PORQUE ESTÁ AQUÍ, EN CAYO OESTE CONMIGO. PERO NO QUERÍA QUE SU TÍA CREYERA QUE NO PENSABA EN ELLA, ASÍ QUE HIZO QUE JOHN LE SUSTITUYERA.

Y continúa, ad nauseam, en este tono, pero mejor te lo ahorro.

No me vas a decir en serio que estás furioso por esto. Aquí el perjudicado soy yo. Si la arpía de mi tía se despierta y se entera de lo que pasa, soy hombre muerto. Hasta el último de sus centavos irá a parar a la Protectora de Animales cuando la palme. Seguro que no me deja ni un penique.

No es que me importe. Ya era hora de que me enfrentara a esta situación, de una vez por todas, como debería haber hecho desde el principio.

Así pues, ¿quién sabe? Quizá me veas antes de lo que pensabas.

Y con respecto a esa amenaza sobre que soy hombre muerto, tengo algo que decirte: pensión alimenticia. Te salvé de años y años de pagarla, colega. Así que mejor que no se te olvide.

Max

Para: Stacy Trent <ODIOBARNEY@freemail.com>
De: John Trent <john.trent@thenychronicle.com>
Asunto: La cosa no va

---

demasiado bien ahora mismo, como respuesta a tu pregunta. Mel ha descubierto lo de que fingía ser Max Friedlander antes de que tuviera la oportunidad de decírselo yo mismo y no está muy contenta que digamos. De hecho, no me habla.

Ahora mismo me iría bien algún consejo pero en tu casa nadie responde al teléfono.

John

De acuerdo. Veo que no tienes intención de abrir la puerta ni de responder al teléfono. SÉ que estás ahí. Si ésta es la única manera de comunicarme contigo, la utilizaré.

Mel, la cagué. ¿Está claro? La cagué bien cagada y lo sé. Tenía que haberte dicho la verdad desde el comienzo pero no lo hice. No te puedes ni imaginar cuántas veces estuve a punto de hacerlo, de decirte la verdad. Mil veces. Un millón.

Pero cada vez que me lo proponía, sabía, lo sabía, que ibas a reaccionar de esta manera y no quería estropear lo que hemos construido juntos porque, Mel, lo que tenemos es fantástico. ¿Lo vas a echar todo por la borda porque cometí un error estúpido, de acuerdo, monumentalmente garrafal?

No es que yo tuviera la intención expresa de engañarte. No fue exactamente así. Te engañé pero cuando lo hice no te conocía. Recibí un mensaje de Max y sólo quería una cosa: engañar a los vecinos de su tía para que pensaran que se ocupaba de sus asuntos mientras ella estaba en el hospital, y pensé: ¿por qué no? Le debía una. Imaginé que se trataba de una forma bastante sencilla de devolverle un favor que me hizo hace muchos años.

No conoces a Max Friedlander, al verdadero Max Friedlander, pero créeme, no es una persona con quien te gustaría estar en deuda, a quien deberle un favor, por ejemplo, porque es probable que te lo pidiera cuando menos te lo esperases y, en general, no de forma muy agradable.

¿Cómo iba a saber que mientras fingía ser Max Friedlander iba a conocer a la mujer de mis sueños? Sé que tenía que habértelo dicho desde un buen comienzo pero no fue así y, cuando me quise dar cuenta, me había enamorado de ti y no podía decírtelo porque temía perderte. Te juro que iba a decírtelo este fin de semana.

Mel, esto es ridículo. Sé que no obré bien pero jamás tuve la intención de hacerte daño. Tú lo sabes. Me conoces, independientemente de cómo me llame. Así que deberías saber que nunca te haría daño a propósito.

Ahora abre la puerta y déjame entrar para poder disculparme en persona. Mel, te prometo que puedo reparar este daño, sólo tienes que dejarme.

John

Para: jerryvive@freemail.com
De: Mel Fuller <melissa.fuller@thenyjournal.com>
Asunto: La verdad

Me dices que quieres que abra la puerta y te deje entrar pero lo cierto es que no sé «quién» eres. Ni siquiera sé tu apellido. ¿Eres consciente de eso?

Y ya puedes dejar de llamar porque no pienso abrir. Teniendo en cuenta lo que sé, podrías ser un preso fugado o estar casado o vete a saber.

Mel

Para: Mel Fuller <melissa.fuller@thenyjournal.com>
De: John Trent <john.trent@thenychronicle.com>
Asunto: La verdad

No estoy casado y no soy ningún preso fugado. Me llamo John Trent y soy reportero de sucesos para el *New York Chronicle*. Por eso te encontraste conmigo frente al boquete aquel día, estaba en el trabajo cuando sucedió.

Y ya sé qué opinas del *Chronicle*, pero Mel te juro que si te molesta tanto, dejo el trabajo. Haré cualquier cosa, lo que tú quieras, con tal de que me perdones.

John

Para: Mel Fuller <melissa.fuller@thenyjournal.com>
De: Nadine Wilcock
     <nadine.wilcock@thenyjournal.com>
Asunto: ¿Y bien?

¿Le has llamado? ¿Te ha pedido perdón?
    Lo más importante, ¿TE HA DADO YA EL ANILLO?

Nad

Para: Nadine Wilcock
   <nadine.wilcock@thenyjournal.com>
De: Mel Fuller <melissa.fuller@thenyjournal.com>
Asunto: La disculpa

Oh, ya lo creo que se ha disculpado. Ya ves.

Y no, todavía no me ha dado el anillo. Si es que es un anillo, lo cual dudo.

Y como si fuera a aceptarlo, si lo fuera.

Agárrate: ¿sabes quién es? ¿Sabes quién es realmente? Nunca lo adivinarías.

Venga, inténtalo. Intenta adivinar quién es en realidad.

Mel

Para: Mel Fuller <melissa.fuller@thenyjournal.com>
De: Nadine Wilcock
   <nadine.wilcock@thenyjournal.com>
Asunto: ¿Cómo voy a saber

quién es en realidad? No puede ser el asesino travestido, eso lo sé, porque acaban de detener a un tipo por eso. No será, oh, mimo profesional o algo así, ¿no?

Oh, un momento, lo sé: es tu hermanastro y no sabías de su existencia.

Es broma.

Venga ya, Mel, ¿tan malo es?

Nad

Para: Nadine Wilcock
    <nadine.wilcock@thenyjournal.com>
De: Mel Fuller <melissa.fuller@thenyjournal.com>
Asunto: Malo

Peor que un mimo. Peor que mi hermanastro.
    Es reportero. Del *Chronicle*.

Mel

Para: Nadine Wilcock
    <nadine.wilcock@thenyjournal.com>
De: George Sanchez
    <george.sanchez@thenyjournal.com>
Asunto: ¿Dónde demonios

está Fuller? ¡Más vale que no esté en el baño de señoras!
Te juro por Dios que estoy empezando a pensar que allí
hay servicio de bar. Os pasáis el día metidas en esos dichosos baños…

    Entra ahí y dile que quiero el artículo sobre la historia
de Ford/Flockhart antes de las cinco.

George

Para: George Sanchez
  <george.sanchez@thenyjournal.com>
De: Nadine Wilcock
  <nadine.wilcock@thenyjournal.com>
Asunto: Ten un poco de compasión, ¿quieres?

Acaba de enterarse de que su novio es reportero del *Chronicle*. No ha parado de llorar desde entonces. No pretenderás que se comporte como si no pasara nada.

Por favor, no se lo cuentes a nadie, ¿vale? Ahora mismo se encuentra en un estado emocional muy delicado. Lo que necesita es tranquilidad y no va a conseguirla si todo el mundo insiste en preguntarle por qué tiene los ojos rojos.

Nad

Para: Tim Grabowski
  <timothy.grabowski@thenyjournal.com>
De: Jimmy Chu <james.chu@thenyjournal.com>
Asunto: Mel Fuller

Te dije que lo de esos dos no iba a funcionar.

Jim

Para: Jimmy Chu <james.chu@thenyjournal.com>
De: Tim Grabowski <timothy.grabowski@thenyjournal>
Asunto: Mel Fuller

No, lo que dijiste fue que si se acostaba con él y no funcionaba, ella tendría que verle todos los días puesto que son vecinos y que eso sería muy violento. En realidad no predijiste la ruptura.

Lo siento, no te apuntas ningún tanto.

Tim

Para: Stella Markowitz
    <stella.markowitz@thenyjournal.com>
De: Angie So <angela.so@thenyjournal.com>
Asunto: Mel Fuller

Te dije que era demasiado mayor para ella.

Angie

Para: Angie So <angela.so@thenyjournal.com>
De: Stella Markowitz
    <stella.markowitz@thenyjournal.com>
Asunto: Mel Fuller

Lo que importa no es la edad. Es el hecho de que sea…, ¿te has enterado de la última noticia?…, reportero del *Chronicle*.

Sí, ¡del *Chronicle*!

¿No te parece increíble? Eso sí que es dormir con el enemigo.

Stella

Para: Adrian De Monte
    <adrian.de.monte@thenyjournal.com>
De: Les Kellogg <leslie.kellogg@thenyjournal.com>
Asunto: Mel Fuller

¿Te has enterado? Resulta que el tío ese por el que Mel estaba colada es reportero. Del *Chronicle*, nada más y nada menos.

Supongo que podría ser peor. Podría haberse estado acostando con Barbara Bellerieve durante todo este tiempo, igual que el último tío con el que salió.

Les

Para: Nadine Wilcock
    <nadine.wilcock@thenyjournal.com>
De: George Sanchez
    <george.sanchez@thenyjournal.com>
Asunto: Mel Fuller

Me importa un bledo si resulta que el tío aparece en la lista de los diez hombres más buscados del FBI. Va a tener que salir del lavabo y plantarle cara, porque está abajo, intentando que el personal de seguridad lo deje entrar. Ve a buscarla.

George

Para: Seguridad@thenychronicle.com
De: Mel Fuller <melissa.fuller@thenyjournal.com>
Asunto: John Trent

Por favor, no permitan que John Trent entre en el edificio. Es reportero del *Chronicle*, aparte de ser una persona peligrosa. Les insto a hacer uso de la fuerza para expulsarlo del edificio.

Melissa Fuller
Columnista de la Página Diez
New York Journal

Para: Mel Fuller <melissa.fuller@thenyjournal.com>
De: Amy Jenkins <amy.jenkins@thenyjournal.com>
Asunto: John Trent

Estimada señorita Fuller:

Por la presente le informamos de que en el futuro las peticiones de considerar a alguien persona non grata en cualquier edificio que esté bajo la gestión administrativa del *New York Journal* deben realizarse por escrito a través de Recursos Humanos, desde donde se revisarán y se pasarán el Departamento de Seguridad si se considera oportuno.

Además, verá que el coste del ficus destruido en el vestíbulo de ascensores de la quinta planta será deducido de su próxima nómina. Esto se debe al hecho de que el individuo a quien se atribuye este acto destructivo parece ser un conocido suyo. Tenga en cuenta que en el apartado E, página doce del Manual de Empleados del *New York Journal*, se especifica que los empleados son responsables de sus visitantes en todo momento y que todo daño provocado por dichos visitantes será responsabilidad de la persona a quien éstos hayan ido a visitar.

Debería considerarse afortunada por el hecho de que no se le cobre el coste de la reconstrucción del cubículo contra el que su invitado lanzó al señor Spender. Hemos decidido enviar la factura directamente al señor Trent.

Si no le importa, le recordaré que le convendría mantener su vida amorosa al margen de las oficinas administrativas de este periódico.

Una copia de esta carta se ha incluido en su archivo de personal.

Que pase un buen día.

Amy Jenkins
Departamento de Recursos Humanos
New York Journal

Querida, ¿cómo iba a saberlo? Me refiero a que estaba ahí, de pie en el vestíbulo con esa expresión de abatimiento en el rostro, y todas esas rosas. Vaya, es que era suficiente para partirle el corazón a…

Pues, incluso a mí.

Y sé qué vas a decir: Dolly, ¿de verdad tienes corazón?

Increíble pero cierto. A veces me sorprende hasta a mí misma. Precisamente el otro día dejé a Peter y le dije muy en serio que volviera con su mujer. Y el hecho de que haya oído el rumor de que su contrato de trabajo no iba a ser renovado no ha tenido nada que ver.

De todos modos no es que los de Seguridad no hubieran recibido tu mensaje. Me refiero al relacionado con John. Dijeron que lo recibieron poco después de que le dejaran entrar porque me hice cargo de él.

En serio, cielo, ¿qué mal he hecho? Te acosó un poco. Yo por lo menos disfruté del espectáculo. Tienes que reconocer que para tener sangre azul fue muy vehemente. Me parece que Aaron va a perder unos cuantos dientes. Bueno, el tonto ese no tendría que haber intentado impedirle llegar a tu cubículo.

De todos modos, no está mal que dos hombres se peleen por una mujer, ¿verdad?

Pero ¿realmente crees que es buena idea haberle tirado a la cara esa caja de Tiffany's que intentaba darte? Vete a saber qué contenía. Teniendo en cuenta su fortuna, probablemente fueran tres quilates.

Espero que no seas tan implacable conmigo como lo estás siendo con ese desdichado joven.

XXXOOO

Dolly

Para: Dolly Vargas <dolly.vargas@thenyjournal.com>
De: Mel Fuller <melissa.fuller@thenyjournal.com>
Asunto: John Trent

Dolly...

¿A qué te referías cuando has escrito lo de «sangre azul»? ¿Y qué es eso de su fortuna? John no tiene dinero. Tiene todas las tarjetas de crédito agotadas. Debes de haberlo confundido con otra persona.

Mel

Para: Mel Fuller <melissa.fuller@thenyjournal.com>
De: Dolly Vargas <dolly.vargas@thenyjournal.com>
Asunto: Au contraire

Eres increíble. ¿Me estás diciendo que no sabes que John es uno de los Trent de Park Avenue?

Pensaba que por eso estabas tan enfadada con él, es decir, aparte de fingir ser Max Friedlander. Al fin y al cabo, te presentó a su abuela en esa función benéfica del Lincoln Center sobre la que escribiste el mes pasado.

Aunque ahora que lo pienso, supongo que no te dijo que era su abuela, ¿verdad? Porque se suponía que él era Max.

Oh, cielos. No me extraña que estés tan enfadada. Te ha tomado el pelo, ¿verdad? ¿Te dijo que no tenía crédito en las tarjetas? Pues estoy segura de que lo hizo para no tener que sacar una. Su tapadera habría quedado al descubierto, ¿no crees? Imagínate que hubieras visto que en su American Express platino ponía John Trent en vez de Max Friedlander como imaginabas.

Tengo que reconocer que es un truco típico de los Trent. Ya sabes que medio clan está en la cárcel, el padre de John entre ellos. Y el resto está en programas de rehabilitación. Dios mío, ¿qué posibilidades tiene una chica de provincias como tú de ser una de ellos? Por lo que sé, John es el peor, consiguió un trabajo como periodista de sucesos para poder «hacerse el pobre» cuando le apeteciera, y para no levantar sospechas por ser uno de «ellos». Me refiero a los Trent de Park Avenue. Victoria Arbuthnot, que salió con él, me ha dicho que incluso finge estar escribiendo una novela.

Pobrecita Mel. Tenías que haberte quedado la caja de Tiffany's. Hubiera lo que hubiese en ella, te la mereces, por todo el bochorno que te ha hecho pasar.

Oh, bueno, me han dicho que en Barney están de rebajas. ¿Quieres venir? Te compraré un fular. A lo mejor así te animas un poco…

XXXOOO

Dolly

Para: Nadine Wilcock
    <nadine.wilcock@thenyjournal.com>
De: Mel Fuller <melissa.fuller@thenyjournal.com>
Asunto: Se acabó

Empieza la guerra.

¿Se cree que por ser un Trent de los Trent de Park Avenue puede engañar a la gente y utilizarla para entretenerse sin que pase nada?

Esta vez no. Nadie se hace el pobre con una Fuller de los Fuller de Lansing, Illinois.

Nadie.

John Trent va a tener su merecido, que se vaya preparando.

Mel

Para: Mel Fuller <melissa.fuller@thenyjournal.com>
De: Nadine Wilcock
    <nadine.wilcock@thenyjournal.com>
Asunto: Casi me da miedo preguntar,

pero ¿de qué estás hablando?

Esto no tiene nada que ver con Dolly, ¿verdad? Porque, Mel, ten en cuenta quiénes son tus fuentes antes de tomar medidas drásticas.

Nad

Tú no eres quien se preocupaba por el dinero que él gastaba y por si podría pagar las deudas.

Tú no eres quien se presentó ante la abuela de él sin ni siquiera saber que lo era.

Tú no eres quien alardeó de él con su madre.

Tú no eres quien pensó que, por fin, había encontrado lo que más escasea en el mundo, un hombre que no temía al compromiso, un hombre que parecía profunda y sinceramente dedicado a una, un hombre que era totalmente distinto a todos los demás hombres con los que había salido, un hombre que no mentía, no engañaba, que parecía sinceramente enamorado.

Tú no eres a quien le palpitaba el corazón de la emoción.

Pero, no temas. Soy reportera, Nadine. Siempre compruebo mis fuentes antes de escribir un artículo.

Mel

Estimado señor Trent:

Por la presente le informo de mi intención de llevarlo a los tribunales por el dolor y el sufrimiento, además de los costes médicos, ocasionados cuando me golpeó en la cara en mi puesto de trabajo.

Tal vez le interese saber que, como consecuencia de su agresión feroz y no provocada, ya he tenido que someterme a una importante operación dental, para la que necesitaré seguimiento adicional. Se me ha informado de unos costes que superan los 10.000 dólares en forma de dos implantes dentales para los que deberé ir numerosas veces al dentista a lo largo de un período de doce meses.

Además, para asegurarme de que tal incidente no se repite, mi abogado aconseja que solicite también una orden judicial de alejamiento que le garantizo que voy a solicitar.

Insto a la señorita Fuller a hacer otro tanto, puesto que yo le puse las manos encima por defenderla a ella. Estaba claro que a la señorita Fuller no le interesaban sus proposiciones y personalmente lo considero un cobarde y un canalla por encararse con ella de tal forma en su puesto de trabajo.

Además, resulta que soy cinturón marrón de taekwondo y debido a mi intención de no herir a personas inocentes no le di la paliza que tanto se merece.

Aaron Spender
Corresponsal senior
New York Journal

Para: Aaron Spender <aaron.spender@thenyjournal.com>
De: John Trent <john.trent@thenychronicle.com>
Asunto: Juicio pendiente

Que te zurzan.

John Trent

Para: Michael Everett
    <michael.everett@thenychronicle.com>
De: George Sanchez <george.sanchez@thenyjournal.com>
Asunto: Trent

Mike:

Será mejor que mantengas a raya a tu chico Trent. Estuvo aquí el otro día y armó la de San Quintín. Le quitó unos cuantos molares a Spender. No es que me importe, ahora por lo menos no tengo que oír a ese capullo quejándose de por qué no le concedo un permiso pagado para ir a África a escribir un artículo sobre las chinchillas en peligro de extinción o la paparruchada que se le ocurra esta semana.

De todos modos, no puedo permitir que le rompan los dientes a mis corresponsales senior. Te recomiendo que lo animes a dejar tranquila a mi columnista de sociedad. Es buena chica y no hace falta que se ensañen con ella.

Recuerdos,
George

P. D.: Saluda de mi parte a Joan y a los chicos.

Cielo, sé que estás más cabreada que una abeja aplasta-
da bajo un tarro de miel pero, la verdad, ¿no crees que
tendrías que respirar hondo y pararte a PENSAR un momento?

Reconozco que este tío se ha portado mal pero fue el
faro de tu vida durante un tiempo. ¿De verdad quieres
tirar por la borda todo lo que construisteis juntos porque
el tío hizo una travesura propia de adolescentes?

No pretendía hacerte daño. Quería hacerle un favor a
su amigo. Venga ya, Mel, entiendo que quieras hacerle sufrir un poco pero esto es ridículo.

Además, ¿eres consciente de lo RICO que es John
Trent? Dolly me lo contó todo ayer a la hora del almuerzo. El tío está FORRADO. Tiene los millones que le dejó
su abuelo para él solito. Y, nena, los Trent tienen casas en
todas partes, en el Cabo de Hornos, en Palm Springs, en
Boca y en Nueva Escocia, en todas partes. Piensa en lo
bien que te lo pasarías instalando la televisión vía satélite
en todas ellas.

¿Sabes? El perdón es divino.

Es un consejo.

Tim

Para: Tim Grabowski
   <timothy.grabowski@thenyjournal.com>
De: Mel Fuller <melissa.fuller@thenyjournal.com>
Asunto: John Trent

Y podría invitar a mis mejores amigos a todas esas casas para pasar el fin de semana, ¿verdad?

Olvídalo, Tim. Se te ve el plumero.

Además, si hubieras escuchado a Dolly atentamente habrías sido capaz de leer entre líneas: los Trent no se casan con las Fuller. Sólo las utilizan para entretenerse.

Mel

Para: Nadine Wilcock
   <nadine.wilcock@thenyjournal.com>
De: Tim Grabowski
   <timothy.grabowski@thenyjournal.com>
Asunto: Mel

Hay que hacer algo con Mel. Está sacando de quicio este asunto del señor Trent. Nunca la había visto así. Debo reconocer que me alegro de no haber sufrido su faceta más guerrera. Está claro que sabe guardar rencor.

Supongo que deberíamos haberlo sabido, teniendo en cuenta que es pelirroja y tal.

Creo que necesita que alguien la envíe a terapia. ¿Estás de acuerdo?

Tim

Tim, está enfadada, no loca. A clases de gestión de la ira, quizá, pero ¿terapia? El tío le MINTIÓ. Le mintió sin reparos. No importa por qué lo hizo, el hecho de que lo hiciera es suficiente. ¿No sabes lo poco que Mel confía en los hombres desde que Aaron le reveló sus verdaderas intenciones? Qué diablos, incluso antes de eso ya estaba convencida de que todos iban a lo mismo.

Y ahora este tío, el primer tío que le gusta de verdad desde hace tiempo, resulta ser exactamente lo mismo que todos los demás con los que ha salido desde que vino a vivir aquí: un cerdo mentiroso.

No sé. ¿TÚ no estarías cabreado si te hubiera pasado lo mismo?

Nad

Quiero que sepas que entiendo perfectamente cómo te sientes en estos momentos. Ese tal Trent es lo peor de lo peor, un ejemplo perfecto de los ricos privilegiados que se aprovechan de los pobres trabajadores. No le importa lo que nos pase, siempre y cuando consiga lo que quiere. Los hombres como Trent no tienen conciencia, son lo que se denomina «machos alfa», individuos codiciosos que no tienen el menor interés en algo que no sea su satisfacción inmediata.

Bueno, quiero asegurarte, Melissa, que a pesar de lo que quizá sientas en estos momentos, no todos los poseedores del cromosoma Y somos unos cabrones egoístas que sólo pensamos en nosotros mismos. Algunos tenemos sentimientos profundamente arraigados de respeto y admiración por las mujeres de nuestra vida.

Yo, por ejemplo, siempre sentiré algo por ti, algo tan genuino como inquebrantable. Quiero que sepas, Melissa, que siempre, siempre, estaré disponible cuando me necesites, aunque trogloditas abyectos como Trent intenten quebrantar mi espíritu, por no hablar de mi mandíbula.

Si hay algo, lo que sea, que pueda hacer por ti en estos momentos, en tus momentos de mayor necesidad, no dudes en pedírmelo.

Sinceramente tuyo, ahora y siempre,

Aaron

Para: Aaron Spender
    <aaron.spender@thenyjournal.com>
De: Mel Fuller <melissa.fuller@thenyjournal.com>
Asunto: Tú

Que te zurzan.

Mel

Para: John Trent <john.trent@thenychronicle.com>
De: Genevieve Randolph Trent
    <grtrent@trentcapital.com>
Asunto: Tu nuevo sobrino

Queridísimo John:

Quizá te interese saber que tu cuñada dio a luz un bebé de cuatro kilos hace dos días.

Sus padres han decidido, equivocadamente, creo yo, bautizar al niño con el nombre de John.

Ya sabrías todo esto, por supuesto, si te molestaras en llamar a alguien de tu familia de vez en cuando pero supongo que eso sería pedir demasiado a un hombre con tanta iniciativa como tú.

La madre y el bebé están bien. No puede decirse lo mismo de tu hermano, que está solo en casa con las gemelas mientras Stacy está en el hospital. Quizá quieras llamarle y ofrecerle apoyo fraternal.

Atentamente,
Mim

Para: Jason Trent <jason.trent@trentcapital.com>
De: John Trent <john.trent@thenychronicle.com>
Asunto: Mi tocayo

No tenías por qué. En serio. Soy un hermano pésimo y seré un tío incluso más pésimo para el niño. No puedo creerme que me lo perdiera.

Felicidades de todos modos. Cuatro kilos, ¿eh? No me extraña que Stacy estuviera tan rara en los últimos tiempos. Pronto llegará un paquete de Harry Winston para ella. Es lo menos que puedo hacer por todos los consejos que me ha dado durante los últimos meses.

La lástima es que no sirvieran para mucho. Hice una chapuza pero no funcionó. Tenías razón en lo de que ninguna mujer sería suficientemente comprensiva como para pasar por alto algo como esto. Ni siquiera me habla. Fui a su oficina y menudo desastre. Su ex novio idiota intentó hacerse el héroe y lo tumbé. Ahora me ha denunciado. Intenté darle el anillo a Mel y me lo tiró a la cara sin ni siquiera abrir la caja.

Y eso no es lo peor. Ha cambiado la cerradura de la casa de la señora Friedlander. Ni siquiera puedo entrar en el edificio a buscar mis cosas sin que me escolte el encargado, que es comprensivo pero que me dijo que, dado que no estoy emparentado con la dueña del apartamento, no puede hacerme una copia de la llave.

O sea que estoy en mi casa y ni siquiera puedo verla. No sé qué hace ni con quién. Supongo que podría apostarme frente al edificio y pillarla cuando salga a pasear al perro o al ir a trabajar o lo que sea pero ¿qué voy a decirle? ¿Qué puedo decirle?

Bueno, lo siento. No quería deprimirte en estos momentos de dicha. Felicidades y da a John Jr. un beso muy fuerte de mi parte. Iré a verlo este fin de semana. No creo que me salgan otros planes.

John

Para: John Trent <john.trent@thenychronicle.com>
De: Jason Trent <jason.trent@trentcapital.com>
Asunto: ¿Anillo?

¿Qué anillo?

Dije pendientes. Que le compraras unos pendientes, no un anillo. ¿De qué anillo hablas?

Jason

Para: Jason Trent <jason.trent@trentcapital.com>
De: John Trent <john.trent@thenychronicle.com>
Asunto: El anillo

Ya sé que dijiste pendientes. Pero le compré un anillo. Un anillo de compromiso.

Y no, esto no es como lo que pasó en Las Vegas. No llevo tres meses borracho. Sinceramente creo que esta mujer, de todas las mujeres que he conocido, es con quien quiero pasar el resto de mi vida.

Iba a decirle la verdad y luego pedirla en matrimonio, en Vermont.

Pero el cabrón de Friedlander tuvo que estropearlo todo.

Ahora Mel no responde a mis llamadas, ni abre la puerta, ni responde a mis mensajes de correo electrónico. Mi vida se ha acabado.

John

Para: John Trent <john.trent@thenychronicle.com>
De: Jason Trent <jason.trent@trentcapital.com>
Asunto: Dios mío

Te dejo solo una semana y consigues tirar tu vida por la borda. ¿Cómo es posible?

Bueno, reúnete conmigo en mi despacho mañana a la hora del almuerzo. Entre los dos seguro que se nos ocurre cómo arreglar esto.

Oye, somos Trent, ¿no?

Jason

Para: Sebastian Leandro <sleandro@hotphotos.com>
De: Max Friedlander <photoguy@stopthepresses.com>
Asunto: Mira, tío

Hace semanas que no sé nada de ti. ¿Tienes algo para mí o no?

No intentes ponerte en contacto conmigo en Cayo Oeste. He vuelto a Nueva York. Puedes localizarme en casa de mi tía. Tienes el número. Me quedaré ahí hasta que me recupere. ¿Qué tiene de malo? Está claro que a ella no le hace falta.

Max

Para: Mel Fuller <melissa.fuller@thenyjournal.com>
De: George Sanchez
   <george.sanchez@thenyjournal.com>
Asunto: Soy consciente

de que estás traumatizada por la abyecta traición de tu novio y todo eso pero ¿vas a entregarme la columna para la edición de mañana o no? A lo mejor consideras que deberíamos imprimir un enorme espacio en blanco con las palabras ABAJO LOS HOMBRES en medio. Seguro que eso nos haría parecer muy profesionales, ¿no? Entonces sí que venderíamos más que el *Chronicle*, ¿verdad?

   ¡¡¡ENTRÉGAME ESA COLUMNA!!!

George

Para: George Sanchez
   <george.sanchez@thenyjournal.com>
De: Mel Fuller <melissa.fuller@thenyjournal.com>
Asunto: Tranquilízate, George

He enviado la columna a la mesa de redacción hace horas, no quería molestarte con ello. Estabas muy ocupado gritándole a Dolly por no haber acabado su artículo sobre Christina Aguilera, ¿víctima o estrella desalmada?

Te adjunto una copia de la Página Diez de mañana para que la disfrutes.

Y a no ser que tengas intención de detener la imprenta, va a publicarse, dado que Peter Hargrave en persona ha dado su aprobación. Ha venido aquí a esperar a Dolly así que me crucé con él. Espero que no te importe.

¡A disfrutar!

Mel

Archivo adjunto: ✉ [Página Diez, número 3.784, volumen 234 para la edición matutina, signo de interrogación QUIÉN QUIERE CASARSE CON UN MILLONARIO signo de interrogación, Mel Fuller, anexos: 1) foto de Vivica, 2) foto del edificio de Trent Capital Management procedente del archivo.]

¿QUIÉN QUIERE CASARSE CON UN MILLONARIO?

Chicas, ¿estáis cansadas de ver que entre el 5 y el 10 por ciento de vuestro bien merecido sueldo desaparece en un plan de pensiones cada mes? ¿Por qué no intentar acumular capital con el método clásico? Hay un soltero millonario por ahí fuera que está harto de esa vida en soledad y busca esposa de forma activa.

Eso es, te informamos en primicia. El *New York Journal* ha descubierto que John Randolph Trent, nieto del difunto Harold Sinclair Trent, fundador de Trent Capital Management, una de las firmas de inversiones en bolsa más antiguas y veneradas de Nueva York, ha decidido casarse. ¿Y cuál es el problema? Que parece ser que no encuentra a la mujer adecuada.

«Estoy harto de salir con modelos y actrices jóvenes que sólo buscan mi dinero», se dice que le comentó el señor Trent a un amigo. «Busco una mujer con personalidad y consistencia, una mujer normal que no viva en Beverly Hills. Me encantaría casarme con una mujer de, por ejemplo, Staten Island.»

Por este motivo el soltero, de 35 años, que supuestamente heredó una fortuna de 20 millones de dólares a la muerte de su abuelo, entrevistará a posibles candidatas en su despacho del *New York Chronicle* a partir de las nueve de esta mañana. ¿Cuándo terminarán las entrevistas?

«Cuando la encuentre», afirma el señor Trent.

Así pues ¡acercaos a la calle 53 con Madison, chicas, antes de que el príncipe se convierta en rana y se marche de un salto!

Campanas de boda para la Mujer Wonderbra

Mientras tanto otro soltero de Nueva York no parece tener los mismos problemas para encontrar a su media naranja. Max Friedlander, de 35 años, autor de las eróticas fotografías del especial bañadores de *Sports Illustrated* del año pasado, le confesó recientemente a un amigo su compromiso secreto con la súper modelo Vivica, de 22 años.

Vivica, cuyo precioso rostro ha adornado las portadas de *Vogue* y *Harper's Bazaar*, es especialmente conocida por haber protagonizado la campaña de Wonderbra en el catálogo de Victoria's Secret de la primavera pasada. El señor Friedlander se refirió a su boda inminente en los siguientes términos: «Soy el hombre más feliz del mundo. Por fin estoy preparado para asentarme y formar una familia, y Vivica será la esposa y la madre perfecta». Vivica no ha hecho declaraciones aunque su agente no descarta la posibilidad de que el enlace se celebre en Navidad.

Para: Mel Fuller <melissa.fuller@thenyjournal.com>
De: George Sanchez
    <george.sanchez@thenyjournal.com>
Asunto: Tu puesto de trabajo en este periódico

En cuanto llegues al trabajo preséntate en mi despacho y
prepárate para explicarme, en cien palabras como máxi-
mo, por qué no debo despedirte.

George

Para: Peter Hargrave
    <peter.hargrave@thenyjournal.com>
De: Infotráfico <suviaje@newyorktravel.com>
Asunto: Retención en la 53 con Madison

Los neoyorquinos que viajen en tren no tendrán ningún
problema hoy. Para quienes se desplazan en coche, sin
embargo, la situación es muy distinta. Debido a un artículo publicado en la columna de la Página Diez del *New
York Journal* de hoy, Madison Avenue desde la calle 51
hasta prácticamente la 59 está colapsada debido a la fila
de mujeres ansiosas por ser entrevistadas por el millonario
soltero John Trent.

La policía insta a los conductores a utilizar la FDR para
dirigirse al norte de la ciudad y evitar la zona centro por
todos los medios.

Información sobre el tráfico ofrecida por NEWYORK-
TRAVEL.COM.

Para: John Trent <john.trent@thenychronicle.com>
De: Michael Everett
    <michael.everett@thenychronicle.com>
Asunto: No tenía ni idea

de que había una celebridad en la redacción. ¿Te importaría invertir parte de esos veinte millones de dólares que tienes en costear las medidas de seguridad extra que hemos tenido que instalar para poder entrar y salir de nuestro propio edificio?

Mike

Para: Michael Everett
    <michael.everett@thenychronicle.com>
De: John Trent <john.trent@thenychronicle.com>
Asunto: ¿De qué estás hablando?

Mira, he tenido una semana muy dura porque me he visto obligado a trasladarme de nuevo a mi casa. ¿Puedes hablarme claro, sea lo que sea y así nos entenderemos?

John

Para: John Trent <john.trent@thenychronicle.com>
De: Michael Everett
    <michael.everett@thenychronicle.com>
Asunto: ¿Me estás diciendo

que no le dijiste a Mel Fuller del *Journal* que estás buscando esposa? ¿Y que no tienes nada que ver con el hecho de que, según la estimación de la policía, hay mil doscientas mujeres haciendo cola en la calle pidiendo una cita contigo? Porque si le echas un vistazo al *Journal* verás que eso es precisamente lo que dice.

Mike

Para: Michael Everett
    <michael.everett@thenychronicle.com>
De: John Trent <john.trent@thenychronicle.com>
Asunto: ¡¡¡MENTIRAS!!!

¡¡¡Es todo mentira!!!
    Mike, yo nunca he dicho nada de todo eso, sabes que no.
    No me lo puedo creer. Ahora vuelvo. Arreglaré esta situación de alguna manera, lo juro.

John

Para: John Trent <john.trent@thenychronicle.com>
De: Michael Everett
    <michael.everett@thenychronicle.com>
Asunto: Quédate ahí,

---

amigo. Quédate donde estás. Lo único que nos falta es que salgas ahí y provoques un tumulto. No te muevas hasta nuevo aviso.

Mike

P. D.: ¿Entonces TODO eso es mentira? ¿Incluso la parte que dice que perteneces a la familia Trent de Park Avenue y que tienes millones de dólares? Joan deseaba que esa parte fuera cierta. ¿Sabes?, estamos intentando renovar el sótano y…
    Era broma

Para: George Sanchez
    <george.sanchez@thenyjournal.com>
De: Michael Everett
    <michael.everett@thenychronicle.com>
Asunto: Disculpa,

---

pero ¿tú eres quien dice que mantenga a raya a MI reportero? ¿Y qué me dices de la tuya?
    ¡El mío le habrá roto un par de dientes a tu corresponsal senior pero la tuya ha provocado un atasco monumental en toda la ciudad! ¿Sabías que ni siquiera podía llegar al edificio esta mañana porque estaba rodeado de diez mil

mujeres chillonas, algunas ataviadas incluso con traje de novia y gritando «Elígeme»?

Esto es cien veces peor que lo del boquete. Por culpa de eso lo único que pasaba era que no podías usar los lavabos. Pero con esto no podemos ni entrar ni salir del edificio sin ser atacados por mujeres solteras desesperadas, ansiosas por casarse y procrear antes de que les llegue la menopausia.

Si Trent no te denuncia por esto, no dudes de que nosotros sí.

Mike

Para: Peter Hargrave
    <peter.hargrave@thenyjournal.com>
De: Dolly Vargas <dolly.vargas@thenyjournal.com>
Asunto: Mel

Bueno, francamente, me parece para troncharse de la risa.

Y no puedes permitir que George la despida, Peter. Tú diste el visto bueno a la columna, ¿recuerdas? ¿Acaso no eres el editor de este periódico? ¿Vas a apoyar a tu empleada y su artículo o piensas esconder la cabeza bajo el ala?

¿Eres un hombre, Peter, o un ratón?

XXXOOO

Dolly

Para: Mel Fuller <melissa.fuller@thenyjournal.com>
De: Nadine Wilcock
    <nadine.wilcock@thenyjournal.com>
Asunto: ¿Qué has hecho?

Mel, no me lo puedo creer. NO ME LO PUEDO CREER. Con un solo artículo has conseguido colapsar toda la ciudad.

¿¿¿TE HAS VUELTO LOCA??? George te va a matar.

¿Y no crees que te has pasado un poco? Sí, ya sé que John te mintió y que eso no está bien. Pero tú le estás mintiendo a todo el Estado, o por lo menos a todas las zonas en que se distribuye el *Journal*. Con una mentira no se subsana otra, Mel.

Ahora te despedirán y tendrás que volver a casa y vivir con tus padres. Y entonces ¿quién será mi dama de honor?

Nad :-(

Para: Mel Fuller <melissa.fuller@thenyjournal.com>
De: Tony Salerno <manjares@fresche.com>
Asunto: He tenido

que venir en bicicleta al trabajo debido al atasco monumental de Madison. Hay mujeres de todas formas y tamaños haciendo cola en el exterior del edificio del *Chronicle*. Es como cuando suenan las campanadas en Times Square en Nochevieja, sólo que todas van más emperifolladas. Tendrías que ver la expresión de pánico de los agentes de po-

licía convocados. Algunos incluso van con el equipo antidisturbios.

¿Te sientes mejor? Me parece que ahora sí que puedes
decir que los dos estáis en paz.

Tony

Para: Mel Fuller <melissa.fuller@thenyjournal.com>
De: Tim Grabowski
    <timothy.grabowski@thenyjournal.com>
Asunto: No me puedo creer

---

que por fin hayas empezado a utilizar tu lado malvado en
vez del bueno. Estoy tan henchido de orgullo que voy a
reventar.

Así me gusta, chica.

Tim

Para: Mel Fuller <melissa.fuller@thenyjournal.com>
De: Don y Beverly Fuller <DonBev@dnr.com>
Asunto: Soltero millonario

Querida, acabo de ver en las noticias que hay un hombre
en Nueva York que quiere casarse con una buena chica
de Staten Island. Ya sé que no eres de Staten Island, pero
eres mucho más guapa que todas esas mujeres que han en-
focado, haciendo cola. Tendrías que ir a ese sitio rápida-

mente y apuntarte a la entrevista, porque creo que un millonario estaría encantado contigo.

¡Y que no se te olvide llevar esa foto que tienes con la corona y banda de Miss Feria de Duane County! ¡No hay hombre que se resista a una chica con tiara!

Mamá

Para: John Trent <john.trent@thenychronicle.com>
De: Sargento Paul Reese <preese@comisaria89.nyc.org>
Asunto: Si estabas tan desesperado

---

podrías haber dicho algo: tengo una hermana soltera.

Para que lo sepas: es la primera llamada a todas las unidades que hemos tenido en esa zona de la ciudad. No recibimos muchas llamadas pidiendo equipos antidisturbios junto a las tiendas más caras de la ciudad. Felicidades.

Paul

Para: John Trent <john.trent@thenychronicle.com>
De: Genevieve Randolph Trent
    <grtrent@trentcapital.com>
Asunto: Estoy avergonzada de ti

De todos mis nietos, siempre fuiste del que menos me esperé que apareciera en una columna de chismorreo.

Sin embargo ¿qué me ha enseñado Higgins justo después del desayuno? ¡Ese horrible artículo sobre ti y tu búsqueda de una esposa! ¿Quién va a querer casarse con un millonario? ¡Eso digo yo!

Después de leer esa bazofia, no me queda otra opción que suponer que es obra, nada más y nada menos, que de M. Fuller, y que algún daño le habrás hecho a la chica. Y eso, hijo mío, ha sido de lo más imprudente.

Doy por supuesto que tanto tu lugar de trabajo como tu apartamento están asediados. Si quieres, puedo enviar a Jonesy a buscarte. Tengo ciertos reparos al respecto, claro está, porque molestaré a los vecinos si todas esas mujeres que te persiguen deciden entrar en el edificio. Sin embargo, el inspector jefe de policía que, como bien sabes, es un viejo amigo, me asegura que hará todo lo posible por mantener a esa chusma fuera de la zona. Te invito a pasar unos cuantos días conmigo, aquí estarás a salvo.

Asimismo, el señor Peter Hargrave, editor de esa basura de periódico, me ha garantizado que mañana o pasado se publicará una retractación. Se ha ofrecido a despedir a la chica pero le he dicho que no hacía falta. Estoy convencida de que algo le habrás hecho para que se porte así.

La verdad, John, nunca aprendiste a jugar limpio con otros niños. Estoy muy disgustada contigo.

Mim

Para: John Trent <john.trent@thenychronicle.com>
De: Jason Trent <jason.trent@trentcapital.com>
Asunto: Ahora sí que la has cagado

La has cagado de verdad. Mim está furiosa.

Te sugiero que te tomes un año sabático. No hay ni un

solo lugar en esta ciudad donde la gente no hable de ti. He oído que incluso han inventado un nuevo sándwich: el Trent, dos rebanadas de pan con nada en medio (por culpa de no haberte presentado a las entrevistas).

¿Por qué no vienes aquí a visitar a Stace y a los niños? Nos encantaría que vinieras y además todavía no conoces a tu tocayo. ¿Qué te parece?

Jason

Para: Jason Trent <jason.trent@trentcapital.com>
De: John Trent <john.trent@thenychronicle.com>
Asunto: Gracias por la oferta

Mim me hizo una parecida, pero prefiero quedarme aquí y disfrutar de mi propio infierno.

No digo que no haya sido interesante. Ni siquiera puedo ir a la tienda de delicatessen de la esquina sin que el tipo que está detrás del mostrador se ofrezca a presentarme a su hija. Por mucho que me esfuerce en asegurar que la historia de mi búsqueda de esposa no es cierta, la gente no parece creérselo. Les gusta pensar que un tipo rico tiene todo menos lo que de verdad quiere: el amor de una buena mujer.

Por supuesto, cada vez que trato de explicar que también disfruté de eso, pero que acabé estropeándolo todo, la gente no quiere escucharlo. Es como si no comprendieran el hecho de que ser rico no significa ser feliz.

No me ha ido tan mal, la verdad. He trabajado mucho en la novela. Es curioso. Echo de menos a ese perro estúpido y a los gatos. Me he planteado tener uno. Un perro, claro. O tal vez un gato. Parece que no se me da muy bien relacionarme con los humanos.

Eso no quiere decir que no lo intente. Le he enviado flores a Mel todos los días, incluso al día siguiente de que apareciera la columna. ¿Y qué me dice? Nada de nada. Supongo que la acera que está junto a las oficinas del *New York Journal* está repleta de los arreglos florales que ella ha tirado por la ventana.

Tengo que dejarte. Ha llegado la comida china.

John

Para: Mel Fuller <melissa.fuller@thenyjournal.com>
De: John Trent <john.trent@thenychronicle.com>
Asunto: Me pillaste

¿Vale? ¿Estás satisfecha? La columna me avergonzó sobremanera. Todavía no me dejan ir al trabajo. Mi familia apenas me habla. No he sabido nada de Max, pero supongo que también habrá sido debidamente aleccionado.

¿Podemos volver a ser amigos?

John

Para: John Trent <john.trent@thenychronicle.com>
De: Mel Fuller <melissa.fuller@thenyjournal.com>
Asunto: ¿Podemos volver a ser amigos?

No.

Mel

Estimada **Melissa Fuller**:

Esto es un mensaje automatizado del Departamento de Recursos Humanos del *New York Journal*, el periódico gráfico más importante de Nueva York. Sepa que a día de hoy queda usted suspendida de empleo y sueldo. Se reincorporará transcurridos tres días laborales.

Esta decisión se ha tomado como consecuencia de la columna que entregó sin pasar primero por los cauces de aprobación apropiados. Le rogamos que de aquí en adelante entregue las columnas al jefe de redacción de su departamento, y no directamente a la imprenta.

Melissa Fuller, en el *New York Journal* formamos un equipo. Ganamos como equipo y también perdemos como tal. **Melissa Fuller**, ¿no quiere pertenecer a un equipo ganador? ¡A partir de ahora, recuerde que debe entregar el trabajo siguiendo los cauces apropiados!

Atentamente,
Departamento de Recursos Humanos
New York Journal

Por la presente le recordamos que cualquier suspensión futura puede conllevar el despido.

Este correo electrónico es confidencial y no debe ser utilizado por quien no sea el destinatario original del mismo. Si ha recibido este mensaje por error, rogamos se lo comunique al remitente y lo borre del buzón o de cualquier otro dispositivo de almacenamiento.

Para: Mel Fuller <melissa.fuller@thenyjournal.com>
De: Nadine Wilcock <nadine.wilcock@thenyjournal.com>
Asunto: ¿Suspendida?

¿Bromeas? ¿Acaso es posible?

Oh, Mel, ¡esto va de mal en peor! ¿Qué haré sin ti durante tres días? ¡Me moriré de aburrimiento!

¿Serviría de algo que organizara una huelga a modo de protesta?

Nad

Para: Nadine Wilcock
  <nadine.wilcock@thenyjournal.com>
De: Mel Fuller <melissa.fuller@thenyjournal.com>
Asunto: Mi suspensión

Venga, que no hay para tanto. En realidad me vendrá bien. Hace tiempo que no descanso. Así *Paco* y yo tendremos tiempo de sentirnos unidos. Ni siquiera recuerdo la última vez que fui al hospital a ver a la señora Friedlander. No creo que se haya dado cuenta, pero de todos modos me siento culpable…, aunque al final resulte que no es mi tía política.

No te preocupes por mí, te lo digo en serio. Estoy bien, de verdad.

Mel

Para: Don y Beverly Fuller <DonBev@dnr.com>
De: Mel Fuller <melissa.fuller@thenyjournal.com>
Asunto: ¡Hola!

Me preguntaba si sabéis si hay alguna vacante en el *Duane County Register*. Una vez dijisteis que a Mabel Fleming le gustaría contratarme para la sección de Cultura y Espectáculos. Le he estado dando vueltas y he llegado a la conclusión de que estoy harta de la ciudad y de que me apetece volver a casa durante una temporada. ¿Podríais decirme si Mabel sigue necesitando a alguien?

Gracias.

Mel

P. D.: No os preocupéis, estoy bien, de verdad.

Para: Mel Fuller <melissa.fuller@thenyjournal.com>
De: Don y Beverly Fuller <DonBev@dnr.com>
Asunto: ¿Lo dices en serio, cariño?

¿De verdad quieres volver a casa?

Oh, a papá y a mí nos encantaría. Nos pareció fantástico que fueras a la gran ciudad y demostrases tu valía, pero lo cierto es que ya lo has hecho. Ha llegado la hora de que sientes cabeza y a papá y a mí nos alegra mucho que quieras hacerlo en tu ciudad natal, en Lansing.

No quiero que pienses que no somos cosmopolitas: ¡el otro día inauguraron un Wal-Mart! Increíble, ¿no? ¡Un Wal-Mart en Lansing!

Las buenas nuevas: llamé a Mabel de inmediato y le pregunté si necesitaba a alguien para la sección de Cultura y Espectáculos y me dijo: «¡Desde luego!». El trabajo es tuyo si lo quieres. El salario no es gran cosa, sólo 12.000 dólares anuales, pero si vivieras en casa, cariño, podrías ahorrar ese dinero y usarlo de entrada para comprar una casa cuando te cases.

Oh, estoy más contenta que unas pascuas. ¿Quieres que vayamos a recogerte? El doctor Greenblatt nos prestará su monovolumen para traer todas tus cosas. Todo un detalle por su parte.

Dinos cuándo quieres volver a casa e iremos a recogerte de inmediato.

Oh, cariño, te queremos mucho… ¡Tenemos tantas ganas de verte!

Mamá y papá

Para: Mel Fuller <melissa.fuller@thenyjournal.com>
De: Nadine Wilcock <nadine.wilcock@thenyjournal.com>
Asunto: ¿Estás segura…

… de que estás bien? Anoche parecías otra persona. Sé que lo de la suspensión no es precisamente para estar contento y lo de John todavía te tiene deprimida. …

Pero ayer parecías más descolocada que nunca cuando fuimos a hacer las pruebas de vestuario. No será porque odias el vestido, ¿verdad? Porque nunca es tarde para uno nuevo…

Te echo de menos,

Nad

Para: Nadine Wilcock
    <nadine.wilcock@thenyjournal.com>
De: Mel Fuller <melissa.fuller@thenyjournal.com>
Asunto: ¿Bromeas?

Toda va sobre ruedas. Hoy he disfrutado de un baño de burbujas de dos horas, luego he visto *Rosie*, me he pintado las uñas, he sacado a *Paco*, después me he arreglado los pies y he visto la peli de la tarde, luego he sacado otra vez a *Paco* y he leído el *Vogue* de septiembre de cabo a rabo (las 1.600 páginas), me he zampado una caja de Ring Dings, he sacado a *Paco*. ...

¡Esto es genial!

Pero gracias por preocuparte.

Mel

P. D.: ¿John ha enviado flores hoy?

Para: Mel Fuller <melissa.fuller@thenyjournal.com>
De: Nadine Wilcock
    <nadine.wilcock@thenyjournal.com>
Asunto: Hoy no

... han llegado flores de John. ¿Recuerdas que llamaste a la floristería a la que acude y les dijiste que los demandarías por acoso si no dejaban de enviar flores?

Mel, ¿por qué no le llamas? ¿No crees que todo esto ya ha durado bastante? Está claro que está perdidamente enamorado de ti, o al menos lo estuvo hasta que escribiste la columna sobre el millonario. Creo que los dos formáis una pareja maravillosa. ¿Por qué no le das otra oportunidad?

Nad

Para: Nadine Wilcock
  <nadine.wilcock@thenyjournal.com>
De: Mel Fuller <melissa.fuller@thenyjournal.com>
Asunto: Un momento

Fuiste TÚ quien me dijo desde el principio que te parecía que había algo raro. ¿Y ahora quieres que le LLAME? ¿Quieres que LE llame? ¿Después de lo que ha hecho?

¡NI HABLAR!

Por Dios, Nadine: ya había comenzado a asumir la personalidad de la señora Melissa Friedlander y todo porque creía que él y yo pasaríamos juntos el resto de nuestras vidas. Y entonces descubro que ni siquiera es su nombre, ¿y quieres que LE LLAME?

¿Qué te pasa? ¿Tienes el síndrome premenstrual o qué?

¡Reacciona! No pienso llamarle NUNCA. NUNCA, NUNCA, NUNCA, NUNCA, NUNCA, NUNCA, NUNCA, NUNCA, NUNCA, NUNCA, NUNCA, NUNCA, NUNCA, NUNCA, NUNCA, NUNCA, NUNCA.

Mel

Para: Mel Fuller <melissa.fuller@thenyjournal.com>
De: Nadine Wilcock
	<nadine.wilcock@thenyjournal.com>
Asunto: Vale

Ya vale. Lo pillo. Por Dios. Perdóname por habértelo sugerido.

Nad

Para: Tony Salerno <manjares@fresche.com>
De: Nadine Wilcock
	<nadine.wilcock@thenyjournal.com>
Asunto: Mi dama de honor

es un caso perdido. ¿Qué voy a hacer?

Nad

Para: Nadine Wilcock
	<nadine.wilcock@thenyjournal.com>
De: Tony Salerno <manjares@fresche.com>
Asunto: Está claro,

invita a John a la boda.
	En serio, en cuanto ella lo vea se derretirá.
	Al menos es lo que pasa en las pelis.

Tony

Para: Mel Fuller <melissa.fuller@thenyjournal.com>
De: Max Friedlander <photoguy@stopthepresses.com>
Asunto: Llaves

Sí, soy yo. El verdadero Max Friedlander. Regreso a Nueva York y necesito las llaves del apartamento de mi tía. Que yo sepa cambiaste las cerraduras y tienes las llaves. ¿Podrías darle una copia al portero para que me deje entrar mañana?

Atentamente,
Max Friedlander

Para: Max Friedlander <photoguy@stopthepresses.com>
De: Mel Fuller <melissa.fuller@thenyjournal.com>
Asunto: Llaves

¿Cómo sé que eres el verdadero Max Friedlander? ¿Cómo sé que no eres un impostor, como el Max Friedlander que conocí?

Mel Fuller

Para: Mel Fuller <melissa.fuller@thenyjournal.com>
De: Max Friedlander
   <photoguy@stopthepresses.com>
Asunto: Llaves

Porque si no me facilitas una copia de las llaves del apartamento de mi tía te demandaré. ¿Queda claro?

Cordialmente,
Max Friedlander

Para: Max Friedlander
   <photoguy@stopthepresses.com>
De: Mel Fuller <melissa.fuller@thenyjournal.com>
Asunto: Llaves

Vale, me aseguraré de que el portero tenga una copia de
las llaves.
   ¿Podrías decirme qué piensas hacer con *Paco* y los
gatos?

Mel Fuller

Para: Mel Fuller <melissa.fuller@thenyjournal.com>
De: Max Friedlander <photoguy@stopthepresses.com>
Asunto : Llaves

Dale TODAS las llaves al portero. Por el momento pienso
quedarme en el apartamento de mi tía, así que me ocuparé

de *Paco* y los gatos. Tus servicios, aunque te los agradezco, ya no son necesarios, muchas gracias.

Max Friedlander

Para: Max Friedlander <photoguy@stopthepresses.com>
De: Mel Fuller <melissa.fuller@thenyjournal.com>
Asunto: Llaves

No te preocupes. Cuando tu tía se despierte me aseguraré de contarle lo de tu «agradecimiento». Y lo rápido que acudiste a su lado cuando más lo necesitaba.

Hay una palabra para la gente de tu calaña, pero soy demasiado educada para escribirla aquí.

Mel Fuller

Para: Mel Fuller <melissa.fuller@thenyjournal.com>
De: Max Friedlander <photoguy@stopthepresses.com>
Asunto: Llaves

Dile lo que quieras a mi tía. Tengo noticias para ti, guapa: no se despertará.

Tu amigo,
Max Friedlander

Para: John Trent <john.trent@thenychronicle.com>
De: Mel Fuller <melissa.fuller@thenyjournal.com>
Asunto: Tu amigo Max

es el ser humano más despreciable del planeta, y no entiendo cómo fuiste capaz de hacerle un favor.

Sólo quería que lo supieras.

Mel

Para: Mel Fuller <melissa.fuller@thenyjournal.com>
De: John Trent <john.trent@thenychronicle.com>
Asunto: ¿El hecho de que

me escribas de nuevo significa que me has perdonado?

Te he dejado mensajes en el trabajo, pero dicen que no has ido en toda la semana. ¿Estás enferma? ¿Puedo ayudarte en algo?

John

Para: John Trent <john.trent@thenychronicle.com>
De: Mel Fuller <melissa.fuller@thenyjournal.com>
Asunto: Max Friedlander

>¿El hecho de que me escribas de nuevo significa que me has perdonado?

No

> Te he dejado mensajes en el trabajo, pero dicen que no has
ido en toda la semana. ¿Estás enferma?

No he ido porque me suspendieron temporalmente,
aunque no es asunto tuyo.

Max piensa trasladarse al apartamento de su tía. Acabo de verlo en el pasillo.

No termino de creerme que fuerais amigos. Es el tipo
más grosero que he tenido la desgracia de conocer.

Un momento. Lo retiro. Sois tal para cual.

Mel

Para: Max Friedlander <photoguy@stopthepresses.com>
De: John Trent <john.trent@thenychronicle.com>
Asunto: Mel

Me he enterado de que has vuelto a la ciudad y que vives
en el apartamento de tu tía.

Genial, de verdad.

Sólo una cosa: si Mel me dice que la has maltratado de
la forma que sea iré a por ti con todas mis fuerzas. Va muy
en serio, Max. Tengo amigos en el Departamento de Policía de Nueva York que se alegrarían de hacer la vista gorda
si te matara de una buena paliza. Todo el rollo de la Página
Diez sobre Vivica y tú... fue culpa mía, no de Mel. Así que
no hagas nada raro, te lo advierto, o te arrepentirás.

John

Para: John Trent <john.trent@thenychronicle.com>
De: Max Friedlander <photoguy@stopthepresses.com>
Asunto: Mel

¿Qué rollo de la Página Diez sobre Vivica y yo? ¿A qué te refieres?

¿Y por qué eres tan hostil? Vale, la chica no está mal si es de tu tipo, pero no es nada del otro jueves.

Vaya, vaya, desde luego ya no eres tan divertido como antes.

Max

P. D.: ¿Contratan fotógrafos en el *Chronicle*? Te aseguro que el trabajo no me vendría nada mal.

Para: Max Friedlander <photoguy@stopthepresses.com>
De: Vivica@sophisticates.com
Asunto: Nuestra boda.

¡¡¡MAXIE!!!

ACABO DE REGRESAR DE LAS PASARELAS DE MILÁN Y ALGUIEN ME HA ENSEÑADO ESE ARTÍCULO SOBRE NOSOTROS QUE APARECIÓ EN EL PERIÓDICO. ¿ES VERDAD? ¿DE VERDAD QUIERES CASARTE CONMIGO?

¿DÓNDE ESTÁS? HE LLAMADO A TODOS LOS NÚMEROS ANTIGUOS, PERO NO FUNCIONAN. AL FINAL DEIRDRE ME CONSIGUIÓ ESTA CUENTA DE CORREO ELECTRÓNICO PARA QUE TE ESCRIBIERA. ESPERO

QUE RECIBAS ESTE MENSAJE PORQUE QUIERO QUE
SEPAS QUE TE PERDONO POR LO QUE OCURRIÓ EN
CAYO OESTE. ¡ESPERO QUE LO DEL PERIÓDICO SEA
CIERTO!

CON TODO MI CARIÑO,
VIVICA

Para: Sebastian Leandro <sleandro@hotphotos.com>
De: Max Friedlander <photoguy@stopthepresses.com>
Asunto: ¿Qué coño

---

ha pasado aquí mientras he estado fuera? ¿Qué es eso de
la Página Diez? ¿Y por qué Vivica cree que quiero casarme con ella?

Qué horror, me voy de la ciudad unos meses y todo el
mundo se trastoca.

Max

Para: Max Friedlander <photoguy@stopthepresses.com>
De: Sebastian Leandro <sleandro@hotphotos.com>
Asunto: Siento ser el primero en darte la noticia

---

pero en la Página Diez, la columna de sociedad del *New
York Journal*, se dijo que habías pedido la mano de Vivica
y estabas ansioso por formar una familia con ella.

Recuerda que el mensajero es inocente.

Sebastian

Para: Vivica@sophisticates.com
De: Max Friedlander <photoguy@stopthepresses.com>
Asunto: Nuestra boda

Contrariamente a lo que hayas leído en esa basura que en esta ciudad llaman periódico, no tengo ni he albergado deseo alguno de casarme contigo.

Por Dios, Vivica, ¡por tu culpa me encuentro en este estado de semipobreza! Sólo un idiota se casaría contigo, o un tipo con tanta pasta que le daría igual que comprases infinidad de delfines de madera.

¿Por qué no llamas a Donald Trump? Estoy seguro de que estará encantado de recuperarte.

Max

Para: Mel Fuller <melissa.fuller@thenyjournal.com>
De: Vivica@sophisticates.com
Asunto: MAX FRIEDLANDER

QUERIDA SEÑORITA FULLER:

HOLA. SEGURAMENTE NO SE ACORDARÁ DE MÍ. SOY LA QUE LE CONTÓ QUE MAX Y SU AMIGO LE HABÍAN HECHO UNA JUGARRETA.

UN AMIGO ME ENSEÑÓ EL ARTÍCULO EN EL QUE USTED ASEGURABA QUE MAX QUIERE CASARSE CONMIGO, PERO ACABO DE PREGUNTÁRSELO Y DICE QUE NO QUIERE CASARSE CONMIGO. AUNQUE ES LO QUE ME HARÍA MÁS FELIZ EN EL MUNDO, CASARME CON ÉL, CLARO ESTÁ.

LA VERDAD ES QUE ME GUSTARÍA SABER DÓNDE OBTUVO ESA INFORMACIÓN, LE ASEGURO QUE ME INTERESA, Y MUCHO.

LA HE LLAMADO A LA OFICINA, PERO ME HAN DICHO QUE NO IRÁ DURANTE VARIOS DÍAS. ESPERO QUE NO ESTÉ ENFERMA NI NADA. DETESTO PONERME ENFERMA. CUANDO ENFERMO TIENEN QUE POSPONER LOS REPORTAJES Y ENTONCES TODO SE ATASCA.

ATENTAMENTE,
VIVICA

Para: Nadine Wilcock
   <nadine.wilcock@thenyjournal.com>
De: Mel Fuller <melissa.fuller@thenyjournal.com>
Asunto: Modelos

Vale, por primera vez siento haber escrito sobre la falsa boda de Max Friedlander. No por él, desde luego, sino porque Vivica acaba de escribirme un mensaje y me ha preguntado si era cierto. Parece que lo que más le gustaría en el mundo sería ser la señora Vivica Friedlander.

Me parece increíble que cometiera esa estupidez. Ahora tendré que escribirle y decirle que me lo inventé todo para vengarme de Max (y John). Se sentirá herida y la culpa será mía.

Merezco que me suspendan de empleo y sueldo para siempre.

Mel

Querida, Nadine me ha dicho que te sientes mal por los contratiempos de la columna. ¡Me ha dicho que te preocupa haber podido herir los sentimientos de la súper modelo!

Oh, cielo, tengo que confesarte que me reí hasta que se me saltaron las lágrimas. Eres un encanto. Te echamos de menos en la oficina. Desde que no estás por aquí nadie ha dicho palabra sobre Winona Ryder, sus problemas legales o su nueva película.

Mel, cariño, las súper modelos NO tienen sentimientos. ¿Cómo estoy tan segura? Bueno, te contaré un secreto: mi primer novio me dejó por una de ellas. De verdad. Sé que no tenías ni idea de que había estado prometida, pero lo he estado en varias ocasiones. No habría funcionado porque él era miembro de la familia real. ¿Me imaginas asistiendo a cenas de Estado y esas cosas? Pero estaba locamente enamorada de él o, al menos, de la posibilidad de que algún día heredase la corona.

Pero, ¡mira por donde!, le presentaron a una súper modelo que, vaya casualidad, era mi mejor amiga y sabía perfectamente lo que sentía por él. O por su corona. ¿Y qué crees que pasó? Pues nada, que me lo quitó de las manos, por supuesto.

Tampoco es que sufriera mucho. Su padre prohibió la boda y todos seguimos adelante con nuestras vidas.

De todos modos, entonces aprendí que las súper modelos no tienen vello, celulitis ni tampoco sentimientos.

Así que no dejes que te remuerda la conciencia, cielo. ¡Ella no siente nada de nada!

XXXOOO

Dolly

Para: Dolly Vargas <dolly.vargas@thenyjournal.com>
De: Mel Fuller <melissa.fuller@thenyjournal.com>
Asunto: Modelos

Vaya, gracias por el consejo sobre las súper modelos…, creo. Ha sido muy instructivo, supongo. Pero si no te importa, trataré a Vivica igual que al resto del mundo…, es decir, daré por supuesto que tiene sentimientos.

De todos modos, gracias y saluda a todos de mi parte.

Mel

P. D.: Espero que no sigas saliendo con Peter. Fue quien me suspendió. Ya sé que es mucho pedir, pero si sigues saliendo con él, ¿podrías evitar mantener relaciones sexuales con él hasta que yo vuelva al trabajo? Creo que es lo menos que podrías hacer por mí.

Para: Vivica@sophisticates.com
De: Mel Fuller <melissa.fuller@thenyjournal.com>
Asunto: Max Friedlander

Querida Vivica:

En respuesta a tu pregunta, siento decirte que inventé toda la historia sobre el hecho de que Max quisiera casarse contigo.

Estaba muy enfadada con Max y su amigo, John, por engañarme de esa manera, por hacerme pensar que John era Max y todo eso. Me dolió mucho y quise vengarme de ellos.

Lo que no se me ocurrió pensar fue que quizá el artículo podría dolerte a ti. Lo siento de veras y espero que me perdones.

Por si sirve de algo, cuando vuelva al trabajo –ahora estoy disfrutando de un breve paréntesis– pienso redactar una retractación.

Atentamente,
Mel Fuller

P. D.: Por si te consuela, sé cómo te sientes: creía que me casaría con su amigo, con el que fingía ser Max. Pero no salió bien, claro. Es imposible tener una relación basada en las mentiras.

QUERIDA MEL:

ESO ES LO QUE HABÍA PENSADO, QUE EL QUE MAX QUISIERA CASARSE CONMIGO ERA UNA FÁBULA. ME PARECE BUENA IDEA QUE ESCRIBAS OTRO ARTÍCULO SOBRE ÉL. ¿PODRÍAS DECIR QUE CUANDO DUERME RONCA MÁS FUERTE QUE NADIE? PORQUE ESO ES UNA VERDAD COMO UN TEMPLO.

ESTOY DE ACUERDO CONTIGO, ES IMPOSIBLE TENER UNA RELACIÓN BASADA EN LAS MENTIRAS. MAX ME DIJO QUE ME QUERÍA, PERO MENTÍA. YO LO QUERÍA DE VERDAD, PERO SE ACOSTÓ CON LA CAMARERA, Y TODO POR UNOS DELFINES DE MADERA.

PARA SER PERIODISTA PARECES BUENA PERSONA. ¿TE APETECERÍA ALMORZAR CONMIGO MIENTRAS TE DURE ESE PARÉNTESIS? HE DESCUBIERTO UN RESTAURANTE QUE ME GUSTA MUCHO. SE LLAMA APPLEBEE'S Y TIENEN UNOS NACHOS AL CHILI DE PRIMERA, CASI TAN BUENOS COMO LOS DEL RESTAURANTE FAVORITO DE MI MADRE, EL FRIDAY'S. ¿TE APETECERÍA VENIR CONMIGO? NO PASA NADA SI DICES QUE NO PORQUE A MUCHAS CHICAS NO LES CAIGO BIEN POR EL MERO HECHO DE SER MODELO. COMO DICE MI ABUELA, «CARIÑO, NO LE CAERÁS BIEN A TODO EL MUNDO SI NO ERES UN BILLETE DE CIEN DÓLARES».

DIME ALGO.

CON CARIÑO,
VIVICA

Para: Vivica@sophisticates.com
De: Mel Fuller <melissa.fuller@thenyjournal.com>
Asunto: Almuerzo

Querida Vivica:

Me encantaría almorzar contigo cuando quieras. Dime qué día te va mejor.

Mel

P. D.: Trataré de incluir como sea lo de los ronquidos en la próxima columna.

Para: John Trent <john.trent@thenychronicle.com>
De: Stacy Trent <ODIOBARNEY@freemail.com>
Asunto: ¿Por qué

será que te dejo solo un par de días mientras tengo un hijo y, acto seguido, me entero de que

a) te has separado de tu novia, con quien creía que te casarías;
b) te has mudado a tu antiguo apartamento de Brooklyn, y
c) de repente, eres el soltero más buscado de Estados Unidos?

¿Cómo diantres has logrado echarlo todo a perder? ¿Puedo ayudarte a arreglar el desaguisado?

Stacy

P. D.: Las gemelas están destrozadas. Contaban con ser las damitas de honor.

P. P. D.: Gracias por el brazalete. Y el sonajero es precioso.

Para: Stacy Trent <ODIOBARNEY@freemail.com>
De: John Trent <john.trent@thenychronicle.com>
Asunto: La cagué

Y soy lo bastante hombre para admitirlo.

No creo que nadie pueda ayudarme a arreglar el desaguisado. Lo he probado todo, desde las flores hasta las súplicas. No ha funcionado. Está furiosa.

Se acabó.

Y no puedo dejar de pensar que tal vez sea lo mejor. Reconozco que lo que hice no estaba bien, pero tampoco puede decirse que quisiera engañarla desde el principio. Vale, vale, lo hice, pero no tenía ni idea de que me enamoraría de ella.

Lo cierto es que intentaba ayudar a un amigo. Hay que reconocer que es un idiota, pero le debía una.

Si ella no es capaz de entenderlo, entonces lo mejor será que sigamos caminos distintos. No puedo vivir con alguien que no entiende que los amigos tienen que hacer cosas que tal vez no sean agradables o éticas, pero sí necesarias para conservar la amistad…

Bueno, da igual. Ya no sé ni lo que digo. El dolor y la pena me hacen delirar. Ojalá alguien me pegara un tiro y acabara con este sufrimiento. Quiero recuperarla. Quiero recuperarla. Quiero recuperarla.

No hay vuelta de hoja.

John

Para: Jason Trent <jason.trent@trentcapital.com>
De: Stacy Trent <ODIOBARNEY@freemail.com>
Asunto: Por Dios

Nunca he visto a tu hermano así. Está fatal. ¡Tenemos que hacer algo!

Stacy

P. D.: Se ha acabado la leche.

Para: Stacy Trent <ODIOBARNEY@freemail.com>
De: Jason Trent <jason.trent@trentcapital.com>
Asunto: Por Dios

Mantente al margen de los asuntos personales de John. Si no lo hubieras azuzado, todo esto no habría pasado.

Te lo digo muy en serio, Stacy. Mantente al margen. Ya has hecho más de la cuenta.

Jason

P. D.: He mandado a Gretchen a comprar la leche. ¿Para qué pagamos mil dólares semanales a la niñera si no podemos mandarla a comprar leche de vez en cuando?

Para: Genevieve Randolph Trent
    <grtrent@trentcapital.com>
De: Stacy Trent <ODIOBARNEY@freemail.com>
Asunto: John

Mim:

Acabo de hablar con John. Está tan deprimido que me cuesta creerlo. Tenemos que hacer algo al respecto.

Jason no piensa colaborar, por supuesto. Cree que no deberíamos inmiscuirnos. Pero estoy segura de que John se pasará el resto de sus días solo e infeliz si no nos ponemos manos a la obra. Ya se sabe que cuando hay amor de por medio los hombres no saben arreglárselas solos.

¿Qué me dices? ¿Estás conmigo?

Stacy

Para: Stacy Trent <ODIOBARNEY@freemail.com>
De: Genevieve Randolph Trent
    <grtrent@trentcapital.com>
Asunto: John

Queridísima Stacy:

Aunque me cueste admitir que uno de mis dos nietos favoritos es un inútil en lo que a las relaciones personales se refiere, creo que tienes toda la razón del mundo. John necesita nuestra ayuda urgentemente.

¿Qué sugieres que hagamos? Llámame esta tarde para que estudiemos las posibles opciones. Estaré en casa entre las seis y las ocho.

Mim

P. D.: ¿Quién es el pobre Barney y por qué lo odias tanto?

Para: Nadine Wilcock
  <nadine.wilcock@thenyjournal.com>
De: Mel Fuller <melissa.fuller@thenyjournal.com>
Asunto: Acaba de ocurrir

---

algo de lo más extraño. Estaba jugando al Tetris en el ordenador –desde que me suspendieron me he hecho una experta– cuando me he dado cuenta de que pasaba algo en el apartamento de al lado, el de la señora Friedlander.

Por la ventana que da al cuarto de invitados, donde John solía dormir y donde lo veía desvestirse todas las noches… pero mejor que no hablemos de eso…, pues por esa ventana he visto a Max Friedlander saltando sin parar, agitando los brazos y gritándole a alguien.

He sacado los prismáticos (no te preocupes, antes había apagado las luces) y he visto que le gritaba a uno de los gatos de su tía. A *Tweedledum*, para ser exactos.

Me ha parecido muy raro, así que he guardado los prismáticos, he salido al pasillo y he aporreado su puerta. La excusa que tenía preparada era que lo oía gritar a través de las paredes, lo cual no era verdad, por supuesto, pero él no lo sabía.

Ha abierto la puerta, sudoroso y enfadado. No sé cómo es posible que le guste a Vivica. No se parece en nada a John. Lleva un collar de oro. No es que tenga nada contra los tíos con joyas, pero es que lleva la camisa desabotonada casi hasta el ombligo para que se le vea bien. El collar, claro está.

Además, tiene esa pinta del que no se ha afeitado en varios días. John también solía ir así, pero yo sabía que sí que se afeitaba; en el caso de Max dudo mucho que haya tocado una maquinilla, o una pastilla de jabón, en semanas.

Como de costumbre, se ha mostrado grosero, me ha preguntado qué quería y cuando le he explicado que había ido corriendo por sus gritos histéricos ha comenzado a maldecir y a decir que *Tweedledum* lo estaba volviendo loco porque no orinaba en el cajón pertinente.

Eso me ha sorprendido porque nunca he visto a *Tweedledum* orinar fuera de sitio. Luego Max ha añadido que el gato se bebía todo lo que encontraba, incluyendo el agua del vaso que Max dejaba en la mesita de noche (hay que ser tonto para dejar un vaso con agua en la mesita de noche) y la del váter.

Entonces me he dado cuenta de que algo iba mal. En Lansing, cuando un animal comenzaba a beber mucho y a orinar por todas partes, significaba que seguramente padecía diabetes. Le he dicho a Max que debíamos llevar el gato al veterinario de inmediato.

¿Y sabes qué me ha respondido?

«Yo no pienso ir, hermanita. Tengo lugares a los que ir y gente con la que estar.»

En serio. Ha dicho eso.

Le he replicado que me daba igual, que ya lo llevaría yo al veterinario. Lo he abrigado y me he marchado. ¡Oh,

Nadine, deberías haber visto la cara de *Paco* al verme salir por la puerta! Nunca había visto un perro tan triste. Está claro que echa de menos a John. Hasta *Señor Peepers* ha tratado de seguirme hasta el pasillo para escapar de la presencia opresiva de Max Friedlander.

He llevado a *Tweedledum* a la clínica veterinaria y tras gastarme doscientos dólares (de mi propio bolsillo, muchísimas gracias; nunca volveré a ver ese dinero) resulta que el pobre gato es diabético y hay que administrarle dos inyecciones de insulina al día y llevarlo una vez a la semana al veterinario para hacerle pruebas hasta que la diabetes esté controlada y estabilizada.

¿Crees que MAX es lo suficientemente responsable como para hacerse cargo de la situación? Claro que no. Matará al pobre gato. Ahora mismo *Tweedledum* está conmigo, pero no es mi gato. Sé que la señora Friedlander querría que recibiese el mejor trato posible, pero no será así si se queda con Max.

No sé qué hacer. ¿Debería llamarlo y decirle que el gato ha muerto y quedármelo en secreto? Ojalá pudiera sacar a escondidas a los demás. A *Paco* y a *Señor Peepers*. Max es el peor cuidador de animales que he conocido en mi vida. Es posible que John fuera un mentiroso, pero al menos se interesaba por las mascotas de la señora Friedlander. A Max no le importan lo más mínimo. Salta a la vista.

Daría lo que fuera con tal de que las cosas estuvieran tal como estaban antes de que supiera que John no era Max Friedlander. Era un Max mucho mejor que el verdadero Max.

Mel

Para: Mel Fuller <melissa.fuller@thenyjournal.com>
De: Nadine Wilcock
    <nadine.wilcock@thenyjournal.com>
Asunto: Te

has vuelto completamente loca. Mel, DESPIERTA. No has adoptado a un pequeño huérfano, sino a un gato. El gato de la vecina. Devuélveselo a Max y deja de preocuparte. Es un adulto. Sabrá ocuparse de un gato diabético.

Nad

Para: Nadine Wilcock
    <nadine.wilcock@thenyjournal.com>
De: Mel Fuller <melissa.fuller@thenyjournal.com>
Asunto: Tienes razón

Pero ¿por qué me siento culpable?

Acabo de ir al apartamento de Max y le he dicho lo de *Tweedledum*. He llevado al gato junto con todas sus medicinas y le he explicado lo que tiene que hacer…

Max parecía desconcertado y decía: «Entonces ¿los gatos tienen diabetes como las personas?». Creo que no ha entendido nada de lo que le he explicado. Bueno, estoy segura porque cuando le he dicho que llenara la jeringuilla, lo ha hecho hasta el número 2, en lugar de 2 unidades, que es la dosis correcta.

He comenzado a decirle que es muy peligroso y luego le he contado que Sunny von Bülow está en coma desde que Claus le había inyectado demasiada insulina, pero creo que lo único que ha escuchado ha sido la última parte, porque es cuando se ha mostrado interesado y me ha preguntado cuánta insulina sería necesaria para que alguien entrara en coma o incluso muriese. Como si yo lo supiera. Le he dicho que viera *Urgencias*, como todo el mundo, y que acabaría sabiéndolo.

Matará al gato. Te digo que lo matará. Y si lo hace no me lo perdonaré nunca.

Por Dios, ojalá que la señora Friedlander se despertase, echase a Max y retomase los planes para viajar a Nepal y la clase de *aquagym*. ¿No sería maravilloso que todo esto no fuera más que un sueño extraño que ha tenido mientras dormía? ¿O que todo lo que ha ocurrido desde que la encontré inconsciente nunca hubiera pasado y las cosas siguieran con normalidad, como antes?

Sería maravilloso y, además, ya no tendría que sentirme así.

Mel

Para: jerryvive@freemail.com
De: Nadine Wilcock
   <nadine.wilcock@thenyjournal.com>
Asunto: Mel

Querido John:

Tony me dio tu dirección de correo electrónico. Espero que no te importe.

No suelo meterme en las relaciones personales de Mel si puedo evitarlo, pero en este caso tendré que hacer una excepción. No puedo aguantarme más.

¿EN QUÉ ESTABAIS PENSANDO? Tú y el estúpido de Max Friedlander. ¿En qué estabais pensando cuando pusisteis en marcha esa tontería?

Le has roto el corazón a mi mejor amiga, algo por lo cual nunca te perdonaré, de eso estoy segura. Pero lo peor de todo es que la has dejado a merced del verdadero Max Friedlander, el mayor idiota del planeta.

¿Cómo has podido? ¿CÓMO HAS PODIDO?

Eso es lo único que quiero saber. Espero que estés satisfecho. Has echado a perder la vida de una de las mejores chicas del mundo.

Espero que estés muy orgulloso de ti mismo.

Nadine Wilcock

Para: Nadine Wilcock
  <nadine.wilcock@thenyjournal.com>
De: John Trent <john.trent@thenychronicle.com>
Asunto: Mel

¿A qué te refieres con lo de que está a merced de Max Friedlander? ¿Qué le está haciendo Max?

John

Para: John Trent <john.trent@thenychronicle.com>
De: Nadine Wilcock
    <nadine.wilcock@thenyjournal.com>
Asunto: Max

Caray, cálmate, ¿vale? Max no le está haciendo nada. Sólo se comporta como…, bueno, como Max, por lo que sé (tampoco es que le conozca). Resulta que uno de los gatos es diabético y Max no parece querer cooperar mucho para ocuparse de él. Y ya conoces a Mel.

¿Pensarás en lo que acabo de decirte? Si de verdad aprecias a Mel seguro que encuentras la manera de ayudarla. ¿Se te ocurre ALGO?

Nad

Para: Max Friedlander <photoguy@stopthepresses.com>
De: John Trent <john.trent@thenychronicle.com>
Asunto: Gatos diabéticos

Oye, me he enterado de que las pesadas mascotas de tu tía te están dando más problemas de los que creías. ¿Quieres que te eche un cable? Si me das permiso, dado que eres el pariente más cercano de la señora Friedlander y tal, podría volver a vivir en su apartamento. Tú podrías quedarte en el mío. ¿Qué te parece?

John

Para: John Trent <john.trent@thenychronicle.com>
De: Max Friedlander <photoguy@stopthepresses.com>
Asunto: Gatos diabéticos

¿Por qué habría de mudarme a tu apartamento? ¿No vives en la peor zona de Brooklyn? Odio el metro.

Además, si mal no recuerdo, ni siquiera tienes conexión por cable. ¿No estabas viviendo como un escritor bohemio? ¿Cartones de leche, futón y toda la pesca?

Gracias, pero no.

Max

Para: Max Friedlander <photoguy@stopthepresses.com>
De: John Trent <john.trent@thenychronicle.com>
Asunto: Gatos diabéticos

Vale, ¿qué te parece esto?: Te pagaré un apartamento en cualquier parte si me dejas volver al de tu tía.

Te lo digo en serio. Como si quieres quedarte en The Plaza. Piensa en todas las súper modelos a las que podrías impresionar…

John

Para: John Trent <john.trent@thenychronicle.com>
De: Max Friedlander <photoguy@stopthepresses.com>
Asunto: Gatos diabéticos

Tío, eres patético. Te has quedado colgado de esa chica, ¿no? Debe de ser porque es pelirroja. Yo no le veo nada y, si quieres que te sea sincero, me parece una entrometida de mierda. Peor, es una de esas mujeres extrañas que creen que los animales tienen sentimientos y todo eso.

Joder, odio esas tonterías.

Gracias por la oferta del hotel y tal, buen intento, de veras, pero si todo sale como espero, dentro de poco viviré en mi propio apartamento. Así que, gracias, pero paso.

Max

P. D.: Eres verdaderamente patético. Podría presentarte a tías mucho más buenas que la del 15B. En serio. Si te interesa, dímelo.

Para: Nadine Wilcock
    <nadine.wilcock@thenyjournal.com>
De: John Trent <john.trent@thenychronicle.com>
Asunto: Max

He intentado regresar al 15A, pero no ha funcionado. Al parecer, Max tiene un gran plan entre manos. Por si te consuela saberlo, no creo que moleste a Mel durante mucho tiempo.

John

Para: Tony Salerno <manjares@fresche.com>
De: Nadine Wilcock
    <nadine.wilcock@thenyjournal.com>
Asunto: Hombres

¿Por qué son tan estúpidos los hombres, sin incluirte a ti, por supuesto?

Le escribo a John Trent, saco tiempo de mi ajetreada agenda para escribirle un mensaje de correo electrónico emotivo y sincero preguntándole si se le ocurre algo, LO QUE SEA, para que Mel le perdone, insinuándole que si le pidiera la mano lo más probable es que ella accediera, ¿y qué es lo que hace? ¿Qué es lo que hace?

Escribe un mensaje de correo electrónico al estúpido de Max Friedlander para pedirle que lo deje volver al apartamento de su tía, junto al de Mel. ¡Vaya ESTUPIDEZ! ¿Qué tengo que hacer para que pille el mensaje? ¿Sacar una señal?

¿Qué es lo que os pasa?

Nad

Para: Nadine Wilcock
    <nadine.wilcock@thenyjournal.com>
De: Tony Salerno <manjares@fresche.com>
Asunto: Hombres

Nadine, ¿cuándo aprenderás a no meterte en los asuntos de los demás? Deja en paz a John Trent. Deja que Mel resuelva sus problemas por sí sola. No necesita tu ayuda.

Tony

Para: Tony Salerno <manjares@fresche.com>
De: Nadine Wilcock
   <nadine.wilcock@thenyjournal.com>
Asunto: Hombre

>Deja que Mel resuelva sus problemas por sí sola. No necesita tu ayuda.

Típica respuesta masculina. Además, ni te imaginas lo mucho que te equivocas.

Nad

Para: Dolly Vargas <dolly.vargas@thenyjournal.com>;
   Tim Grabowski
   <timothy.grabowski@thenyjournal.com>;
   George Sanchez <george.sanchez@thenyjournal.com>
De: Nadine Wilcock
   <nadine.wilcock@thenyjournal.com>
Asunto: A ver

Mel vuelve al trabajo y creo que deberíamos organizar algo para darle la bienvenida porque está muy deprimida por todo lo ocurrido con John. Celebremos una fiesta con tarta y helado (ya los traeré yo).

Tim, ¿por qué no explotas tu vena decorativa y colocas varias cintas en su cubículo?

George, creo que un regalito le sentaría bien… y esta vez, ¿por qué no intentas comprarlo en un sitio que no sea el kiosco de abajo? De acuerdo, las chucherías le gustan, pero no son muy especiales que digamos.

Dolly, dado que lo tuyo es el teléfono, ¿por qué no haces correr la voz sobre la fecha y el lugar? Así nos aseguraremos de que haya gente suficiente.

Sobre todo, tratad de ser positivos, os aseguro que está tan deprimida que no me sorprendería que pusiese pies en polvorosa y se escabullese a Illinois, y no podemos permitirlo. NO MENCIONÉIS las palabras John Trent bajo ningún concepto. Os digo que tiene los nervios a flor de piel.

¡En marcha!

Nad ;-)

Para: Mel Fuller <melissa.fuller@thenyjournal.com>
De: Nadine Wilcock
    <nadine.wilcock@thenyjournal.com>
Asunto: ¡Bienvenida!

¡Cuánto te hemos echado de menos! La oficina estaba muerta sin ti. Nadie nos informaba de las próximas bodas de los famosos ni nos mantenía al día de los últimos movimientos de Leo. He estado a punto de morir de aburrimiento.

¿Dónde quieres que almorcemos?

Nad ;-)

Para: Nadine Wilcock
    <nadine.wilcock@thenyjournal.com>;
    Dolly Vargas <dolly.vargas@thenyjournal.com>;
    Tim Grabowski
    <timothy.grabowski@thenyjournal.com>;
    George Sanchez
    <george.sanchez@thenyjournal.com>
De: Mel Fuller <melissa.fuller@thenyjournal.com>
Asunto: Gracias

por la fiesta de bienvenida. Esta vez os habéis superado, en serio. No me lo esperaba en absoluto. Estoy segura de que ningún otro empleado del *Journal* ha tenido una fiesta de bienvenida después de una suspensión obligatoria, y mucho menos con tarta y helados.

Me encantan los pendientes de plástico de la estatua de la Libertad con las antorchas que se encienden de verdad. Es obvio que es lo que toda chica necesita. No deberíais haberos molestado.

Os agradecería que ahora me dejarais trabajar porque han pasado muchas cosas en Hollywood y en ese mundillo, y el trabajo se me acumula.

Con cariño,
Mel

Para: Nadine Wilcock
    <nadine.wilcock@thenyjournal.com>
De: Mel Fuller <melissa.fuller@thenyjournal.com>
Asunto: Voy a matarte

La fiesta fue todo un detalle, pero sabes que no estoy de humor para fiestas. La cara estuvo a punto de partírseme en dos mientras fingía que estaba contenta.

¿Y qué te pasó con la tarta? Como mínimo te comiste cuatro porciones.

No te lo tomes a mal, y no pretendo ser tu policía del régimen, pero creía que habías bajado a la talla 40 y querías quedarte así hasta la boda.

Mel

Para: Mel Fuller <melissa.fuller@thenyjournal.com>
De: Nadine Wilcock
    <nadine.wilcock@thenyjournal.com>
Asunto: ¿Qué me pasó con la tarta?

No lo aguanto más, ¿vale? ¡Lo de hacer régimen es una chorrada! ¿De qué sirve estar viva si no puedo comer lo que quiero? Ya no me importa si no quepo en el dichoso vestido de boda de mi madre. Me compraré un vestido en el que pueda respirar a gusto, y no tendré que morirme de hambre durante el próximo mes y medio.

Y cuando llegue el momento de la tarta durante el banquete podré comerme un trozo sin miedo a que las costuras se rompan.

Ya está. ¿Estás contenta? Ya lo he soltado. SOY GORDA. Eso es todo. Nunca tendré la talla 36, 38, ni siquiera la 40, tengo la 48, eso es lo que hay. No dejaré las clases de *spinning* porque me van bien, pero no me da la gana tener que pasarme el resto de mi vida comiendo ensalada sin aliñar para poder entrar en un vestido cuya talla según las revistas es la que corresponde a mi estatura. ¿Cómo SABEN cuál es la talla correcta para mi estatura?

No lo saben. No me conocen. No saben que a mi prometido le gusto tal como soy, que dice que soy la mujer más sexy que conoce, y que cuando voy por la calle los basureros y los camioneros me silban y me piden el número de teléfono.

Así que en realidad no me va tan mal, ¿no?

Bien, ¿dónde almorzaremos?

Nad

Para: Nadine Wilcock
   <nadine.wilcock@thenyjournal.com>
De: Mel Fuller <melissa.fuller@thenyjournal.com>
Asunto: Almuerzo

Pues… lo siento, Nadine, pero ya tengo planes para el almuerzo. Iré a Applebee's con Vivica, la súper modelo.

Te suplico que no me odies.

Mel

Para: Mel Fuller <melissa.fuller@thenyjournal.com>
De: Nadine Wilcock
    <nadine.wilcock@thenyjournal.com>
Asunto: Almuerzo

¿Applebee's? ¿Con una súper modelo?

Me parece tan inconcebible que ni siquiera sé cómo expresar lo que pienso.

¿Odiarte? ¿A santo de qué? ¿Por almorzar con una súper modelo de la talla 34 en un lugar al que no iría ni muerta?

Adelante, no pasa nada. Ya ves lo que me importa.

Nad :-(

Para: Nadine Wilcock
    <nadine.wilcock@thenyjournal.com>
De: Mel Fuller <melissa.fuller@thenyjournal.com>
Asunto: Almuerzo

Oh, supéralo ya. Sabes de sobra que prefiero a una crítica de gastronomía de la talla 48 que a una súper modelo de la 34.

Mel

Para: Mel Fuller <melissa.fuller@thenyjournal.com>
De: Vivica@sophisticates.com
Asunto: ALMUERZO

QUERIDA MEL:

ERES DIVERTIDÍSIMA. HACÍA TIEMPO QUE NO DIS-
FRUTABA TANTO DE UN ALMUERZO. ME ALEGRO DE
HABERTE CONOCIDO. ESPERO QUE SEAMOS BUENAS
AMIGAS. NO HE TENIDO UNA BUENA AMIGA DESDE
QUE ME FUI DE SANTA CRUZ Y VINE AQUÍ.

SI QUIERES SALIR NO DUDES EN LLAMARME CUAN-
DO QUIERAS, SALVO LA SEMANA QUE VIENE PORQUE
ESTARÉ EN MILÁN, QUE ESTÁ EN ITALIA.

ADIÓS.

CON CARIÑO,
VIVICA

Para: Vivica@sophisticates.com
De: Mel Fuller <melissa.fuller@thenyjournal.com>
Asunto: Almuerzo

¡Hola, Vivica! Yo también lo he pasado bien en el almuerzo. Nos hemos dado un buen atracón, ¿no? No puedo pensar en jalapeños sin que me entren ganas de vomitar.

Me encantaría volver a quedar contigo. Quizá podríamos invitar a mi amiga Nadine. Creo que te caería bien.
Trabaja de crítica de gastronomía en el periódico y conoce
algunos restaurantes que son incluso mejores que el Applebee's. ¿Qué te parece?

He estado pensando en algo que dijiste mientras comíamos. ¿Recuerdas que te dije dónde vivía y me dijiste que habías estado allí la noche anterior a que Max y tú os fuerais a Cayo Oeste? ¿Cuándo fue eso exactamente? ¿Y conociste entonces a la tía de Max?

Mel

Para: Mel Fuller <melissa.fuller@thenyjournal.com>
De: Vivica@sophisticates.com
Asunto: LA TÍA DE MAX

QUERIDA MEL:

¡ME ENCANTARÍA CONOCER A TU AMIGA NADINE! ¿CRÍTICA DE GASTRONOMÍA? PARECE UN TRABAJO DURO. SI YO FUERA CRÍTICA DE GASTRONOMÍA NO SABRÍA DIFERENCIAR ENTRE LAS PATATAS ASADAS CON QUESO CHEDDAR Y TROZOS DE BEICON DE FRIDAY'S Y LAS PATATAS ASADAS CON QUESO CHEDDAR Y TROZOS DE BEICON DE APPLEBEE'S.

EN FIN, FUI AL APARTAMENTO DE LA TÍA DE MAX LA NOCHE ANTES DE QUE YO ME FUERA A CAYO OESTE, SE SUPONÍA QUE MAX VENDRÍA CONMIGO, PERO LE SALIÓ UNA SESIÓN DE ÚLTIMA HORA EN LOS ÁNGELES, ASÍ QUE ME FUI SOLA Y ÉL LLEGÓ AL CABO DE UNA SEMANA.

ESA NOCHE DIJO QUE TENÍA QUE RECOGER ALGO EN EL APARTAMENTO DE SU TÍA; LO ESPERÉ EN EL TAXI MIENTRAS ÉL IBA A BUSCARLO, ASÍ QUE NO LLEGUÉ A CONOCER A SU TÍA. MAX DIJO QUE ERA

UNA ARPÍA Y QUE NO LE CAERÍA BIEN POR SER DE-
MASIADO JOVEN PARA ÉL, LO CUAL SUELE PASARME
CON MUCHOS DE MIS NOVIOS.

MAX REGRESÓ AL CABO DE UN RATO Y NOS FUI-
MOS AL CHILI'S. ¿HAS IDO ALGUNA VEZ? TIENEN LA
MEJOR SALSA PARA ALCACHOFAS DEL MUNDO. ¡DE-
BERÍAMOS IR JUNTAS ALGÚN DÍA!

¡BUENO, TE DEJO, YA ESTÁ BIEN!

VIVICA

Para: Mel Fuller <melissa.fuller@thenyjournal.com>
De: George Sanchez
    <george.sanchez@thenyjournal.com>
Asunto: Acabo de pasar junto a tu mesa de trabajo

---

y me he dado cuenta de que no estabas absorta en la columna de hoy, como cabría esperar, sino en el correo electrónico. Puede que te sorprenda, pero no te pagamos para
que mantengas correspondencia con tus amistades, Fuller. Te pagamos para trabajar. ¿TE IMPORTARÍA TRABA-
JAR UN POCO?

¿O sería pedir demasiado?

George

Para: George Sanchez
    <george.sanchez@thenyjournal.com>
De: Mel Fuller <melissa.fuller@thenyjournal.com>
Asunto: Caramba, George

¡No hace falta GRITAR!

Hay algo que me inquieta, no sé qué es exactamente, pero podría ser… No lo sé, tal vez me lleve a algo importante, George.

Sin embargo, sólo sabré si es verdad si formulo las preguntas adecuadas a las personas adecuadas.

Así que te pido que me dejes trabajar y ¡NO ESPÍES LO QUE ESCRIBO!

Quizá sea sobre ti.

Mel

Para: Mel Fuller <melissa.fuller@thenyjournal.com>
De: George Sanchez
    <george.sanchez@thenyjournal.com>
Asunto: ¿Sabes qué?

Si no aparece en la Págima Diez no me interesa.

George

Para: Vivica@sophisticates.com
De: Mel Fuller <melissa.fuller@thenyjournal.com>
Asunto: La tía de Max

Vivica, es importante que recuerdes qué noche estuvisteis Max y tú en mi edificio. Tal vez todavía tengas la tarjeta de embarque del vuelo a Florida o alguien de tu agencia lo apuntara en alguna parte.

Dímelo en cuanto puedas, por favor.

Mel

Para: Mel Fuller <melissa.fuller@thenyjournal.com>
De: Genevieve Randolph Trent
    <grtrent@trentcapital.com>
Asunto: Mi nieto

Querida señorita Fuller:

No nos han presentado formalmente, pero nos conocemos. La última vez que nos vimos fue en una función benéfica del Lincoln Center. Creo que se acordará de mí: era la señora entrada en años sentada junto a John Trent, quien entonces usted creía que era Max Friedlander. Los dos hablaron durante un buen rato. Por supuesto, no pude intervenir demasiado porque mi nieto no quería que se descubriese su verdadera identidad por motivos que creo que ya conoce.

No puedo disculparme por la conducta de mi nieto…, eso es algo que debe hacer él. Confío en que ya lo haya hecho. Según tengo entendido usted no ha querido aceptar sus disculpas; por supuesto, está en su derecho.

Sin embargo, antes de que olvide por completo a mi nieto, señorita Fuller, le rogaría que tenga en cuenta lo que sigue: John la ama. Entiendo que, tras lo sucedido, le cueste creerlo, pero le pido que lo crea.

Quisiera poder convencerla de la verdad en persona. ¿Sería posible que nos viésemos, o es mucho pedir? Me encantaría tener la oportunidad de hablar con usted, de mujer a mujer. Dígame algo.

Genevieve Randolph Trent

Para: Nadine Wilcock
    <nadine.wilcock@thenyjournal.com>
De: Mel Fuller <melissa.fuller@thenyjournal.com>
Asunto: John

Oh, Dios mío, ahora le ha pedido a su abuela que me escriba y que me suplique que lo perdone. No bromeo. Qué patético. Como si lo que ella diga fuese a cambiar algo. ¡Son parientes!

Además, seguramente se ha visto obligada a escribirme eso. Es probable que la amenazaran. Seguramente le dijeron: «Escribe la carta o te pegamos un tiro, abuela». No me extrañaría lo más mínimo. Podrían hacerlo y ella no tendría medios para impedirlo. Todo el mundo sabe que los Trent tienen bien metidos en el bolsillo a los mandamases de la justicia de la Costa Este.

Tengo suerte de haberme librado de todo eso. Podría haber acabado como esa película de Sally Field en la que tiene que huir con su hija. Sólo que en vez de huir de Irak, o de donde estuviese ambientada la película, yo huiría de East Hampton.

En serio, piénsalo.

Mel

Para: Mel Fuller <melissa.fuller@thenyjournal.com>
De: Nadine Wilcock
    <nadine.wilcock@thenyjournal.com>
Asunto: John

Ahora sí que has perdido el juicio. ¿Pegarle un tiro? ¿De dónde has sacado eso?

Por Dios, no son los Kennedy. Nunca los han acusado de asesinato. De transacciones ilegales, puede ser, pero nada violento. Y la abuela, al menos, es una conocida mecenas y una acérrima defensora de las mismas organizaciones benéficas sobre las que has escrito con tanta admiración.

Así que, ¿de dónde has sacado todo eso? Tu imaginación está desbocada. Deberías dejar el periodismo y dedicarte a las novelas de ficción porque, al parecer, tienes talento para ello.

Nad

Para: Nadine Wilcock
    <nadine.wilcock@thenyjournal.com>
De: Mel Fuller <melissa.fuller@thenyjournal.com>
Asunto: John

¿Ah, sí? Entonces no me creerás si te digo que sé quién pudo golpear a la señora Friedlander en la cabeza.

Y no fue un miembro de la familia Trent.

Reúnete conmigo junto a la máquina de agua y te lo contaré. George está vigilándome todo el rato para asegurarse de que trabajo.

Y entonces dije: «¿Bromeas? George Sanchez es el hombre más sexy del mundo. Cualquier hombre con tanto vello en la espalda tiene que ser un verdadero depósito de testosterona…».

¡JA, GEORGE! ¡¡¡TE HE PILLADO!!!

Mel

Para: Stacy Trent <ODIOBARNEY@freemail.com>
De: Genevieve Randolph Trent
    <grtrent@trentcapital.com>
Asunto: Melissa Fuller

Bueno, ya lo he enviado. No me ha respondido.

Mira que es tozuda.

Tendremos que pasar al Plan B.

Mim

Querido John:

Cuando te sugerí que hicieras algo para recuperar a
Mel no me refería exactamente a que le pidieras a tu abuela que le escribiera. De hecho, no me parece una idea brillante. Creo que ha tenido el efecto contrario al que bus-
cabas.

Cuando te sugerí que hicieras algo para recuperar a
Mel me refería a algo como, oh, no sé, como colgar un car-
tel enorme de las ventanas del edificio que está frente al
nuestro con las palabras CÁSATE CONMIGO, MEL.

O algo parecido.

Sin embargo, preferiste un acercamiento más pasivo…,
a menudo suele funcionar. Te felicito por intentarlo, de
verdad. Un hombre de menos valía ya se habría dado por
vencido. Mel es terca como una mula y cree a pies juntillas
en el refrán «el gato escaldado del agua fría huye».

Sin embargo, creo que deberías saber que Mel está convencida de que tu familia está llena de mujeres que harán
todo lo que les digas porque temen que, de lo contrario, les
pegues un tiro.

Me pareció que te interesaría saberlo.

Nad

Para: Genevieve Randolph Trent
   <grtrent@trentcapital.com>
De: John Trent <john.trent@thenychronicle.com>
Asunto: ¿Qué te

---

pasa? ¿Le has escrito a Mel? ¿Qué le has contado?

Fuera lo que fuese, no ha funcionado. Según su amiga, está más enfadada que nunca conmigo.

Mim, no necesito que me ayudes, ¿vale? Mantente al margen de mi vida amorosa… o la falta de la misma. Y también va por Stacy, en caso de que estéis confabuladas, tal como comienzo a sospechar.

Lo digo muy en serio, Mim.

John

Para: Stacy Trent <ODIOBARNEY@freemail.com>
De: Genevieve Randolph Trent
   <grtrent@trentcapital.com>
Asunto: John

Oh, querida, acabo de recibir un mensaje de correo electrónico de John. Al parecer, ha averiguado que le escribí un mensaje a Mel Fuller. Estaba bastante molesto y me ha advertido con toda claridad que no me inmiscuya en su vida amorosa. También me ha dicho que hagas otro tanto.

Sugiero que pasemos al Plan B de inmediato.

Mim

Para: Sebastian Leandro <sleandro@hotphotos.com>
De: Max Friedlander <photoguy@stopthepresses.com>
Asunto: Sé que seguramente

no sirve de nada que lo pregunte, pero diría que no me has encontrado trabajo últimamente, ¿no?

Max

Para: Max Friedlander <photoguy@stopthepresses.com>
De: Sebastian Leandro <sleandro@hotphotos.com>
Asunto: Que te quede claro

que podría vivir perfectamente sin tu actitud. Te he ofrecido muchos encargos y no has aceptado ninguno. No tengo la culpa de que no trabajes por menos de dos mil dólares al día, tengas prejuicios contra las fibras artificiales o te niegues a fotografiar campañas de moda para adolescentes.

Mi trabajo es encontrarte trabajo y te lo he encontrado. Eres TÚ el que lo rechaza.

Max, tienes que aceptar el hecho de que debes cobrar menos. Tu trabajo es bueno, pero no eres Annie Leibovitz. Hay fotógrafos con tanto talento como tú que cobran bastante menos. Ésa es la realidad. Las cosas cambian: o te adaptas a los tiempos o te quedas rezagado.

Cuando desapareces y pasas varios meses en Florida con la Chica Wonderbra, te estás quedando rezagado. Detesto decírtelo, pero, bueno, ya te lo he dicho.

Sebastian

Para: Sebastian Leandro <sleandro@hotphotos.com>
De: Max Friedlander <photoguy@stopthepresses.com>
Asunto: Sí, vale,

¿sabes qué? No te necesito, ni tampoco tus encargos de estudio para retratos de tres al cuarto de Sears. Soy un artista y, como tal, ofreceré mis servicios en otra parte. Ya puedes dar por finalizado mi contrato con tu agencia.

Max Friedlander

Para: Mel Fuller <melissa.fuller@thenyjournal.com>
De: Max Friedlander <photoguy@stopthepresses.com>
Asunto: Mi tía

Sé que has ido a ver a mi tía al hospital. ¿Cuál es el horario de visita?

Max Friedlander

Para: Nadine Wilcock
    <nadine.wilcock@thenyjournal.com>
De: Mel Fuller <melissa.fuller@thenyjournal.com>
Asunto: Max Friedlander

¡Nadine! ¿Recuerdas que te dije que creía que sabía quién había atacado a la señora Friedlander? Había empezado a pensar que podría haber sido Max. Vivica me ha contado que él estuvo en el apartamento de su tía la noche antes de que se fueran a Cayo Oeste y tuvo que ser en una fecha cercana al día en que golpearon a la señora Friedlander, pero no consigo que Vivica me diga la fecha exacta.

Y ahora Max quiere saber cuál es el horario de visitas del hospital en el que está su tía. El horario de visitas, Nadine. Nunca la ha ido a ver y ahora…

Eso pasa porque antes no se le había ocurrido cómo acabar con ella. Pero ¡ahora lo sabe porque yo se lo dije! ¿Te acuerdas? Le conté lo de Sunny von Bülow y que Claus le había inyectado una sobredosis de insulina y que debió de hacerlo entre los dedos del pie, donde nadie advertiría la marca del pinchazo.

¡Sí, le dije eso! Sabes que me gustan las novelas de misterio y me fui de la lengua. ¡¡¡No me imaginaba que cogería una de las jeringuillas de *Tweedledum* y la insulina e iría a ver a su pobre tía en coma al hospital para MATARLA!!!

¿Qué debo hacer, Nadine? ¿Crees que debo llamar a la policía? Nunca me imaginé que Max haría algo tan atroz como matar a su propia tía… Pensaba escribir una columna y dársela a George para demostrarle que puedo ocuparme de noticias serias, pero nunca llegué a pensar… No estaba convencida de que…

Pero ahora lo estoy, Nadine. ¡¡¡Creo que intentará matar a su tía!!! ¿Qué hago?

Mel

Para: Mel Fuller <melissa.fuller@thenyjournal.com>
De: Nadine Wilcock
    <nadine.wilcock@thenyjournal.com>
Asunto: Max Friedlander

Mel, cariño, tranquilízate.

Max Friedlander no matará a su tía, ¿vale?

Estás dejando que el estrés por la separación de John y la suspensión pueda más que tú. Max Friedlander no le inyectará a su tía la insulina del gato ¿vale? La gente no hace cosas así. Bueno, sí, en las pelis y en los libros y eso, pero no en la vida real. Creo que has visto demasiadas veces *La sombra de una duda*.

Respira hondo y piensa en ello. ¿Por qué querría Max hacer algo así? Piénsalo bien, Mel. Es un perdedor, cierto. Trató a Vivica peor que mal, por no hablar de cómo te trató a ti, pero eso no lo convierte en un asesino. Un grandísimo gilipollas, sí, pero no un asesino.

¿Vale? Si te apetece salir a pasear un poco, respirar aire fresco y despejarte, te acompañaré encantada. Me he enterado de que en Banana Republic están de liquidación. Si te apetece, podríamos echar un vistazo a los jerséis de seda.

Pero no llames a la policía para denunciar que Max Friedlander planea asesinar a su tía. Les harás perder su tiempo y el tuyo.

Nad

Para: Vivica@sophisticates.com
De: Mel Fuller <melissa.fuller@thenyjournal.com>
Asunto: Max

Vivica, te lo ruego, ¿recuerdas algo, lo que sea, que te ayude a precisar qué noche estuvisteis en el edificio? Podría tratarse de un asunto de vida o muerte.

Mel

Para: Mel Fuller <melissa.fuller@thenyjournal.com>
De: Viviva@sophisticates.com
Asunto: JO,

VEO QUE TE IMPORTA MUCHO SABER QUÉ NOCHE ESTUVIMOS EN EL EDIFICIO, ¿NO? ¿EL DE LA TINTORERÍA TE PERDIÓ UN JERSEY ESE DÍA O QUÉ? ES ALGO QUE DETESTO.

OJALÁ PUDIERA ACORDARME CON EXACTITUD PARA AYUDARTE.

AH, UN MOMENTO, SÉ QUE HUBO UNA ESPECIE DE FINAL PORQUE TODOS LOS COCHES QUE PASABAN MIENTRAS ESPERABA TENÍAN LA RADIO PUESTA CON EL PARTIDO. Y PERDÍAMOS, ASÍ QUE TODO EL MUNDO ESTABA CABREADO.

AH, Y NO HABÍA PORTERO. FUE EXTRAÑO PORQUE MAX ENTRÓ SIN QUE NADIE LE DETUVIERA. MIENTRAS ESTABA ARRIBA LLEGÓ EL REPARTIDOR DE COMIDA CHINA Y BUSCÓ AL PORTERO POR TODO EL VESTÍBULO PARA LLAMAR A LAS PERSONAS QUE HA-

BÍAN PEDIDO LA COMIDA Y DECIRLES QUE YA HABÍA LLEGADO.

ME DI CUENTA PORQUE EL REPARTIDOR DE CO-MIDA CHINA LLEVABA UNOS VAQUEROS DESGASTA-DOS APOSTA, MUY TÍPICOS DE LOS OCHENTA, PERO SUPONGO QUE SI ERES INMIGRANTE NO TE DAS CUENTA. SE ME OCURRIÓ QUE DEBERÍAMOS INICIAR UN PROGRAMA EDUCATIVO PARA LOS INMIGRANTES PARA QUE APRENDIESEN QUÉ PONERSE Y ASÍ NO LLAMAR TANTO LA ATENCIÓN. ¿RECUERDAS CUAN-DO CHRISTIE, NAOMI Y CINDY INAUGURARON EL FASHION CAFÉ? SE ME OCURRIÓ QUE PODRÍA INAU-GURAR UNA ESPECIE DE FASHION SCHOOL PARA LA GENTE QUE VINIESE A NUEVA YORK DESDE CHINA, HAITÍ, EL MEDIO OESTE Y SITIOS ASÍ.

BUENO, AL FINAL EL TIPO CON LOS VAQUEROS DESGASTADOS ENCONTRÓ AL PORTERO Y LLAMÓ POR EL INTERFONO. LUEGO EL PORTERO DESAPA-RECIÓ DE NUEVO Y JUSTO ENTONCES MAX BAJÓ Y NOS MARCHAMOS.

¿TE SIRVE DE ALGO?

VIVICA

Para: Max Friedlander <photoguy@stopthepresses.com>
De: Mel Fuller <melissa.fuller@thenyjournal.com>
Asunto: Tu tía

Querido señor Friedlander:

Tu tía se encuentra en la unidad de cuidados intensi-vos, lo cual significa que no puede recibir visitas. De hecho, les molesta que tan siquiera les preguntes si se puede ir a ver a quienes están en la UCI porque su situación es altamente inestable y cualquier germen del mundo exterior podría empeorarla. Así que no sólo prohíben las visitas sino que los movimientos se controlan con un detector, por lo que si intentaras colarte a hurtadillas te pillarían de todas maneras.

Así que ni se me ocurriría ir a ver a tu tía. Lo siento. Estoy segura de que si le envías una tarjeta se la enseñaran cuando se despierte.

Mel Fuller

Para: Mel Fuller <melissa.fuller@thenyjournal.com>
De: Max Friedlander <photoguy@stopthepresses.com>
Asunto: Mi tía

Pensé que te interesaría saber que el médico de mi tía me ha comunicado que hace un mes que no está en la UCI. Ahora está en una habitación privada. Sigue en coma, por supuesto, pero puede recibir visitas cualquier día entre las cuatro y las siete de la tarde.

Siento decir que el pronóstico no es esperanzador.

Max Friedlander

Querida señorita Fuller:

No me conoces, pero sí a mi cuñado, John. Siento escribirte de este modo, dado que nunca nos han presentado, pero no podía quedarme parada viendo lo que ocurría entre John y tú sin intervenir.

Melissa, espero que no te importe que te llame Melissa, tengo la impresión de conocerte por todo lo que John me ha contado de ti; sé que lo que John y su amigo Max hicieron fue terrible. Me quedé consternada al saberlo. De hecho, le insté a decirte la verdad desde el principio.

Sin embargo, John temía que te enfadaras con él y no quisieras saber nada más..., un miedo que, desgraciadamente, no era infundado. Y por eso prefirió esperar a que llegase el «momento perfecto» para decírtelo.

Salvo que, como tú o yo podríamos haberle dicho, no existe el momento perfecto para que te digan que la persona de la que te has enamorado no es quien crees que es.

No digo que no tengas todo el derecho del mundo a estar más que enfadada con él y me encantó el modo en que te vengaste, pero ¿no crees que ya ha sufrido bastante?

Lo está pasando muy mal, créeme. Cuando vino el otro día a ver al bebé –acabo de tener el tercero, un niño al que llamamos John en honor al tío favorito de mis gemelas (¿lo ves?, los niños lo adoran, lo cual significa que no debe de ser tan malo)–, tenía muy mala cara. Te juro que ha perdido al menos cinco kilos.

Sé lo exasperantes que llegan a resultar los hombres (llevo casada más de una década con Jason, el hermano mayor de John), pero también recuerdo de mi época de soltera lo muy difícil que es encontrar a uno que valga la pena... y, a pesar de lo que creas por el modo en que se ha comportado contigo hasta la fecha, John vale la pena.

¿Por qué no le das otra oportunidad? Está perdidamente enamorado de ti y puedo demostrarlo. Me gustaría que leyeras las palabras de John, mensajes que me ha escrito durante los últimos meses. Es posible que después de leerlos llegues a la misma conclusión que yo: que los dos habéis encontrado algo que muy pocos tenemos la suerte de descubrir: una alma gemela.

>Bueno, ¿qué quieres saber?
>
>¿Si se creyó que era Max Friedlander? Siento decir que sí.
>
>¿Si interpreté el papel de Max Friedlander a la perfección? Supongo que sí porque, de lo contrario, no se habría creído que era él.
>
>¿Si me siento como un completo canalla por hacerlo? Sí, me merezco flagelarme.
>
>Lo peor de todo es que..., bueno, ya te he contado lo peor. Cree que soy Max Friedlander. Max Friedlander, el ingrato a quien ni siquiera le importa que alguien dejara K.O. a su tía de ochenta años.
>
>Sin embargo, a Melissa sí le importa.
>

411

>Se llama así. La pelirroja. Melissa. La gente la llama Mel. Es lo que me dijo: «La gente me llama Mel». Se trasladó a la ciudad al acabar la carrera, lo cual indica que tiene unos veintisiete años, dado que lleva cinco años viviendo aquí. En realidad es de Lansing, Illinois. ¿Te suena Lansing, Illinois? He oído hablar de Lansing, Michigan, pero no de Lansing, Illinois. Dice que es un pueblo y que cuando vas por la calle principal todo el mundo te saluda por tu nombre. «Eh, hola, Mel».

>

>Tal cual: «Eh, hola, Mel».

>

> Me enseñó dónde tiene al perro la tía de Max y la comida de los gatos. Me dijo dónde podía comprar más por si se me acababa. Me dijo cuáles eran los paseos preferidos de *Paco*. Me enseñó cómo llamar a un gato que se llama, y va en serio, *Señor Peepers*, cuando está debajo de la cama.

>

> Me preguntó por mi trabajo para la ONG Save the Children. Me preguntó por mi viaje a Etiopía. Me preguntó si había ido a ver a mi tía al hospital y si me había afectado mucho el hecho de verla con tantos tubos. Me dio una palmadita en el brazo y me dijo que no me preocupara, que si había alguien capaz de salir del coma, era mi tía Helen.

>Y yo me quedé ahí de pie y sonreí como un idiota fingiendo ser Max Friedlander.

>

> He conocido a esta chica que es absolutamente genial. En serio, absolutamente genial, Stace: le gustan los tornados y el blues, la cerveza y todo lo relacionado con los asesinos en serie. Consume cotilleos sobre los famosos con el mismo entusiasmo con que ataca un plato de cerdo moo shu, lleva sandalias de tacón demasiado alto y está estupenda con

412

ellos, pero resulta que está igual de estupenda con unas zapatillas y el chándal.

>

> Y es buena persona. Es buena de verdad. En una ciudad en la que nadie conoce a sus vecinos, ella no sólo los conoce sino que se preocupa por ellos. Y vive en Manhattan. Manhattan, donde la gente suele pisar a los vagabundos para entrar en su restaurante favorito. Por lo que a Mel respecta, nunca ha salido de Lansing, Illinois, 13.000 habitantes. Broadway bien podría ser su calle Mayor.

>

>He conocido a una chica genial. …

>

>Y ni siquiera puedo decirle mi nombre verdadero.

>

>No, cree que soy Max Friedlander.

>

>Ya sé qué vas a decir. Sé exactamente qué vas a decir, Stace.

>

>Y la respuesta es no, no puedo. Quizá si no le hubiera mentido desde un buen comienzo. Quizá si desde el momento en que la conocí le hubiera dicho: «Mira, no soy Max. Max no ha podido venir. Siento mucho lo que le ha sucedido a su tía, así que me ha mandado en su lugar».

>

>Pero no lo hice, ¿verdad? La cagué. La cagué desde el primer momento.

>

>Y ahora es demasiado tarde para decirle la verdad, porque cuando intente decirle cualquier otra cosa, pensará que también miento. Quizá no lo reconozca. Pero en el fondo siempre tendrá presente esa sensación: «Quizá ahora también me esté engañando».

>

>No intentes decirme que no, Stace.

>

>Pues ahí está. En resumen, mi vida es un infierno. ¿Tienes algún consejo? ¿Algún consejo de sabiduría femenina con el que aliviarme?

>

>No, ya me lo imaginaba. Soy perfectamente consciente de que yo mismo he cavado mi tumba. Supongo que no me queda otra elección que introducirme en ella.

>

>De todos modos, ¿qué quieres que te diga? ¿Que ella es exactamente lo que hace tiempo que busco en una mujer pero que nunca osé tener la esperanza de encontrar? ¿Que es mi alma gemela, mi destino cósmico, mi media naranja? ¿Que estoy contando los minutos que faltan para volver a verla?

>

>Pues eso, ya lo he dicho.

Este fragmento me ha parecido de lo más interesante:

>Le compré un anillo. Un anillo de compromiso.

>

>Y no, esto no es como lo que pasó en Las Vegas. No llevo tres meses borracho. Sinceramente creo que esta mujer, de todas las mujeres que he conocido, es con quien quiero pasar el resto de mi vida.

>

>Iba a decirle la verdad y luego pedirla en matrimonio, en Vermont.

>

414

>Ahora no responde a mis llamadas, ni abre la puerta, ni contesta mis mensajes de correo electrónico.

>

>Mi vida se ha acabado.

Ya está. Espero que no hables de esto con John. No me volvería a dirigir la palabra si averigua que te he dejado leer sus mensajes.

Pero tenía que hacerlo, no me quedaba otra. Creo que es importante que sepas…, bueno, lo mucho que te quiere.

Eso es todo.

Atentamente,
Stacy Trent

Para: Nadine Wilcock
    <nadine.wilcock@thenyjournal.com>
De: Dolly Vargas <dolly.vargas@thenyjournal.com>
Asunto: Mel

Querida, ¿tienes idea de por qué Mel está llorando en el baño de mujeres? Es realmente molesto. Estaba intentando enseñar al nuevo chico del fax lo muy cómodas que están dos personas en el baño para discapacitados, pero los sollozos incesantes han estropeado el ambiente.

XXXOOO

Dolly

Para: Dolly Vargas <dolly.vargas@thenyjournal.com>
De: Nadine Wilcock
   <nadine.wilcock@thenyjournal.com>
Asunto: Mel

No sé por qué está llorando. No me lo dirá. Apenas me habla desde que le desbaraté la teoría de que Max Friedlander intenta matar a su tía.

Pero no soy la única. Al parecer, nadie se lo cree, ni siquiera Aaron.

Reconozco que estoy preocupada. Es como si Mel le hubiese dado la vuelta a la tortilla y ahora sólo le preocupase Max y sus intentos de *tiacidio*.

Quizá deberíamos llamar a alguien de Recursos Humanos. A lo mejor está sufriendo una crisis nerviosa.

¿Qué te parece?

Nad

Para: John Trent <john.trent@thenychronicle.com>
De: Mel Fuller <melissa.fuller@thenyjournal.com>
Asunto: Max Friedlander

Querido John:

Te perdono.

Ahora tenemos un problema entre manos: ¡creo que Max Friedlander intentará matar a su tía! Creo que lo intentó en una ocasión, pero no le salió bien. Tenemos que detenerle. ¿Puedes venir a verme ahora mismo?

Mel

Para: Nadine Wilcock
    <nadine.wilcock@thenyjournal.com>
De: George Sanchez
    <george.sanchez@thenyjournal.com>
Asunto: ¿Dónde demonios está

Fuller?

Me doy la vuelta un momento y desaparece. ¿Tengo la columna de mañana? Pues no, no la tengo. ¿Cómo es posible que se marche sin haberme entregado la columna de mañana? ¿CÓMO ES POSIBLE?

George

Para: George Sanchez
    <george.sanchez@thenyjournal.com>
De: Nadine Wilcock
    <nadine.wilcock@thenyjournal.com>
Asunto: Mel

Esto…, creo que tenía que investigar un poco para la columna. Estoy segura de que la entregará antes de que cierre la redacción. No te preocupes.

Mientras tanto, ¿has leído mi artículo sobre Mars 2112? Tema Restaurantes: Ya no es sólo para turistas. Suena bien, ¿no crees?

Nad

¿DÓNDE ESTÁS? George está furioso. He intentado encubrirte lo mejor que he podido, pero creo que no ha salido muy bien.

¿Estás sufriendo una crisis nerviosa? Porque, si es cierto, creo que es muy egoísta por tu parte. Soy yo la que debería sufrir una crisis nerviosa. Soy yo la que va a casarse y todo eso. Soy yo la que tiene una madre cabreada porque no quiero ponerme su traje de boda y acabo de comprarme uno de setecientos dólares en una tienda de Nueva Jersey. Tú no tienes ningún derecho a sufrir una crisis nerviosa.

Y sé que me dirás que la estás sufriendo porque todo lo que te ha pasado con John ha destruido la fe que tenías en los hombres y tal y cual, pero la verdad es que hace tiempo que no creías en los hombres. Reconozco que cuando empezaste a salir con él me pareció un tanto superficial, pero ahora que sé de qué se trata debo decirte que podría irte mucho peor. MUCHO peor.

Y sé que lo quieres y lo pasas muy mal sin él, así que, por favor, llámale y vuelve con él. Te lo digo muy en serio, esto ya ha durado demasiado.

Bien, ya lo he dicho.

Vale. ¿Dónde coño estás?

Nad

418

¿Quieres saber dónde estoy? Ahora mismo estoy de cuclillas en una escalera de emergencia, y una de las paredes linda con el salón del apartamento de la señora Friedlander.

¡En serio! Estoy usando la conexión inalámbrica que George nos instaló en los portátiles. ¿Te acuerdas que no sabíamos usarla? Pues bien, Tim me enseñó…

Sé que crees que estoy loca, pero te demostraré que no es así. El único modo de demostrártelo es diciéndote lo que estoy escuchando justo ahora, ni más ni menos que a John Trent preguntándole a Max Friedlander dónde estaba la noche que su tía recibió un golpe en la cabeza.

Y no soy la única que está escuchando.

John lleva un micrófono oculto.

Exacto. Un MICRO OCULTO. Y hay varios policías en mi apartamento escuchando la misma conversación que yo. Ellos tienen que utilizar auriculares, pero a mí me basta con pegar la oreja en la pared.

Se supone que no debería estar aquí, sino en la cafetería que hay al otro lado de la calle. Cuando me dijeron que era por mi seguridad, respondí «¡Vale!». Como si fuera a esperar en la cafetería del otro lado de la calle cuando podía estar aquí para pillar la primicia de primera mano.

Nadine, te digo que será la noticia del año, ¡tal vez de la década! Pienso escribirla y George no tendrá más remedio que publicarla. Se verá obligado a admitir que soy demasiado buena para la Página Diez y me pondrá en las noticias serias. Lo presiento, Nadine. ¡Lo presiento!

Vale, esto es lo que estoy escuchando:

JOHN: Sólo digo que, si lo hiciste, lo entendería.

MAX: Sí, pero no lo hice.

JOHN: Pero si lo hiciste lo entendería. Vaya, fíjate en mi familia. Están forrados. Forrados. En mi caso es un poco diferente, pero imaginemos que mi abuelo no me hubiera dejado nada y mi abuela lo hubiera heredado todo. Si no me prestara varios cientos de dólares de vez en cuando yo también alucinaría.

MAX: Nunca he alucinado.

JOHN: Mira, sé de qué va la cosa. Bueno, no exactamente, pero ya sabes que he intentado vivir con el sueldo de periodista. Es duro. Si se me acabara la pasta y supiera que no iba a cobrar nada en breve y una súper modelo me esperara abajo, y fuera a pedirle dinero prestado a mi abuela y me dijera que no..., bueno, es posible que yo también me cabreara.

MAX: Bueno..., ya sabes, ¿qué se creen? ¿Es que piensan llevarse toda la pasta consigo?

JOHN: Exacto.

MAX: Allí estaba ella, sentada en una montaña de pasta, y la muy cabrona no era capaz de soltar un par de miles.

JOHN: Como si los fuera a echar de menos.

MAX: Eso, como si los fuera a echar de menos. Pero ni hablar, tuve que tragarme el sermón: «Si hubieras aprendido a usar el dinero de manera responsable no se te acabaría constantemente. Tienes que aprender a vivir de acuerdo con tus posibilidades».

JOHN: Mientras tanto, suelta veinte de los grandes para ir a la ópera de Helsinki cada dos meses.

MAX: Eso mismo.

JOHN: Eso basta para ponerse hecho una furia.

MAX: Lo que más me molestaba era cómo lo decía, como

si yo fuera un niño o algo así. Por Dios, tengo treinta y cinco años. Sólo quería cinco de los grandes.
Sólo cinco de los grandes.

JOHN: Una menudencia para alguien como ella.

MAX: No lo sabes bien. Y luego tuvo la cara de decir:
«No te marches enfadado».

JOHN: «No te marches enfadado». Por Dios.

MAX: Exacto. «No te pongas así, Maxie. No te marches
enfadado». Y me tiraba del brazo. Y estaba aparcado
delante del edificio, junto a la boca de riego. Y Vivica
me esperaba. «No te marches enfadado», me decía.

JOHN: Pero no quería darte el dinero.

MAX: No, joder. Y tampoco me dejaba marcharme.

JOHN: Así que la empujaste.

MAX: Tuve que hacerlo. No me soltaba. No quería ti-
rarla, sólo quitármela de encima. Sólo…, no sé. Supongo que la empujé demasiado fuerte, porque se
cayó de espaldas y se golpeó la cabeza contra el
borde de la mesa de centro. Había sangre por todas
partes y el maldito perro no paraba de ladrar y temí
que la vecina se enterara…

JOHN: Así que te dejaste llevar por el pánico.

MAX: Exacto. Supuse que si no estaba muerta alguien
acabaría encontrándola. Pero si lo estaba…

JOHN: ¿Eres el pariente más cercano?

MAX: Sí. Son doce millones, tío. Para ti es una miseria,
pero para mí, tal como me van las cosas…

JOHN: Entonces ¿qué hiciste?

MAX: Entré en su dormitorio y desperdigué ropa por todas partes para que así la gente pensara que había
sido ese tipo, el asesino travestido. Luego me largué
de allí y pensé que lo mejor sería pasar desapercibido.

JOHN: Pero no estaba muerta.

MAX: No, joder. Es una vieja bruja muy dura. Y hay cosas, ya sabes, Vivica y el gordinflón de mi agente. Es incapaz de mover el culo para conseguirme trabajo de verdad. Estaba sin blanca.

JOHN: ¿Y cuánto tiempo lleva en coma?

MAX: Meses, tío. De todos modos, lo más probable es que la palme. Si le doy otro empujoncito, ¿quién se dará cuenta?

JOHN: ¿Empujoncito?

MAX: Hacia la muerte, como suele decirse.

JOHN: ¿Y cómo pensabas hacerlo?

MAX: Insulina, tío. Se inyecta mucha y ya está. Como el tal Claus von Bülow. Una viejecita así la diñaría en seguida…

Esto…, oigo pasos en el pasillo. Los polis deben de pensar que ya basta. Están aporreando la puerta del 15A. Te lo aseguro, Nadine, voy a ganar el Pulitzer…

Un momento. Le están diciendo a Max que salga por las buenas, pero Max no sale por las buenas. Max está…

Para: Mel Fuller <melissa.fuller@thenyjournal.com>
De: Nadine Wilcock
    <nadine.wilcock@thenyjournal.com>
Asunto: ¿¿¿QUÉ???

¿¿¿MEL??? ¿¿¿DÓNDE ESTÁS??? ¿Por qué has parado de repente? ¿¿¿Qué pasa???

   ¿¿¿ESTÁS BIEN???

Nad

Para: George Sanchez
   <george.sanchez@thenyjournal.com>
De: John Trent <john.trent@thenychronicle.com>
Asunto: Tentativa de asesinato

Archivo adjunto: ✉ [Para la primera edición matutina (portada) SONRÍAN; anexos: 1) Max Friedlander esposado, pie de foto: «Los agentes de policía de Nueva York se llevan al sospechoso»; 2) Helen Friedlander con esquíes, pie de foto: «Apreciada amante de la ópera y de los animales», procedente del archivo.]

SONRÍAN

Famoso fotógrafo de moda arrestado por tentativa de asesinato

En una operación conjunta llevada a cabo por la Comisaría 89 del Departamento de Policía de Nueva York, el periodista John Trent, del *New York Chronicle*, y Mel Fuller, del *New York Journal*, por fin se ha producido un arresto relacionado con la brutal agresión cometida contra la señora Helen Friedlander, del Upper West Side.

La señora Friedlander, de 82 años, fue encontrada inconsciente en su apartamento hace seis meses, víctima de una supuesta agresión. La ropa arrojada sobre la cama de la víctima indicaba la posibilidad de que el así llamado Asesino Travestido hubiera atacado a esta amante de la ópera y de los animales.

Sin embargo, tras la detención de Harold Dumas el mes pasado, quien confesó haber asesinado a siete mujeres durante el transcurso del año pasado, parecía evidente que el ataque contra la señora Friedlander había sido lo que el sargento Paul Reese denomina la obra de un «imitador».

«El agresor quería despistar a los investigadores –ha declarado el sargento Reese en una entrevista concedida esta misma mañana–. Creía que lo conseguiría si hacía que pareciese obra de un asesino en serie que se sabía que había atacado a otras mujeres de la zona. Sin embargo, había varios elementos que no encajaban.»

Entre ellos destaca el hecho de que se supone que la señora Friedlander debía de conocer al agresor ya que había dejado abierta la puerta del apartamento para que entrara cuando quisiera, así como el hecho de que el agresor no robó el dinero que allí había.

«El móvil de la agresión –según el sargento Reese– fue económico, pero tras empujar a la víctima y provocarle una herida casi mortal, el agresor se asustó y olvidó el dinero.»

El sospechoso arrestado anoche no habría necesitado los doscientos dólares que la señora Friedlander tenía en el bolso la noche del ataque: si la víctima hubiera fallecido el agresor habría heredado varios millones.

«La víctima es muy rica –explicó el sargento Reese–. Y el sospechoso es su único pariente vivo.»

El sospechoso, Maxwell Friedlander, de 35 años, es sobrino de Helen Friedlander. El señor Friedlander, conocido fotógrafo de moda que últimamente ha atravesado problemas económicos, confesó que necesitaba dinero a John Trent, el corresponsal de sucesos del *New York Chronicle* y viejo amigo del sospechoso.

Tras explicarle que su tía estaba «sentada en una montaña de pasta», mientras que él no tenía nada, el sospechoso, para justificar sus actos, dijo que su intención inicial no había sido matar a la señora Friedlander, pero que si moría él saldría beneficiado por todo lo que heredaría.

No obstante, la señora Friedlander no falleció. Permanece en coma desde hace casi seis meses. Para Max Friedlander, se trataba de una situación que necesitaba arreglarse. Anoche así lo reconoció al confesar en una conversación grabada en secreto entre el sospechoso y el señor Trent que planeaba asesinar a su tía en la cama del hospital mediante una inyección de insulina.

Justo después de esta afirmación, la policía se dispuso a arrestar al señor Friedlander en el apartamento de su tía. Sin embargo, en lugar de entregarse, el señor Friedlander trató de huir del edificio por la escalera de emergencia.

Fue en ese momento cuando el señor Friedlander recibió en la cara el impacto del portátil de la periodista que firma estas líneas, un golpe que lo detuvo en seco y por el que recibió siete puntos de sutura en el hospital St. Vincent de Manhattan.

El señor Friedlander comparecerá ante el juez hoy. Entre las acusaciones figuran tentativa de asesinato contra Helen Friedlander; conspiración para cometer asesinato; resistencia a las autoridades y huir de un agente de policía. Se espera que el señor Friedlander niegue todas las acusaciones.

George, soy yo, Mel. He tenido que escribir todo esto en el ordenador de John ya que el mío lo han retenido como prueba. ¿Qué te parece? ¿Lo he hecho bien o qué?

Mel

Para: Mel Fuller <melissa.fuller@thenyjournal.com>
De: Nadine Wilcock <nadine.wilcock@thenyjournal.com>
Asunto: Supongo que eso significa

que los dos volvéis a estar juntos.

Intentaré hacerle un hueco en la mesa de honor del banquete. Aunque será difícil, dado lo henchida de orgullo que tú estarás.

Tony se alegrará. En secreto siempre había apostado por él.

Nad ;-)

P. D.: Ya sabes que siempre me cayó bien. Bueno, al menos después de que le rompiese los dientes a Aaron.

Para: Mel Fuller <melissa.fuller@thenyjournal.com>
De: George Sanchez <george.sanchez@thenyjournal.com>
Asunto: De acuerdo, de acuerdo

Supongo que podríamos incluir algún artículo tuyo en las noticias serias de vez en cuando.

Muy de vez en cuando.

Mientras tanto seguirás en la Página Diez. Y ahora que sé de lo que eres capaz quiero que escribas material de primera para la columna. Se acabaron las tonterías sobre Winona Ryder. Escribe sobre los verdaderos famosos. Como Brando, por Dios. Ya nadie habla de Brando.

George

P. D.: No creas que si le pasa algo al portátil no correrás con los gastos, Fuller.

Para: Mel Fuller <melissa.fuller@thenyjournal.com>
De: Dolly Vargas <dolly.vargas@thenyjournal.com>
Asunto: Querida

Sólo quería felicitarte antes de que Aaron y yo salgamos en avión hacia Barcelona… Sí, lo sé, yo tampoco puedo creerme que al final cediese. Supongo que en vista de tu reciente golpe maestro periodístico ha acabado por admitir la derrota… ¡y yo soy el premio de consolación!

Como si me importara. Es bueno dar con un tipo duro y, la verdad, me da igual qué música escucha. Está soltero, no tiene hijos y puede firmar un cheque. ¿Qué más puedo pedir?

Bueno, os deseo lo mejor al Pequeño Lord Fauntleroy, es decir, al señor Trent y a ti. Y plantéate la posibilidad de invitarme a la casa de El Cabo. … A juzgar por lo que vi en *Architectural Digest* es una maravilla.

XXXOOO

Dolly

OH, DIOS MÍO, MEL, ESTOY EN MILÁN EN LOS DESFI-
LES DE MODA DE PRIMAVERA Y ACABO DE ENTERAR-
ME DE QUE MAX ESTÁ EN LA CÁRCEL POR INTENTAR
ASESINAR A SU TÍA, ¡¡¡Y QUE LO HAN DETENIDO GRA-
CIAS A TI!!!

OH, DIOS MÍO, ¡¡¡ERES INCREÍBLE!!! ¡¡¡MIS AMI-
GAS QUIEREN SABER SI TAMBIÉN ENCARCELARÁS A
TODOS LOS CERDOS DE SUS EX NOVIOS!!! QUIZÁ
PODRÍAMOS MONTAR UN NEGOCIO JUNTAS: ¡¡¡TÚ
ENCARCELARÍAS A LOS NOVIOS DE LAS CHICAS Y YO
ENSEÑARÍA A VESTIR A LOS INMIGRANTES!!!

SÓLO QUERÍA DARTE LAS GRACIAS POR ENCAR-
CELAR A MAX, QUE ES DONDE TIENE QUE ESTAR
JUNTO CON ESOS OTROS SERES DESPRECIABLES. ES-
TOY MUY CONTENTA PORQUE TENGO UN NUEVO
AMIGO EN MILÁN. ¡¡¡SE LLAMA PAOLO Y ES PROPIE-
TARIO DE UNA GALERÍA Y MILLONARIO!!! ¡¡¡EN SE-
RIO!!! ¡¡¡ESTÁ MUY INTERESADO EN VER MI COLEC-
CIÓN DE DELFINES DE MADERA!!! DICE QUE EN
ITALIA NO HAY Y CREE QUE GANARÍA MUCHO DI-
NERO SI LOS VENDIERA AQUÍ. ESO NOS DARÍA UN
BUEN CAPITAL INICIAL PARA NUESTRO NEGOCIO,
¿NO, MEL?

Una de las chicas acaba de decirme que está mal visto
escribir en mayúsculas en los mensajes de correo electrónico. ¿Es verdad? ¿Te pareció de mal gusto? Lo siento.

Bueno, tengo que dejarte ahora porque Paolo me invita a cenar. No creo que tengan nada bueno para comer.

¿Sabías que en Milán no hay Applebee's? En serio. Ni tampoco Friday's. En fin. ¡¡¡Nos vemos a la vuelta!!!

Vivica

Para: Mel Fuller <melissa.fuller@thenyjournal.com>
De: Don y Beverly Fuller <DonBev@dnr.com>
Asunto: Mucho me temo

---

que papá y yo no comprendimos tú último mensaje. ¿Al final no vendrás a casa? Papá ya ha sacado todos los trofeos de bolos de tu habitación. TIENES que volver a casa. Mabel Fleming cuenta contigo para que te encargues de la sección de Cultura y Espectáculos. Dice que si tiene que reseñar otra obra de teatro le dará…

Bueno, soy una señora y no lo pondré. Ya conoces a Mabel. Siempre ha sido tan… extravagante.

Supongo que tu visita navideña debería alegrarme. Mejor cinco días que nada. Pero ¿quién es el tal John con quien vendrás? No esperarás que le deje dormir en tu habitación, ¿no? ¿Qué diría Dolores? Sabes que ve todo lo que ocurre en esta casa desde la ventana de su buhardilla. Y no creas que no mira, la muy arpía…

Tendrá que ocupar la antigua habitación de Robbie. Sacaré de allí las cosas de costura.

Por cierto, me alegro por lo de tu vecina. Parece sacado de *Salvado por un ángel* o ese nuevo programa, ¿cómo se llama?, *Curas milagrosas*, o algo así. Me alegra que haya salido del coma y se encuentre bien y que le den el alta para que disfrute de las Navidades, aunque no entiendo por qué su sobrino trató de asesinarla…

Te lo digo muy en serio, Melissa, no me gusta que vivas en esa ciudad. ¡Es muy peligrosa! Sobrinos asesinos y asesinos en serie que llevan vestidos de mujer y hombres que te dicen un nombre cuando en realidad tienen otro…

Piensa que si volvieses aquí podrías tener una hipoteca para una casa de tres habitaciones por la misma cantidad que pagas por alquilar ese minúsculo apartamento. ¿Te acuerdas de tu antiguo novio, Tommy Meadows? Ahora es agente inmobiliario y estoy convencida de que te conseguiría una buena oferta.

Aunque supongo que lo más importante de todo es que eres feliz.

Papá y yo nos morimos de ganas de verte. ¿Estás segura de que no quieres que vayamos a recogerte al aeropuerto? Nos parece un derroche que tú y el tal John alquiléis un coche sólo para ir desde el aeropuerto hasta Lansing… aunque supongo que ya sabéis lo que hacéis.

Al menos llama antes de que salga el vuelo y así sabremos cuándo llegarás. Y recuerda que no debes beber durante el vuelo: tendrás que estar bien alerta en caso de que el avión comience a caer y te veas obligada a usar la salida de emergencia.

Te quiere,
Mamá

Para: John Trent <john.trent@thenychronicle.com>; Mel
   Fuller <melissa.fuller@thenyjournal.com>
De: Genevieve Randolph Trent
   <grtrent@trentcapital.com>
Asunto: Cena del domingo

Se ruega vuestra presencia en la cena que celebraré este domingo en la casa de 366 Park Avenue. Os ruego que lleguéis a las siete para los cócteles. No hace falta que vengáis de etiqueta. Jason, Stacy, las gemelas y el recién nacido también vendrán.

Debo añadir que me complace sobremanera enviarle esta invitación, señorita Fuller. Tengo el presentimiento de que en el futuro disfrutaremos de muchas otras cenas de domingo.

Stacy ha sugerido que, dado que parece que ahora os gusta escribir juntos, podríais fundar un periódico. Debo decir que tal idea me parece sumamente inadecuada. Creo que en esta ciudad ya hay demasiados periódicos.

Pero, claro, no soy más que una anciana. ¿Qué voy yo a saber?

Espero con ansia vuestra presencia.

Mim

Para: Mel Fuller <melissa.fuller@thenyjournal.com>
De: John Trent <john.trent@thenychronicle.com>
Asunto: Hola

¿Qué te parece si sales del trabajo un poco antes y nos acompañas a pasear a *Paco* y a mí? Queremos preguntarte algo.

John

Para: John Trent <john.trent@thenychronicle.com>
De: Mel Fuller <melissa.fuller@thenyjournal.com>
Asunto: No hay nada

que me apetezca más.
  Y, por cierto, la respuesta es «sí».

Mel